U0553987

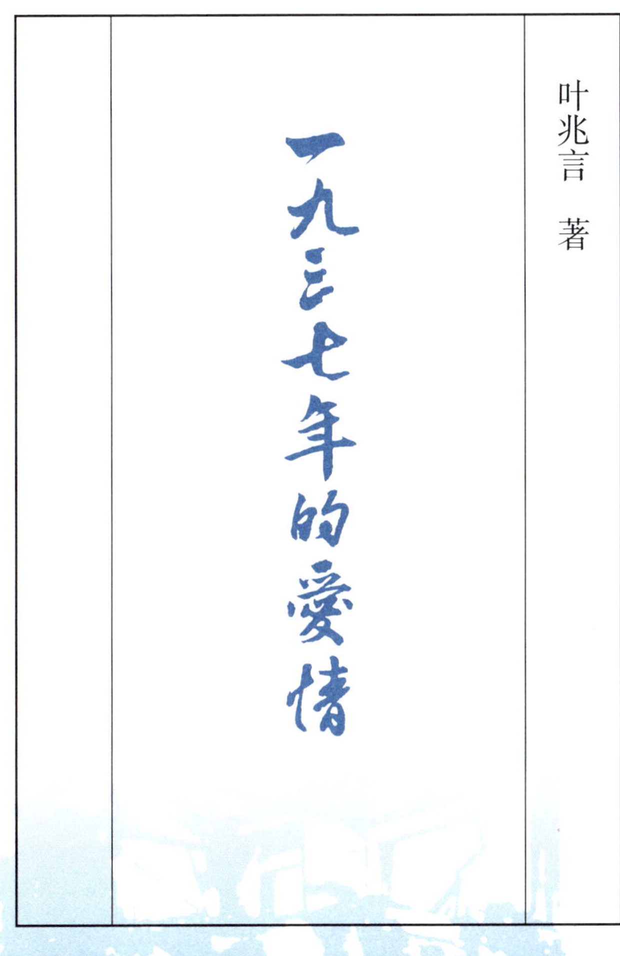

一九三七年的爱情

叶兆言 著

人民文学出版社

图书在版编目(CIP)数据

一九三七年的爱情/叶兆言著.—北京：人民文学出版社，2018
ISBN 978-7-02-013355-0

Ⅰ.①一… Ⅱ.①叶… Ⅲ.①长篇小说-中国-当代 Ⅳ.①I247.5

中国版本图书馆 CIP 数据核字(2018)第 149301 号

责任编辑 朱卫净 杜玉花 欧雪勤
装帧设计 蔡立国

出版发行 人民文学出版社
社　　址 北京市朝内大街 166 号
邮政编码 100705
网　　址 http://www.rw-cn.com

印　　制 上海盛通时代印刷有限公司
经　　销 全国新华书店等

字　　数 210 千字
开　　本 890 毫米×1240 毫米 1/32
印　　张 11.5
版　　次 2017 年 8 月北京第 1 版
印　　次 2018 年 9 月第 1 次印刷

书　　号 978-7-02-013355-0
定　　价 49.00 元

如有印装质量问题，请与本社图书销售中心调换。电话：010－65233595

目录

写在前面

我的目光凝视着故都南京的一九三七年，已经有许多年头。故都南京像一艘装饰华丽的破船，早就淹没在历史的故纸堆里。事过境迁，斗转星移，作为故都的南京，仿佛一个年老色衰的女人，已不可能再引起人们的青睐。这座古老城市在民国年间的瞬息繁华，轰轰烈烈的大起大落，注定只能放在落满尘埃的历史中，让人感叹让人回味。南京是逝去的中华民国的一块活化石，人们留念的，只能是那些已经成为往事的标本。南京的魅力只是那些孕蓄着巨大历史能量的古旧地理名称，譬如“无情最是台城柳，依旧烟笼十里堤”中的台城，譬如“旧时王谢堂前燕，飞入寻常百姓家”的“乌衣巷”。南京似乎只有在怀旧中才有意义，在感伤中才觉得可爱。六十一年前，有位叫作叶楚伧的国民党元老主编了《首都志》，浩浩荡荡的两大本，五十多万字，那是一套狠狠渲染南京的书。叶楚伧在谈到编辑思想时，曾直截了当地说过：

党国建都金陵，晌将七稔，未有专志，诵述沿革及建设之懿。中外人士诹访所及，仅以旧肆故书应之，非所以掞张首善之义也。

叶楚伧的想法很简单，作为国民政府文官处的文官长和立法院的副院长，他和别的开国功臣一样，极想把南京建设成为一座繁荣昌盛的现代化都市，巍然屹立于世界民族之林。温故然后知新，让大家知道历史上的南京，有助于如何重新设计新形象的南京。出版《首都志》前后是南京本世纪中城市建设的黄金时代，而一九三七年恰巧是这个时代的巅峰和尾声。国民政府于一九二七年四月在南京正式定都，四年以后出版的《中学教育指导》这本教科书上，“革命纪念”一栏明确地写着，学校中凡遇革命纪念日，应举行纪念仪式及演讲，使知纪念事实和宣传要点。有关“国民政府建都南京纪念日”的文字如下：

A史略：南京为总理指定之首都。辛亥革命，总理被举为大总统，中央政府即设于此。十五年本党誓师北伐，克复武汉，革命政府即由粤移汉。至十六年四月，遵总理遗愿，建都南京。

B 仪式：全国各党政军警机关各团体各学校一律悬党国旗志庆，各地高级党部召集各机关各团体学校代表举行纪念典礼，不放假。

C 宣传要点：

（子）国民政府成立之经过。

（丑）南京在中国地理上历史上及文化上之地位。

（寅）国都之建设与中国之将来。

国民政府正式定都南京，给了南京这座名城一个千载难逢的好机会。可是当初谁也没有想到，这个好机会源于已故总理孙中山的在天之灵。早在一九一二年，辛亥革命后第二年的四月一日，也就是在袁世凯的压迫下辞去临时大总统的第二天，孙中山在紫金山一带打猎，触景生情，第一次流露出希望自己死后能葬身此地的念头。到了一九二五年，孙中山在北京一病不起，他更坚定地表示自己死后要葬在南京。孙中山为何如此钟情南京这块风水宝地，曾有过种种猜测和演义，然而孙中山的遗愿，毕竟得到了已经完成统一大计的国民党的忠实执行，一九二九年六月一日的奉安大典，成了当时南京最热闹的大事。为了将孙中山的棺木从下关火车站，穿过拥挤嘈杂的城区，隆重庄严地运往中山陵墓，市政当局果断地抓住了这次彻底改造城市交通的机遇。成片的旧房子被拆去了，长长的为迎榇专门设计的中山大道，工程浩大气派非凡，完全改变了古城的面貌。南京顿时有了大都市的威势，几十年过去了，中山大道仍然是南京最重要的街道。

到了一九三七年，南京作为中华民国的首都已整整十年。这十年，南京成了地道的政治经济文化中心。我注视着一九三七年的南京的时候，一种极其复杂的心情油然而起。我没有再现当年繁华的野心，而且所谓民国盛世的一九三七年，本身就有许多虚幻的地方。一九三七年只是过眼烟云。我的目光在这个过去的特定年代里徘徊，作为小说家，我看不太清楚那种被历史学家称为历史的历史，我看到的只是一些零零碎碎的片断，一些大时代中的伤感的没出息的小故事。一九三七年的南京人还不可能预料到即将发生的历史悲剧，他们活在那个时代里，并不知道后来会怎么样。对于南京这座城市来说，一九三七年最大的事情是日本人来了，真的杀进来了，人们念念不忘的话题，是发生在年底的南京大屠杀。相对于这样惊天动地的大事件，其他的事情都是微不足道的。

第一章

1

一九三七年一月一日，星期五，天气晴朗，来自北方的寒流刚刚过去，气温有些回暖。虽然国民政府已把阴历称之为废历，但是阳历的新年气氛，在民间并不像预料的那样强烈和热闹。全国各地都举行会议庆祝元旦，冠冕堂皇的大会，上行下效，是个大礼堂就爆满，好像不开个会就不是过新年一样。一九三七年是在热烈的抗日气氛中来临的。不久前发生的西安事变和平解决，全国各地大放爆竹，庆祝中华民国逢凶化吉。人们原来普遍地担心，西安事变将引发大规模的内战，而对中国领土早就存着觊觎之心的日本人，正好趁虚而入。蒋介石在全国军民的欢腾声中，平安返回首都南京，由于他许诺将不再向日本的强权屈服，这意味着众望所归的抗日民族统一战线已经初步形成，涣散的中国人在心目中似乎又有了一个新的寄托。

在一九三七年元旦的这一天，首都南京有许多党国要人，因为参加这样那样的会议，很糟糕地都得了感冒。开会成了党国要人们沉重的负担，有三个会议是免不了的，先去中山陵谒陵，这是最吃力的活，每年新年的第一天都得恭恭敬敬如仪一番，凡上去的人，无不气喘吁吁一身臭汗；然后接着赶湖南路的中央党部，听于右任的新年致辞；最后是去国民政府，再听林森主席致辞。说的话报纸上都要刊登的，三个会连在一起，都代表着一种规格，代表着一个人在政府中所处的位置，谁也舍不得放弃。参加会议的人，赶来赶去，既出汗又受冻，结果就只能感冒，体弱的老先生，会议尚未结束，便打起了喷嚏。

丁问渔在元旦这天，也得了感冒，不过他的感冒肯定和开会无关。除了参加一次婚礼，他并没有参加任何会议。参加会议的大红烫金请柬早被他扔进了废纸篓。丁问渔是个名流，然而更是性情中人，别人很在乎很看重的事，他往往懒得放在心上。他似乎还看不出元旦这一天，有什么特别纪念的意义，人们所以知道他感冒了，是他把这一点记录在了日记上面。习惯将自己的行踪和心得体会记录下来的丁问渔，在这一天的日记上赫然写着：

今天是一个特殊的日子，我得了重感冒，到晚上尤其加重，清水鼻涕不时地要淌下来。好在这不是一个太坏的日子，因为我在一个令人厌烦的婚礼上，见到了美丽的B小姐。我的心立刻被这位美丽的女孩搅乱了。我这里称她是美丽可爱的女孩，可今天却是她的婚事，当我写下以上文字时，她也许已将不再是一个女孩了。唉，女人为什么非要嫁给男人这种俗物呢。我没有什么过于奢侈的想法，只是想和她做一个永久的朋友，乃是有生以来最大之欢乐，此事当竭力进行。

一九三七年的第一天，已经步入中年已婚男人行列的丁问渔，在写得龙飞凤舞的日记中，首次抒发了他对雨媛一见钟情的狂热情绪。由于他的日记是写给自己看的，而且用的是英文，在遣词造句方面，显得有些肆无忌惮。仅仅是从这一天的日记上，还看不出他和被称之为B小姐的雨媛，会出现什么了不得的故事。既然是写给自己看的，在丁问渔的日记上便屡屡出现对大胆的漂亮女人的非分之想。事实上，在将近一千字的日记中，有关于雨媛和感冒的文字，只占极小的一部分。有许多文字都是咒骂另一位女士陈小姐的。一九三七年开始的第一天是丁问渔异常辛苦的一天，他在夫子庙的朝云居陪陈小姐打了一夜麻将。这是件苦差事，因为他实在不喜欢被誉为国粹的麻将。一个月前，他新结识了一位已经过时的红歌女，这位歌女就是陈小姐，是一位姿色尚可的独身女人。陈小姐除了唱歌，最大的乐趣就是打麻将。丁问渔要想接近这位红歌女，唯一的办法就是陪她打麻将。昨天晚上丁问渔输得一塌糊涂，天亮以后送陈小姐回住处休息，他自己上下眼皮打着架，哈欠连天，想赶回去睡一觉，可是上了床，却又翻来覆去地睡不着。

学校里放了假，小孩子们无所事事，就在丁问渔住的教授公寓的窗下，燃放庆祝蒋介石从西安返回南京那天没有用完的爆竹。好像是故意和丁问渔作对，孩子们采取的是一种很节省的放法，将串着的爆竹拆散了一枚枚放。丁问渔躺在被窝里，迷迷糊糊刚睡着，就被冷不丁的爆竹声吵醒，想发火又觉得没必要和小孩子赌气，于是便在时不时响一下的爆竹声中，心猿意马地想念着陈小姐。陈小姐在目前似乎已是唾手可得的猎物，对于如何获得女人的芳心，丁问渔自忖是这方面的高手，什么时候解决陈小姐不过是个时间问题。好不容易睡着了一会儿，时间已经过了中午，窗外燃放爆竹的小孩子也离去了，丁问渔突然惊醒过来，想到今天下午还要去出席一个不该推托的婚礼。

人力车夫和尚早早地就将车歇在大学的校门口，一边晒太阳打瞌睡，一边等候着丁问渔到来。在这一段日子里，和尚的车几乎成了丁问渔的专车。丁问渔迟迟不来，和尚的肚子越等越饿，便跑到对面的小馆子里，买了四个大肉包子垫底。有了肉包子垫底，太阳暖洋洋地晒着，和尚一头一脸的悠然自得。校门口的大喇叭里，正转播着电台播放的中枢召开元旦庆祝大会实况录音，国府主席林森在发表广播演说，话题是有关自力更生的，录音效果糟糕透顶，不时地发出电流的尖叫声。男男女女的大学生正陆陆续续地从校园里走出来，其中一位穿着青布长衫的大学生，拉着一个女学生走到和尚面前，用东北口音招呼用车。和尚已经打发了好几位类似的用车人，他睁开眼睛，懒洋洋地看着眼前的这对青年男女，很快又把眼睛闭上了。大学生说："你这人怎么真没道理，到底是去还是不去，给句话。"和尚是个愣头愣脑的小伙子，穿着一身七成新的短棉袄，胸前微微地敞着，一副闲散不爱搭理人的架式，一看就知道他是个慢性子，一看就知道他是个难弄的人。他故意不吭声，继续闭目养神，那大学生又问了一句，和尚依然不予理睬，大学生不由得怒火中烧，数落起和尚来，站在一旁的女朋友也跟着帮腔。大学生愤愤地说："这年头也邪了门，不就是一个拉车的吗，搭什么臭架子！"

丁问渔来到校门口的时候，两位年轻的大学生还在纠缠着和尚。和尚闲着也是闲着，趁机借吵架消磨时间。他不理睬那男的，专盯着女的吵，揪住她的每一句话不放。那女的是外文系的学生，并不善于争吵，一急就结巴，一结巴更急。她突然看到了已经走到自己身边的丁问渔，连忙住口，拉了拉男朋友的衣袖，让他也别吵了。

在教授的眼皮底下，和一个蛮不讲理的车夫吵架，怎么说也是失身份。男的不依不饶还想继续舌战，他的女朋友劝阻无效，脸刷地一下红起来。好在丁问渔并未在意发生什么事，他的模样看上去有些滑稽，戴着一顶红颜色的睡帽，西装笔挺，大红色的领带，外罩一件灰色的呢大衣，右手拎着一根手杖，一副未睡醒的样子。

和尚歪过头来，看见丁问渔，就像没事一样，笑着和他招呼："丁先生，你歇好了？"

丁问渔答非所问地跨上车，男大学生对他怒目而视，他却一点也没有察觉，回过头来，眼睛直溜溜地盯着那位女学生看。女学生的脸更红了，脸转向别处，终于有些忍不住，扑哧一声笑出来。丁问渔的眼色总是有些不正经。女学生选听过丁问渔的课。大学里的女学生没有不知道丁问渔的，丁问渔是外文系大名鼎鼎的教授，女学生们都喜欢上他的课。关于他的笑话也不胜枚数，最多的就是关于他如何对女学生有兴趣。丁问渔的眼睛见了漂亮的女学生，就会不加任何掩饰地发亮。有一次，丁问渔走进教室，突然拒绝上课，理由是来上课的女学生太少了，他没情绪。外文系的女学生在宿舍里一提起丁问渔，就要捂住嘴笑。

车过唱经楼的时候，丁问渔掏出怀中的金表，看了看，问和尚能不能快一些。和尚显然和丁问渔已经十分熟悉，回过头来，露出一口雪白的牙齿，笑着说："你丁先生难道也有急的日子，都说你不是连上课都不怕迟到的吗?”丁问渔被他这么一说,觉得他说的话有道理,果然也不急了,索性坐坐舒服,让和尚慢慢地拉车。自从国民政府定都南京以后,南京的街道变化确实不小,中山大道从城市中心穿过,一条条与之相连的马路,接二连三地破土动工,街面上几乎天天有新的商店开业。难怪有的人离开南京没有几年,回来便发现已很难找到熟悉的街道。一位与和尚熟悉的车夫迎面过来,对和尚扯着嗓子说着什么,自然是开玩笑的荤话,两人便笑着对骂起来。

和尚的嘴一路不肯闲着。阳光灿烂,车这时候正好往南方行过去,丁问渔被迎面强烈的阳光,刺得有些睁不开眼,干脆闭起眼睛养神,忍不住张嘴打了个老大的哈欠。夸张的哈欠声引得和尚又一次回过头来。和尚知道丁问渔今天仍然没睡好,天亮时,是他赶去夫子庙的朝云居,把吃过早茶的丁问渔拉回学校,当时就说好中午还要坐他的车。丁问渔习惯坐和尚的车,而和尚也不喜欢满大街地去寻找生意,他喜欢丁问渔这样的客人,出手阔绰,一路还能说说笑话。

2

丁问渔到达励志社的时候,雨媛和余克润的婚礼已快接近尾声。励志社在一九三七年的南京，是个神秘兮兮的地方，它位于中山东路上，在中央医院的东面，过了逸仙桥再往前走不远就可以到达。常常都是些有地位有身份的人，才能在这里出入。励志社是中西建筑糅合的典范，是著名的建筑师设计的，由几幢彼此呼应的宫殿似的建筑组成，外表是国粹式的大屋檐，内部结构却全盘西化。对于一九三七年的南京人来说，能否进入励志社的大门，决定了一个人是否是个人物。一九三七年南京人的时髦话题，是没完没了地谈论党国要人的小道消息，这一点和今天的许多北京人的毛病相仿佛。蒋介石的一举一动像电影明星一样被大家议论。诸如“于右任病足”“冯副委员长小恙”“某重要人物昨入病院切割疝气”的花边新闻，屡屡出现在本地报纸头版报道上。人们喋喋不休地说着党国要人们的遗闻轶事，这习惯直到南京已经沦陷很久，还顽强地保持着。

很少有人坐人力车进入励志社，大多数来宾都是坐小汽车来的。励志社的特殊之处，在于这里的所有职员都可以穿军装，无论是看大门的，还是大厅里的侍者，都是清一色的军人打扮。没有来头的人很难进入励志社，看大门的常常以来宾的衣着和气势取人，因为有来头的人，通常一眼就能看出来。当然偶尔也有例外，譬如党国元老吴稚晖，他是从来不坐小汽车的，也不坐人力车，一把年纪了，直截了当地步行往励志社里闯。关于吴稚晖的笑话很多。一九三八年武汉的一次酒会上，当时南京已经沦陷，日本人在京浦线上会师，直逼武汉，吴稚晖端了一杯酒，走到汪精卫身边，咚的一声跪下来，说：“汪先生，国家已到了这一步，你赶快站出来收拾残局吧。”在场的高级领导人一个个目瞪口呆，汪精卫更是不知所措，结果自己也扑通跪了下来，苦着脸说：“吴稚老，有话我们站起来说！”吴稚晖不肯站，汪精卫只好陪着他跪，这一跪就是好半天，很多人看着哭笑不得，上前拉也不是，不拉也不是，结果国家大事弄得竟然跟儿戏一样。吴稚晖是个老资格的同盟会员，也是倚老卖老的怪人，他出入上流社会，常常做出和别人不一样的姿态引人注目。吴稚晖的古怪曾经差一点使励志社的看门人丢掉饭碗。看门人像撵要饭的一样把吴稚晖挡在了门外，结果惹得蒋介石为此大发脾气。

丁问渔在励志社门口，没遇上任何阻拦，因为记忆犹新的守门人，显然也把他当作了吴稚晖一类有来头的人物。敢大摇大摆往励志社闯的人，绝不会是普通人，而且丁问渔的打扮也实在引人注目。大厅里聚集着各式各样的人物，丁问渔像个电影里的角儿，堂而皇之地往里直闯。这地方他已不是第一次来，他熟门熟路地走向放着冷餐的长桌，拿了一杯酒在手上。大厅里开足了暖气，一位侍者走到他面前，十分有礼貌地要他脱下呢大衣，并准备为他将右手提着的手杖和头上戴着的那顶红睡帽也放好。丁问渔经侍者一提醒，才想到自己匆匆忙忙，显得毫无教养。虽然他的举止难免有些荒唐，但是从来不失绅士风度。手上始终提着一个手杖是丁问渔留学欧洲养成的时髦习惯，他把手杖交给了侍者，但是拒绝取下头上的睡帽。头上戴着睡帽是丁问渔打扮的特别标志，他有时穿笔挺的西装，有时候也穿长衫马褂，惟有这顶红颜色的绒线睡帽，只有在最热的夏天才肯除去。

丁问渔引人注目地出现在已经接近尾声的婚礼上，认识他的人，纷纷向他点头示意。新郎和新娘双方的家属，都和丁问渔熟悉。新郎的哥哥余克侠是丁问渔留德时的朋友。余家的经济情况不太好，余克侠留学期间，常常为吃饭问题烦恼，丁问渔成了他在德国的衣食父母，一有难处，必到他这里来打秋风，反正丁问渔的爹是银行界的阔老板。余克侠有一段时期，逢人便说自己和丁问渔是割头换颈的好朋友，他经常要举的一个著名的例子，就是他和丁问渔去法国里昂游玩的时候，丁问渔把一个金黄头发的妓女带回旅馆，晚上三人同睡一个房间。没有什么比这种不同寻常的特殊关系，更能说明他和丁问渔之间的深厚友谊。当然这个例子永远是要加注的，余克侠是个守身如玉的男人，他列举这例子的另一个目的，是想表明自己有着远大志向，只有那种有着特殊毅力的人，才可能在异国他乡寂寞漫长的夜晚，对发生在身边的淫声浪语无动于衷。

余克侠如今是省教育厅的副厅长，有传闻说某国立大学的校长的位子，已经预先给他留好了。在一九三七年的首都南京，国立大学校长的宝座，是进军教育部高级官员的必经途径。今天是他弟弟余克润的大喜日子，余克侠当仁不让，俨然以主人的身份，神气十足地主持着婚礼。他像只上足了发条的玩具鸭子到处招摇，到处向别人散布自己即将就任国立大学校长的小道消息，希望别人对他是否应该屈就校长一职表态。尽管他一再申明自己从来不曾觊觎校长一职，反复说明校长只是一个苦差事，如果没有牺牲精神就不能去当校长。事实上所有的传闻，都是由余克侠自己像放鸽子一样亲手放出去的。当丁问渔出现在他眼前的时候，一直处于兴奋状态中的余克侠，像触电一样跳起来，大笑着跑到丁问渔面前，怪罪他不该姗姗来迟。

“你总是改不掉在欧洲养成的坏习惯。”说完了这句中文，余克侠立刻附带出一连串的德语，这种过于造作的表演，无疑是在提醒周围的人，他曾经是一名到过欧洲的留学生。可惜他的德语从来不曾流畅过，好在今天这样的场合已经足够蒙人。余克侠根本不在乎丁问渔脸上困惑的表情，继续表演和卖弄着他的蹩脚德语。丁问渔真用德语回了一句什么，余克侠一怔，不说德语了，笑着用中文向丁问渔调侃：“你老兄最近是不是又闹什么笑话了？”

余克侠的声音很大，大厅里许多人的目光都注视着丁问渔。丁问渔让余克侠问得有些摸不着头脑。不远处正在举行舞会，丁问渔的目光在大厅里扫了一圈，没有发现什么绝色的女子，懒得继续和余克侠敷衍，转身向舞厅走去。余克侠追过来不让他逃走，揪住了他要去拜见雨媛的父亲任伯晋。既然是参加别人的婚礼，这种俗套是免不了的。丁问渔被拉到任伯晋老人面前，十分不情愿地请安问好。任伯晋老人是军界的前辈，和丁问渔的堂兄丁公治是日本士官学校的同学。丁任两家是世交，任伯晋和丁问渔的父亲的关系也非同一般，但是丁问渔对这位军界前辈的印象却不深，而且也没什么太多好感。二十年前，刚刚十七岁的丁问渔，曾经十分荒唐地追求过任伯晋老人的长女雨婵。雨婵是老人已故的前妻李夫人所生，比她今天当新娘的幺妹雨媛足足大了二十四岁。这场不了了之的爱情故事，并没有破坏任家和丁家早就建立起来的牢固友谊，但是毕竟有些别扭。

任伯晋显然也不是太喜欢丁问渔，他一看见丁问渔那种不正经的样子，就不太高兴。丁问渔无话可说，硬着头皮陪着坐了一会儿，十分恭敬地回答美京子夫人的问题。和丈夫的生硬不一样，美京子夫人不愿意让丁问渔感到难堪，她对他没什么恶感，看他坐立不安的样子，她善解人意地找话为他解围。丁问渔虽然也是快四十岁的人，在任伯晋老人面前，完全成了一个涉世不深的小孩子。

3

丁问渔那天在婚礼上闹的最大笑话，是不该色迷迷地死盯着新娘雨媛看。所有的人都觉得他这么做太失态。他戴着红颜色绒线睡帽的怪样子，本来就像小丑一样滑稽可笑，而且有关他的种种荒唐行为的传说，人们早有所闻，因此他色迷迷地盯着雨媛看个没完，不少人都忍不住要笑。丁问渔反正不怕出洋相，到处都是乱哄哄的，三五成群，有说有笑，丁问渔仿佛顽童见塾师似的见过了任伯晋，趁乱逃之夭夭。由于晚上没睡好，为了驱逐困意，他一杯接一杯地喝着葡萄酒。等到他进入舞厅的时候，正是一曲终了，人们纷纷退场之际，乐池里的乐师放下了手中的乐器，准备休息一会儿继续演奏。丁问渔喝干杯子里的酒，一转身，见到了雨媛。在最初见到雨媛刹那间，他只是看见她的侧面，只是不留神地扫了一眼，没想到这一扫，眼珠子立刻直了。他像一根木柱子似的傻站在那里，手里捧着一个空酒杯，完全被雨媛吸引住了。

不知从哪里钻出来一个冒冒失失的年轻人，他脖子上系着一条长长的看上去已经很脏的白绒线围巾，快步跑到乐池里，推开一名坐在那儿休息的乐师，自己晃晃悠悠地爬到椅子上，挥了挥拳头，大声演说起来。毫无思想准备的舞客们吃了一惊，舞厅外面的人也注意到这边的异常，纷纷赶过来看热闹。演说的年轻人显然还是一名学生，由于过分激动，他的演说并不算太成功。对于一九三七年的南京人来说，演说已不再是什么稀罕之事，抗日救亡早就是大家熟知的话题。年轻人像背诵教科书一样，历数日本人自甲午海战以来对中国的入侵和挑衅。他声泪俱下地说着，说到停顿的地方，大家便报以热烈的掌声。

另外几名学生模样的年轻人，在舞厅里向大家推销当天的报纸。这是一家民营的小报纸，整个头版除了一个大大的惊叹号，什么都没有。在第二版上，才用黑体字的大标题注明自“九一八”事变开始计算：东北四省已经沦陷五年又三个月。由于丁问渔的注意力都在盯着雨媛看，结果推销报纸的女学生将报纸塞在他眼皮底下好半天，他竟然没有任何反应。参加婚礼的都是上流社会的人物，大家慷慨解囊，付钱购买那份印刷简陋油墨不匀的小报。丁问渔的发呆被理解成一种对购买报纸的拒绝，那位执着的女学生坚决不肯离开，仿佛存心要看看这位不爱国的人的脸皮究竟有多厚。

演说的年轻人声明他们并不是要反对大家娱乐，他们所希望的，是大家在娱乐的时候，千万不要忘了已经沦陷的国土。国难当头，任何忘记国耻的表现都是一种卑鄙行为。“九一八”以后，人们已经习惯了各类集会游行，习惯了听人呼喊口号，习惯了打着不同旗号的捐款形式。推销报纸本身就带有一种捐款性质，那几个学生模样的年轻人，胸前都挂着一个用马粪纸糊成的小箱子，上面赫然写着“共赴国难，爱国捐款”几个字。能闯进励志社的学生肯定是有来头的，其中显然有某要人的子女。南京是京城，是首都，什么样的党国要人的公子小姐都会有，有吃喝嫖赌五毒俱全的纨绔子弟，声色犬马醉生梦死，快活一天是一天；也有赤忱爱国的热血青年，为抗日救亡运动奔走呼唤，随时准备走向沙场奋勇杀敌。有人已经认出那位穿着学生服的女孩，是国民政府建设委员会某专门委员的女公子。专门委员是特聘的，在建设委员会中挂委员头衔的有宋子文、孔祥熙，有考试院长戴传贤，还有曾任南京特别市市长的刘纪文，都是些名重一时的人物。

丁问渔无动于衷，迟迟没有慷慨解囊，使得他在当时的情况下，格外引人注目。他的眼神像钉子一样，死死地盯着新娘雨媛看，即使雨媛回过头来，意识到他的不怀好意的目光时，他依然有失礼貌地目不转睛。很多人都注意到了丁问渔的失态，有人想站出来提醒他，但是害怕这样会让他感到尴尬。雨媛在他目光的骚扰下，脸不禁红起来。她不好意思直接面对他，却忍不住好奇之心，不止一次地借打量别处，偷眼看丁问渔一眼。丁问渔终于从恍惚中醒悟过来，他从西装口袋里掏出皮夹，抽出一张钞票，追上那位已经离他而去对他极度失望的女学生，众目睽睽之下，把钞票很认真地塞进她胸前挂着的小纸箱。

演说的小伙子又挥着拳头让乐队演奏《义勇军进行曲》，这个曲目在许多场合都是禁止演奏的，因此乐队指挥不知道自己是否应该执行这一命令。丁问渔莫名其妙地鼓起掌来，他的举动无疑是表明赞成演奏，他这一带头，在场的年轻人跟着起哄鼓掌，这一来，乐队想要不演奏也似乎不可能了。一九三七年的南京，到处可以听见抗日救亡歌曲。出于外交方面的考虑，所有公开抗日的词汇都受到了限制。限制往往会使事物走向反面，事实上，抗日救亡的歌曲不仅到处在演唱，而且成为这个特定时期最最流行的一种娱乐形式。大街小巷随时可以听见有人在哼这类歌曲，无论是白发苍苍的老人，还是牙牙学语的儿童，都有腔有调或是不成板眼地哼唱着。悲壮的《义勇军进行曲》在雨媛和余克润的婚礼上奏响的时候，在场的人无不感到有些激动。当全曲演奏到了一半之际，许多人从跟着低声哼终于发展到引吭高歌。中日之间的战争，到一九三七年七月七日以后，才全面正式展开，但是对于当时绝大多数情绪激昂的中国人来说，心理上早就做好了开战的精神准备。

别人都在十分投入地唱歌，丁问渔却继续偷眼看新娘雨媛。按理说，这并不是他第一次见到雨媛，只不过在过去没有留下什么印象。任伯晋老人共有六名千金，没有儿子对于传统的中国人来说，是一件大事情，但是任伯晋老人似乎并不太在乎。作为职业军人和军界的前辈，任伯晋仅有的遗憾，是他没有一个儿子来继承自己的未竟事业。他选择的女婿多半是在军界服务，雨媛是他最小也是最宠爱的一个女儿，中学刚毕业，便投身到了军队中当了女兵。在今天的婚礼上，身着簇新女兵服的雨媛，给大家耳目一新的感觉，人们已经见腻了那种浓妆艳抹穿着白色长裙礼服的新娘，一身戎装反而出奇制胜。丁问渔正是被雨媛的这身戎装打扮吸引住的，他怎么也没有想到一个美丽的女孩子，穿上一身军服以后，竟会那么出众。雨媛姣美的脸庞和细挑的身段，因为紧凑合身的戎装发挥得淋漓尽致。

“新娘子真够漂亮的。”一名女学生羡慕地说着，她的手抱住胸前的小纸盒子，随着唱歌的节拍，很有节奏地颠着里面的钱。

婚礼上绝不可能有比雨媛更引人注目的女人。唱完了《义勇军进行曲》，年轻人意犹未尽，紧接着又唱起了也是由聂耳作曲的《大路歌》。《大路歌》因为电影的缘故，家喻户晓风行一时。早在三十年代，电影就已经成为一个非常时髦的玩意，凡是和电影沾点光的事情立刻引人注目。接下来又唱了充满悲伤情绪的《松花江上》，唱完了，又唱《打回老家去》，这是一首被明令禁止在公开场合演唱的歌曲，它的激烈的唱词，不止一次被日本人当作中国政府鼓励抗日情绪的证据。雨媛显然不是唱歌的料子，她就站在离丁问渔不远的地方，由于害怕自己唱走了调出丑，只是轻轻地跟着哼哼。丁问渔只能看见她的嘴在动，听不见她在唱什么。这时候雨媛唱什么，会不会唱，对他来说已经不太重要，丁问渔希望能永远就这么唱下去，没完没了，而他便可趁机对雨媛的美色大饱眼福。

相形之下，同样也是穿着军服的新郎余克润，在婚礼上便显得有些逊色。余克润是一名优秀的飞行员，同时还是航校十分杰出的教官。他的最近一次出色飞行，是在去年的十月二十九日蒋介石的生日纪念活动时，他带领航校的学生，驾机从检阅台上方排成队形超低空掠过。他们的出色表演得到了蒋介石的嘉奖，蒋介石训话时的宁波官腔，给航校生机勃勃的学生留下深刻印象。他们在紧张的训练之余，模仿着委员长的语音口吻，重新填入新的词汇，然后彼此之间互相开玩笑。婚礼上的余克润并不太像个新郎，崭新的军便装虽然很贴身，可惜在今天这样的场合有些不合时宜。雨媛的戎装打扮使自己变得更突出，因为女兵本来就是稀罕之物，而身着军服踌躇满志的青年军官，在南京的大街上却到处可见。满街都是当兵的，这是一九三七年故都南京的一大景观。

对于丁问渔来说，婚礼上的一对新人，既不像新郎也不像新娘。雨媛给人的一种感觉仿佛仙女下凡，至于余克润，则有些像某个要人的副官或保镖。在励志社这类场所最常见到的，就是像余克润这样穿着笔挺制服的青年军官。他们紧随在那些重要人物的身边，狐假虎威出足风头。这些从军校毕业的青年军官，既是军队中的佼佼者，又是中央军未来的栋梁。当余克侠咧着大嘴，把自己弟弟介绍给丁问渔的时候，丁问渔出于礼貌地想和他握手，但是余克润突然一个立正，将手绷得直直放在脑门前，皮鞋跟清脆地撞击了一声，活生生地把丁问渔吓了一大跳。

“这就是军校养成的毛病，”余克侠笑着对丁问渔说，“好像不这么立个正，敬个礼，就不是一名好军人似的。”

丁问渔自我解嘲地也举起手来，向余克润还了一个礼，他的这个姿势是从美国电影上学来的，既有些夸张，更有些滑稽。

余克侠挥挥手，让余克润去别的地方敷衍。“现在的年轻人，除了惦记着和日本人打仗，就不知道还有什么别的正经事可以做。”余克侠感到今天的婚礼有些被搅和了，忍不住要发牢骚。抗日抗日，要是唱唱歌唱唱高调就能把日本人吓唬走，就能把失去的东北四省收复回来，中国早就应该有救了。抗日救亡，日本人那么强大，光是一个嘴凶又有什么用，老是捣蛋捣下去，抗日未必能抗成，亡党亡国倒是说不定的。余克侠喋喋不休地对时事发表了一通看法，他希望丁问渔能明白自己的观点，实际上是代表许多有真知灼见的高级领导人的看法。“不瞒你说，我不久前曾见过军政部长何应钦将军，我们之间就国内外的形势问题，进行了广泛的讨论。何将军的观点便和鄙人不谋而合。还有胡适之先生，你知道胡适之怎么说的？”

“胡适之这个人专门瞎说八道。”丁问渔对余克侠的话题没有任何兴趣，他完全是出于赌气地这么说着。胡适之是文化界的名流，然而并不是所有的知识分子都喜欢他。从“九一八”事变直到抗战前夕，他一直主张对日本人咄咄逼人的侵略势头妥协，与主张不抵抗政策的人呼应唱和，因此遭到国人的普遍不满。在今天这样特定的场合里，丁问渔对是否应该抗日无动于衷，他的目光搜索着雨媛的倩影，那种急切的神情，已经超过了一般意义的好色。那群学生组成的勇敢的闯入者正在离去，已经到了尾声的婚礼再次有了冷落的迹象。人们在缓缓而起的乐声中，跳起了最后的告别舞。那是一首漫长的探戈舞曲，丁问渔不管三七二十一，拉起身边的一位阔太太，不由分说地邀请她上场。阔太太被他弄得莫名其妙，像她那样肥胖身躯的女人，在舞场上是很少有人主动邀请她跳舞的。她的丈夫频频向别的女人出击，连就算是出于礼貌陪她跳一曲的机会都舍不得施舍。她为自己受到的冷遇已经窝火了很长时间，丁问渔的无礼被她误认为是自己的魅力在起作用。

“你怎么到现在才想到邀请我的，”阔太太抹着浓妆，扯细的眉毛像是用墨涂出来的一样，她目不转睛地盯着丁问渔头上戴着的绒线帽，用一种不该属于她的细嗓子嗲声嗲气地说着，“我丈夫说你是一位很有名气的大教授？”

“名气？我想你丈夫肯定是这么说的，说我只是一个出了名的浪荡子。”丁问渔像推一座山似的，把阔太太向雨媛身边推。他的眼睛和雨媛的目光终于对上了，然而只是短暂的一瞬间，雨媛迅速地把眼睛移开了。完全是因为配合方面的问题，丁问渔和阔太太的舞跳得很糟糕，他们互相踩着对方的脚，阔太太感觉到丁问渔一次次故意撞击她高耸的乳房。她的腰是那样的粗壮，结果丁问渔要想搂住它，就不得不全力和她贴紧。好在丁问渔很快掌握了接近雨媛的诀窍，既然推着阔太太往前走是那样寸步难行，他只要背对着雨媛，就会很容易被逼到她身边。阔太太的激情远远超过了丁问渔的想象，她一方面觉得他有些不安分，另一方面，发自内心地希望他对她不规矩。也许只是为了气气自己的丈夫，也许因为已经寂寞了许多年头，她情不自禁地把一身肉尽可能地往丁问渔的身上贴。

4

当舞曲结束的时候，丁问渔猛地推开阔太太，三步并作两步，跑到雨媛的身边，十分诚恳地表示愿意和她跳下一支曲子。他的请求引得在场的人都笑起来，雨媛捂着嘴，把脸都笑红了。谁都能看出来，舞会已经结束。乐师们已经将乐谱合上，指挥把指挥棒搁在乐谱架上，十分潇洒地捋着自己的长发。人们纷纷往外涌，走到门口向侍者取自己的外衣。丁问渔满脸的遗憾表情，给大家留下了更加可笑的印象。他依依不舍地看着这对即将离去的新人背影，一阵妒意油然而生。

雨媛在向自己的父母告别，向来参加婚礼的客人告别。她显然觉得丁问渔这个人很有意思，尽管他今天老是出洋相，但是并不觉得他讨厌。丁问渔早就给她留下了滑稽的印象，这个二十年以前追求过自己大姐的书呆子，一直是雨媛一家人背后偷偷取笑的对象。远在美国的大姐雨婵未能赶来参加婚礼，要是她看到丁问渔今天的表现，真不知会怎么想。雨媛非常大方地走到丁问渔面前，把自己的手伸了过去，她的一家和丁问渔都熟悉，唯一不曾和他开过玩笑的恐怕就是她自己了。

所有的人，向新人祝福时，都说着差不多的客套话。雨媛想象不出丁问渔会说出什么话来，她的手伸出去以后，让她感到尴尬的，是丁问渔竟然毫无表示，他目瞪口呆，似笑非笑，痴痴地看着她。她犹豫着是否应该将自己的手收回去，丁问渔突然有失体统地抓住了那只白净的纤手，用两只手紧紧地握着不肯丢。雨媛越是想把手缩回去，他越是抓得紧。

“像你这样漂亮的姑娘，怎么可以轻易地嫁人呢?”丁问渔说了一句让所有听到的人都会大吃一惊的话。

雨媛说：“丁先生，你真会开玩笑。”

丁问渔一本正经地说：“我怎么会是开玩笑?”

雨媛脸色微微地有些变，她用力想把自己的手缩回去。丁问渔抓紧时机，根本不考虑自己的话会是什么后果，用日语十分冒昧地说着：“要是我能早一些见到你，今天做新郎的也许就是我了，不是吗?”由于雨媛的母亲美京子是日本人，任伯晋老人又是日本士官生毕业，一家人都能说流畅的日语，因此丁问渔的话，雨媛全听懂了。她用力将手抽了回去，丁问渔抓她抓得很紧，雨媛一用力，差一点把他拉倒。作为一个早就有家室的中年人，丁问渔做得显然太过分，即使是调情也应该看看地方看看对象。雨媛的脸涨红了，这次是因为生气，她毕竟是个有教养的女孩子，装作没听懂他说什么，转身和别人敷衍。

任伯晋老人一家再次过来为女儿送行，美京子夫人上前搂住了雨媛，在她耳边轻轻地说着什么。她祝福女儿能尽快地为女婿生个儿子。美京子夫人对自己未能给丈夫生儿子感到终生的内疚，她希望女儿不要重蹈自己的覆辙。雨媛是她最小的女儿，也是丈夫最偏爱的心肝宝贝，想到雨媛终于也嫁人了，美京子夫人禁不住流下伤心的眼泪。她在中国已经待了几十个年头，时间远远比待在她的出生地日本长得多。既然嫁了一个中国丈夫，美京子夫人自己也就变成了一个不折不扣的中国妇人。在嫁给任伯晋多少年以后的一九三七年，由于日本对中国的侵略，美京子夫人随时随地可以感受到中国人对日本的仇恨，无论是自己心爱的丈夫，还是那六个由她一手养大的女儿，都是主张对日作战的主战派。她嫁给任伯晋的时候，李夫人留下的两个孩子，一个三岁，一个还未满周岁，美京子夫人待她们姐妹完全如同己出。然而这一家人完全忽视了她是一个日本人，美京子夫人自己也差不多快要忘记自己的祖国了，她从来不穿和服，甚至忘记了做日本菜。丈夫和女儿是她的一切，她不愿意做任何让他们感到不高兴的事。

母亲的眼泪同样感动了雨媛，她眼睛顿时也红了，不好意思哭，便扭转过身体，将自己的头在老父亲的肩头上，淘气地顶了顶。任伯晋老人鼻子也有些酸，笑着说："别又哭又笑的，要是还能真想到你老爹老娘，经常回来看看是真的。"

一直到雨媛登上余克润驾驶的军用吉普，她脸上的笑容都是十分勉强。人们都以为她舍不得爹娘，其实她此时只是在生丁问渔的闷气。结婚自然是应该离开爹娘的，雨媛不可能为出嫁太伤心。她气恼的是丁问渔今天太不像话，他不该说那种无聊的话。丁问渔的无礼让她觉得自己被戏弄了，他果然是像传说中的那样轻薄，那样无耻，那么肆无忌惮，不在乎自己成为公众的笑柄。军用吉普不合时宜地刚启动就熄了火，余克润不得不在众目睽睽之下，跳下车来，掀起前面的车盖，调整被堵塞的油路。这是一辆崭新的吉普，常常会闹一些不愉快的小故障，在新郎官排除故障的时候，已经坐在车上的雨媛，有一种登高亮相的尴尬。应该结束的时候不结束从来就是件糟糕的事情。该告别的话已经都说了，车下的人只好频频挥手，想到什么说什么地消磨时间。

雨媛尽量不回头去看丁问渔，然而她终于有些忍不住，带着赌气地侧过头去，看见丁问渔像只打败了的公鸡，十分孤独地站在弹簧玻璃门那里，耷拉着脑袋发呆。这时候，他已经穿上了灰色的呢大衣，胸前敞开着，手里提着那根纯粹是摆设的手杖。雨媛对那种男人提着文明棍的欧洲时髦感到很别扭，但是她又无端地觉得，像丁问渔这样小丑一般的怪人，配上这么一根不伦不类的拐棍十分合适。丁问渔那副孤独的模样，既让雨媛感到解气，又让她产生了一点恻隐之心，因为他虽然有些过分，然而雨媛也够让他下不了台的。

丁问渔在余克润将吉普车重新发动起来之前，就满腹心事地坐上和尚的车先走了。太阳尚未落山，但是已经没什么威力了，和尚的脸冻得有些发青，将短棉袄拦腰用一截电线扎紧了，拉起丁问渔就跑。灰溜溜的丁问渔没有和任何人告别，在路上也懒得与和尚说话，他觉得此时和尚一门心思地用力拉车，正符合自己的心意。余克润驾驶的军用吉普在珠江路拐弯处，追上了和尚的人力车。雨媛注意到丁问渔紧紧裹着呢大衣，像个病人似的萎缩在车座上。他的眼睛紧闭着，似乎还在发抖，手上仍然抓着那根手杖。突然，丁问渔的眼睛仿佛睁开了，雨媛赶紧把自己的目光移向别处。

第二章

1

丁问渔最初不可思议地看中雨媛的时候，很多人都相信，他不过是又一次重犯了二十年前盲目追求雨媛大姐雨婵的疯病。大家只是觉得这事有些可笑，笑过了也就算了。如果不是经常闹些笑话，丁问渔就不是丁问渔了。丁问渔再次陷进爱情的沼泽，仿佛是一个可笑的人，又一次做了一件可笑的事情。甚至丁问渔刚开始也觉得自己的走火入魔，是十七岁那场没有结果的爱情故事的延续，是已经寂灭的爱情之火死灰复燃。他不断地在日记上扪心自问，自己提出质问，又自己做出回答，终于很快得出了结论：虽然所爱的人是同胞姐妹，虽然所爱的人都是已婚，但是这无疑是两起丝毫没有联系的爱情风暴。

丁问渔对雨婵雨媛姐妹的爱，都是一样的狂热，都是一样的死去活来，可是两者出发的基本点显然不同。二十年前后的丁问渔，是两个截然不同的人，出发点不一样，结果也就不可能一样。十七岁的丁问渔只是一个涉世不深的少年，非常幼稚，对女人一无所知。他对雨婵的初恋，是一种童话中的爱情，是一首浪漫的诗歌。二十年以后的丁问渔已是情场老手，是一个十足的浪荡子，一个寻花问柳的高人。他声名狼藉，经历过的女人，多得连自己也弄不清楚。爱情这词此时对他已经失去了现实意义，他马不停蹄地追逐着各式各样不同风格的女人，一旦达到目的，立刻进行下一轮战役。他像一名身经百战的将军一样，在女人堆里冲锋陷阵，一次次经受挫折，一次次丢人现眼。尽管战绩辉煌，可是他的心灵上已经伤痕累累，旧的伤痕已结了痂，新的伤口又在流血。可以说是在一开始，没有人把丁问渔对雨媛的爱情当回事，大家都觉得他不过是又看上了一个新的女人。

二十年前的纯洁的那个丁问渔早就荡然无存。那时候，他青春年少，刚和父亲从日本归来，准备直接进入东南大学读书。当年，像他这样年轻的大学生可以说是绝无仅有，因为他看上去就像个大孩子一样，国文和数学的成绩一塌糊涂。丁问渔父亲的目的，是让已经熟练掌握两门外语的儿子，在纯粹是中国式的大学里，很好地熏陶一下中国文化。丁问渔随同父亲在日本待了五年，这五年中，日语几乎成了丁问渔的母语。父亲又专门为他聘请家庭教师，是一位在日本的德国留学生，负责教授他德语和英语。十七岁回到祖国的时候，少年丁问渔首先向众人展示的，是语言方面的天才，他已经能够说一口地道的日语和德语。在北京停留期间，有一次，父亲带着他去当时的陆军总长段祺瑞家做客，正好有一位德国客人也在那里。段祺瑞曾在德国学过军事，在他固执的脑子里，训练有素的德国军队，是世界上最强大的一支武装。他向那位德国人讲述着围棋，不时地卖弄着自己并不娴熟的德语。

丁问渔和德国人一番流畅的对话，立刻使段祺瑞觉得应该送这孩子去德国的军事学院。自古英雄出少年，段总长颇有感慨地说，中国留学生在德国学习军事，仅仅是在过语言关这一点上，就浪费了太多的时间。他为此深有体会，觉得像丁问渔这样的条件，现在去学习军事，前途一定不可限量，北洋政府太缺少优秀的军事人才。但是丁问渔的父亲对于段总长的好意只是心领，他对于儿子所寄予的希望，是希望他将来能成为一个金融家，子承父业，成为未来银行业方面的巨头。丁家的一切都是在洋务运动中发展起来的。丁问渔的祖父只是一个普通的进士，官阶并不算太高，一度曾是两江总督张之洞的幕僚，然而却在经营方面做出了杰出的贡献。

丁氏家族家大业大，除了丁问渔父亲这一支，其他的几支都是人丁兴旺。丁问渔的祖父不仅为自己的儿孙，留下了取之不尽享用不完的万贯家产，而且为后代如何保持住这些家业，设计好了最完美的方案。丁问渔父亲那一辈中，可以说是人才辈出，什么样的人都有。有当官的，自然是当大官；有继承实业的，开办纺织厂缫丝厂面粉厂；有当买办的，直接替外国人做事。到了丁问渔这一辈，更是五花八门，什么领域都去涉足。譬如他的堂兄丁公洽就是留日学军事的，是老同盟会会员，民国后一直在军界的高层活动，丁问渔和雨媗发生联系，就是因为他的缘故。丁问渔另一位堂兄是共产党的创始人之一，后来与共产党翻了脸，又成了国民党的中央委员。他还有一位堂兄甚至成为洪门的一个帮主，在天津的租界里公开招收徒弟。

丁问渔父亲自己的事业可谓如日中天，他曾当过北洋政府时期中国银行的上海行长，而且长期在财政部担当要职。唯一遗憾的，是膝下就只存活了丁问渔这么一个宝贝儿子，他的太太自从生了丁问渔以后，生的几个儿女，都是未成年就夭折了。丁问渔的父亲对儿子的期望值虽然很高，花大价钱栽培他，但是由于对丁问渔的过分娇宠，结果儿子根本未能成为他所希望的那种人。希望越大，失望也越大，自从儿子成人以后，他老人家就没有停止过对他的操心。丁问渔好像成心要和老子作对一样，总是拣那些最伤他心的事去做。

很多人都相信，十七岁时开始不可思议地追求雨媗，是日后丁问渔终于成为浪荡子的最初讯号。这不过是他一头扎进女人堆，义无反顾地走向堕落的序幕。消息刚刚传开的时候，丁问渔的父亲如雷击顶，大发了一顿脾气以后，立刻决定让不像话的儿子辍学，让他的堂兄丁公治像押犯人一样将他带到上海反省。由于上海有直达南京的火车，丁问渔的父亲不得不专门派人盯着他，以免他像贼似的溜回南京，继续纠缠清白无辜的雨婵。

那次疯狂的爱情，差一点毁了丁问渔。一切已经变得几乎不可收拾，丁问渔不吃不喝，寻死觅活，决心为自己心爱的女人殉情。他的父亲对他采取了最严密的防范措施，但是他还是花巨款收买了自己的监护人，然后乘了一辆夜行列车，在天亮时悄悄地潜回了南京。他伫立在雨婵家门前的巷子里，像个幽灵似的躲在电线杆后面，痴痴地等候着雨婵的出现，从黎明时分，一直坚持到太阳落山。晚上，他在夫子庙找了一家肮脏小旅馆住下来，那是一个气候干燥的秋夜，一个肥胖的妓女小心翼翼地敲了敲门，然后走进了他包的房间，看着他开裂的嘴唇，问他需要不需要个女人替他去去火。这样的场面丁问渔第一次遇上，他吓得瑟瑟发抖，语无伦次，不知道说什么好。

胖妓女在被赶走前，非常仁慈地安慰着他，她看着丁问渔苍白的脸，语重心长地说："小伙子，不用怕，你越是怕，说明你越需要。"

2

丁问渔爱上雨媛的大姐雨婵，最初只是由两个可爱的孩子引起的。这两个孩子，一个是刚刚出世六个月的雨媛，一个是雨婵三岁的儿子天锡。当时雨婵正带着这两个孩子，在树荫下纳凉。雨媛睡在藤条织成的摇篮里，她的三岁的小外甥天锡在绿油油的草坪上，追逐着一个小橡皮球。橡皮球滚到了丁问渔的脚边，他十分淘气地用脚踩住了那球，不让天锡拿。天锡也不哭，他拼命地想把丁问渔的脚挪开，把个小脸憋得通红。

雨婵就是在这样滑稽的场面中，见到自己疯狂的追求者丁问渔的。丁问渔执着地和小天锡开着玩笑，小天锡终于来火，他抱着丁问渔的腿肚子，狠狠地咬了一口，丁问渔疼得哇的一声大叫。小天锡趁机捡回自己的橡皮球，大获全胜地逃之夭夭。正在树荫下看书的雨婵忍不住笑起来，她不声不响地注意着丁问渔的到来已经有好一会儿，她注意到他的脸一直红到了脖子根。

“你就是那个刚从日本回来只会说日本话的小伙子?”雨婵以一种哄孩子的口吻问着。

丁问渔目瞪口呆，不说话，傻乎乎地看着雨婵。

雨婵又说：“喂，你究竟会不会说中国话?”

丁问渔孩子气地笑了，这是一个荒唐的问题，他当然是懂中国话的。雨婵的本意，也不是真怀疑他不会说中国话，她不过是随便找句话逗逗他。一切就这么在不知不觉中开始了。事情的进展，丁问渔和雨婵都不曾预料。刚开始一切都很正常，雨婵像个大姐姐一样与丁问渔有说有笑，她不停地提一些完全是出于好奇的问题，丁问渔一一如实回答。从日本回到祖国，他处处都感到一种陌生，雨婵的关怀让他非常亲切。吃饭的时候，雨婵特地安排他坐在自己身边，像照顾小弟弟一样一次次地为他搛菜，然后把自己所知道的关于他的话题，带些卖弄地说给大家听。丁问渔在饭桌上显得毫无教养，他在众目睽睽之下，把喜欢吃的清炒虾仁端到了自己面前。

带他到任府的堂兄丁公治，不得不像熊小孩一样地教训丁问渔。他们虽然是很近的堂兄弟，但是岁数却相差了几十岁，根本就是两代人。饭桌上的气氛非常愉快，丁公治教训了一通丁问渔以后，又借机说了一些他的笑话。丁问渔是一个被宠坏了的孩子，总是有许多让人笑话的地方。丁公治那时候在北洋政府的陆军部任职，这是个有职无权的闲差，他这次拜访留日老同学，是想带丁问渔认认门，日后在南京读书时，假期中有个落脚的地方。此外，也是奉陆军部之命，咨询一下任伯晋是否有兴趣出任保定军官学校的校长。任伯晋在协同蔡锷将军倒袁运动中，曾立过汗马功劳。蔡锷将军和任伯晋是日本士官学校的先后同学，蔡锷比任伯晋高一届，他们对建设一支现代化的国防军队有着完全一致的看法。

正是在这次饭桌上，丁问渔首次听任伯晋谈到了中日势必一战的看法。任伯晋啜着南方的米酒，说日本这些年对中国的帮助虽然不小，譬如成为反清同盟会大本营所在地，譬如为中国培养了许多现代化人才，但是自从甲午海战之后，中日之间的仇结得实在太深了。况且日本的野心在于称霸亚洲，若想达到此目的，必欲先征服中国。中国如果不迅速建立一支现代化的国防军队，结局将不堪设想。

“将来中日之间如若开战，其决战必定是在陇海线一带，”任伯晋带有预言性质地分析说，“徐州淮海自古就是战场，到时候，我军若不能在此地战胜日军，必将西移，以持久战，消耗他们。日本乃弹丸之地，消耗不起的。”

任伯晋的看法二十年以后完全被证实，丁公治请任伯晋就中日军事力量对比，畅所欲言。任伯晋憋了一肚子话在心头，就这话题侃侃而谈。谈到临了，他叹着气说：“若以甲午年间的军事力量对比，中日尚可一战。以今天的军事实力，就难说了。”

丁公治说：“伯晋兄的意思，中日不可一战，我们不是对手？”

任伯晋说：“话不能这么说，军事力量对比是一回事，民心又是一回事。甲午一役，中国赔款割地，割让了台湾，这口气，中国人岂能就这么咽下去。夫战，勇气也，民心可用，这是我方占优势的一点。可惜连年来，国内军阀混战，各路诸侯，只知道争夺地盘。

而日本亡我之心不死，年年备战，除陆军越来越强大之外，又全力发展海军。因此未来的中日之战，将由平面进攻，转为海陆空立体作战，因此我们届时将又不知落后多少了！”

已经吃饱的丁问渔站了起来，准备离席去干别的事，丁公治拉住了他的胳膊，不让他走。丁公治觉得堂弟虽然只是一个十七岁的男孩子，可是他有义务关心自己国家的前途和命运。就算他是毫无兴趣，仅仅是出于礼貌，他也应该听完任伯晋所作的精辟分析。

“我们在军校读书的时候，脑子里总是在想，一支用来保卫国家的国防力量，将由我们这一代人亲手缔造，可是结果，我们这些人，不是在家赋闲，便是成了军阀的帮凶，或者干脆自己就成了军阀。”任伯晋表示他对就任保定军官学校校长一职没什么兴趣，因为他知道北洋政府反复无常，他去了也只是个摆设和傀儡，不可能有所作为。

二十年以后，中日战事全面爆发，丁问渔重新回忆起任伯晋老人在饭桌上说过的一番话，不得不佩服他料事如神。在丁问渔的印象中，任伯晋永远是一个身着便装的儒将，跟大街上常见的那些粗俗的武夫和军官没任何相似之处。丁问渔对国家大事，从来就没有真正地感到过兴趣。在丁公治和任伯晋继续纸上谈兵之际，丁问渔拉住了雨婵不让她走。既然他必须坐在那儿听那些无谓的谈话，他就有权利要求雨婵和他一起受罪。他伏在雨婵的耳朵边，轻声说他们应该想个办法离开这里。雨婵又一次忍不住地笑起来，她的笑有一种说不出的温柔，令很少与女人打交道的丁问渔感到十分亲切。他从她的耳朵边，闻到了一种特殊的女人的芬芳味，这味道直往鼻子里钻，他情不自禁，差一点要在雨婵的脖子上亲一下。

已经接近尾声的饭桌上，除了雨婵和丁问渔，这时候就剩下丁公洽和任伯晋。丁问渔突然十分冒昧地拍了拍雨婵的屁股，雨婵吃了一惊，她注意到父亲还在说着话，丁公洽不住地点着头，他们显然对发生的事一无所知。丁问渔的手按在雨婵的屁股上不肯离开，雨婵并没有把这带有孩子气的举动放在心上，她伸出手在丁问渔的腿上轻轻地拧了一下，警告他不要过于放肆。雨婵并不是轻浮的女人，而十七岁时的丁问渔甚至还不明白调情是怎么一回事，他那时候只是喜欢看拜伦和席勒的诗歌，有时也读一些日本的哀情小说，他没想到的一点，是最初的爱情竟然这么不明不白地就产生了，仿佛火星遇上了燃油，猛地一下就燃烧起来。十七岁的丁问渔刚刚做好了爱上一个女人的准备，便匆匆地走上了战场。

3

在以后几天里，丁问渔完全掉进了爱情的陷阱。早在来任家做客之前，丁问渔就听见丁公洽和父亲谈起过雨婵。丁公洽曾想与任伯晋结成儿女亲家，让自己的长子娶雨婵，但是丁问渔的大伯，却为自己孙子的婚事，自作主张做了安排。这件事，丁公洽始终觉得自己有些对不住老朋友。雨婵的婚事似乎不是很圆满，她嫁给了一位川籍军官，结婚不过才五年，这军官已经娶了两房姨太太。少年丁问渔最初的爱情，就是认为自己应该义不容辞地把雨婵从不幸的婚姻中解救出来。

在任家做客的日子里，丁公洽兄弟俩被安排住在东面的客房。丁公洽和任伯晋有谈不完的话，丁问渔便把大部分时间，都花在草坪上与雨婵的聊天上面。他孩子气地陪小天锡玩，一本正经地哄睡在藤制摇篮中突然惊哭的雨媛。雨媛的奶妈总是动不动就请假溜出去，结果照料雨媛的差事落到了雨婵头上。想到刚刚六个月的雨媛竟然是雨婵的妹妹，丁问渔觉得十分好笑，他看着雨婵将雨媛抱在怀里，三岁的天锡在一旁捣蛋，说他最初以为这两个小孩都是她的。

雨婵说自己常常也有这样的错觉，她告诉丁问渔，自从他出现以后，她有时甚至会觉得自己现在已经有了三个小孩。她告诉他，丁问渔与其说是像一名她从未有过的小弟弟，还不如说他是小天锡从未有过的大哥哥。雨婵的意思只不过想表明，如果夸大他们之间的年龄差距，他们之间的亲昵便多了一层保护色彩。雨婵在年龄的幌子下，错误地相信她所有无微不至的体贴关怀，都是无可指责的，而丁问渔大胆冒昧的举动，也因此不算太无礼。就像丁问渔对女人毫无经验一样，雨婵对于男人的复杂性其实也是一无所知。在她所处的那个时代里，男人娶妾是事业有成的标志，她即使心里不乐意，也不应该在言行中有任何表示。丈夫可以天经地义地寻花问柳，甚至可以把肮脏的淋病当作战利品带回家传染给妻子，但是做妻子的不应该把这些不满流露出来。

谁也想不到事情进展得会那么快，也许是那天太热的缘故，人们被突然来临的热浪，蒸得昏头昏脑，结果干什么事都不计后果。中饭后是大家午休的时候，雨婵把小天锡好不容易哄睡着了以后，又徒劳地哄雨媛。仅仅才六个月的雨媛仿佛预感会出什么事，她瞪大着眼睛，迟迟不肯入睡。雨婵无望地坐在摇篮旁边，轻轻地晃着摇篮，丁问渔却在一旁来回走着，像念咒语似的希望雨媛立刻闭上眼睛。完全是无意中，从雨婵敞开的衣领中，他窥见了她时隐时现的丰满的乳房。正好这时候雨婵抬起头来，对丁问渔的偷窥似乎有所察觉。丁问渔感到非常害羞，为了掩饰住害羞，他无师自通地采取了一个笨拙而行之有效的大胆行动。他隔着摇篮，猛地一下捧住了雨婵的脸，从她的眉间沿着鼻子往下一路亲过去。

雨婵肯定是被他吓蒙了，很长时间内没有任何反应，丁问渔终于触到了雨婵的嘴唇，他在她的嘴唇上，像吸什么液体似的，用力地吸了一口，发出一种非常奇怪的响声。摇篮里的雨媛突然哭了，雨婵总算清醒过来，她使劲掰开丁问渔的手，把他向后一推。

“想不到你小小的年纪，怎么这么下流？”雨婵红着脸，一边晃动摇篮，一边愤愤地说。

丁问渔不知所措，他并不后悔自己刚刚做了什么。

雨婵又说：“天呀，你还是一个小毛孩子！”

丁问渔坚决地说：“不，我不是毛孩子。”为了加强这句话的力度，他做了非常重要的补充：“不管你相信不相信，我已经决定要娶你。我已做好了这种准备。”他不知道自己接下来还应该说什么话，要想很好地掩饰住自己的窘迫和尴尬，他唯一的办法，只能是趁雨婵还不曾撵他走，像闯了祸的小孩子一样溜之大吉。抓住适当的时机逃跑和抓住适当的时机进攻一样重要，丁问渔这一着棋下得很漂亮。

吃晚饭时，美京子太太最早发现了异常。她发现雨婵没有像往常一样，和丁问渔坐在一起，而且从头至尾两人没有说一句话。他们没有像往常那样旁若无人地说笑，丁问渔没有一筷接一筷地搛自己喜欢的菜，雨婵也没有像对待弟弟一样地关照他。他们甚至都不敢看对方一眼。丁公治和任伯晋继续就军阀之间的军事力量，以及即将发生的混战和结局进行广泛的商讨，半个月前，辫帅张勋在北京拥戴清廷废帝溥仪复辟，这场荒唐的闹剧折腾了只有十二天，便非常可笑地变成历史。而在这个月的十七号，孙中山乘“海琛”号军舰由上海抵达广州，在西南军阀唐继尧和陆荣廷的拥护下，就任护法军政府的大元帅。任伯晋对孙中山的政治主张非常看好，但是甚感遗憾的，就是孙中山手下缺少真正优秀的军事人才，缺少效忠于自己的军队。

“孙文过于倚重别人的军事实力，总有一天，他会因此大吃苦头，”任伯晋好像已经预感到了第二年会有的结局，孙中山将被当初拥护他当大元帅的那些军阀撵下台，将被迫辞去护法军政府大元帅的职务，“他应该明白自己在利用别人的时候，别人其实也是在利用他。”

雨婵离席之后，丁问渔立刻撂下碗筷，像幽灵一样地盯在她后面。天已经完全黑了，雨婵意识到了事情的严重性，成心想摆脱丁问渔的纠缠，她坚决不给他与自己单独相处的任何机会，丁问渔追在她后面，刚要开口，她便立刻换地方。她跑到三妹雨姣的房间，和雨姣一起进出浴室，然后又和她同坐在天井的一张竹榻上纳凉。丁问渔死皮赖脸地想加入她们的谈话，雨婵很严肃地说：“我们说的都是女人方面的事情，你别在这听。”丁问渔直到半夜里，才找到了能够彻底表白的机会。他不顾后果地跑到雨婵卧室的窗前，敲了敲敞开着的玻璃窗。当他确定雨婵知道他是在干什么，并且肯定是在听他说话时，他孩子气十足地说：

“我的心里现在只有你！”

雨婵先不准备理他，但是她害怕如果不开口，丁问渔会呆头呆脑地在窗前站一夜。事情到了这一步，丁问渔什么事都可能做出来。一切已经很出格了，任府人多嘴杂，在这样闷热难眠的夜晚，天知道会不会有人在偷听。雨婵犹豫了半天，终于很理智地说："别闹了，你现在最好的办法，就是立刻离开这里。"

丁问渔心满意足地回去睡觉了。这一夜他睡得很踏实，在梦中，他发现自己已经成为一名货真价实的男人，成为一名儿女成群的父亲，成为一名可以随心所欲对雨婵发号施令的家庭暴君。第二天他睡得很晚才起来，醒过来以后的第一件事，是决定必须进一步地向雨婵袒露心扉。为了不使她产生他只不过是在闹着玩的错误印象，丁问渔决定今天再次向雨婵表明他要娶她的决心。然而他的表白显得很多余，雨婵根本就不想听，他刚开了个头，就被雨婵毫不客气地给打断了。事实也证明这样的表白根本没有必要，与其说是他要想向雨婵表白，还不如说他更想向自己表白；与其说他想向雨婵证明自己确实是爱她，还不如说他更想向自己证明他确实是爱她。

丁问渔对雨婵强烈的爱情，实际上是在遭到拒绝以后，才变得不可遏制地强烈起来。在雨婵的印象中，丁问渔至多不过是一个有些出格的贾宝玉，见了好看一些的女孩子就喜欢。虽然她觉得他是在和自己闹着玩，但是真正闹着玩的是她自己。没有一个女人会发自内心地不喜欢男人对她的好感，无论这男人是白发苍苍的老人，或是乳臭未干的男孩。雨婵毫不犹豫地拒绝了丁问渔，她顽强地抵挡住了他的进攻。在丁问渔咄咄逼人的攻势下，雨婵变得越来越坚决，越来越没有通融的余地。她不可能因为一个小孩子的胡闹，头脑热得让自己名誉扫地。

丁公治带着歉意地把丁问渔领走了，他的用意，本来只是因为丁问渔在东南大学读书，在南京没有能照顾他的熟人，因此想把他托付给自己的老朋友。这场闹剧使得丁公治很长时间里，都没脸再登任府的大门，其实他根本没有必要感到歉意，因为任府上上下下都不讨厌丁问渔。他们始终觉得他是个任性的孩子，大家都在笑谈丁问渔的荒唐行为，除了雨婵，没人能想象丁问渔已经走出多远。就算是雨婵，对丁问渔的举动也吃不准，她已经被他吓唬住了，自从这笑话传开以后，雨婵再也没有勇气单独面对丁问渔。

丁问渔一封接着一封地给雨婵写那种十分肉麻的信，这些信刚传到雨婵手上的时候，她便当着送信人的面，将信撕得粉碎。丁问渔因为雨婵的固执，变得更加疯狂。他相信雨婵所以如此，一方面说明她是个有节操的女人，另一方面是存心想考验考验他。只有经过爱情之火的冶炼，经过爱情风霜的折磨，爱情才会真正的甜蜜。得之太容易的爱情从来就不是真正的爱情。当丁问渔像笼子里逃出来的小鸟，坐夜行列车到南京的第二天，任府的一个佣人，看见了藏在电线杆后面的丁问渔，回去一汇报，任府里顿时乱成一片。雨婵做出的第一个决定，就是这件事必须瞒着父亲。三天过去了，丁问渔依然在老地方站着，雨婵不得不做出第二个狠心的决定，她让一个佣人去告诉陷于绝对痛苦中的丁问渔，请他立刻返回上海的父亲身边，要不然，任家将通知警察厅，让他们派人送丁问渔回去。

绝望的丁问渔像被通缉的罪犯一样逃之夭夭，他又一次回到他第一晚曾经居住过的肮脏的小旅馆，又一次回到他曾经住过的房间。当那个在惊恐中曾被撵出去的胖妓女，又一次走进他的房间时，他伤心地捂着自己的脸痛哭起来。胖妓女说："孩子，有什么事让你这么伤心，是你爹死了还是娘死了？"

丁问渔想叫那胖妓女滚出去，可是他哭得太伤心了，竟然说不出话来。

胖妓女说："有什么好伤心的，要说伤心，我才是真伤心呢。"

丁问渔抬起头来，眼泪汪汪地看着胖妓女，胖妓女脸上涂着厚厚的脂粉，嘴唇的口红厚薄不均，两颗虎牙，眼睛也没什么神。她一眼就看出他还是个一窍不通的小公鸡，对他挤了挤眼睛，很做作地说：

"我们都想得到不同的东西，一个想要爱情，一个想要钱，孩子，我这儿有的是爱情，你也不像是个缺钱的少爷。你听我一句话，我保证你快活得一辈子不知道什么是伤心！"

4

丁问渔的初夜除了伤心，没有任何快活。胖妓女是为了他口袋里的钱，丁问渔是因为没来得及阻止她。对于丁问渔来说，这次袭击永远是一次最可怕的记忆。胖妓女像是杀鸡时破膛开肚一样，用力扯开了他学生装上的扣子，把衣服向两边用力分开，然后抽去他腰里的皮带，像给青蛙剥皮似的，十分麻利地往下捋他的裤子，一直把裤子褪到脚腕那里。在丁问渔一切尚未准备就绪的时候，胖妓女自说自话地骑坐在他的身上。

木板床硌得丁问渔全身的骨头疼。胖妓女的技艺，远不像她吹嘘的那么娴熟那么完善。事实上，他们两个人只是在完成一场大家并不情愿的交易，动作粗暴单调而且毫无激情。丁问渔感到自己透不过气来，等到他终于能深深地喘一口气时，一切已经可悲地结束了。刚刚开始就已经结束，还没开始就已经结束。胖妓女没有拿了他的钱立刻就走，她完全是出于同情地表示，自己可以留下来，不取任何报酬地陪他打发完漫漫长夜的剩余时光。这一次，丁问渔总算变得坚定起来，他毫不犹豫地请她立刻出去，并请随手把门带上，因为他根本就不想再下床。一直到天亮，他都以同一种姿势躺着，天一亮，他翻身下床，连行李也没拿，找了辆黄包车，直奔火车站。

十七岁的丁问渔一下子就成熟了。回到上海以后，皱着眉头的父亲跟神色恍惚的丁问渔，面对面地进行了一次严肃的谈话。做父亲的意识到上海与南京的距离太近，最好的办法就是让儿子远走高飞，在谈话中，他问他是否愿意去欧洲留学。丁问渔的父亲以为被爱情折磨昏了头的儿子，会一口拒绝，事先已经想好了逼他就范的种种措施，但是出乎意外的是，丁问渔不仅毫不迟疑地答应了，而且一本正经地问父亲自己什么时候可以动身。

“坐船大约需要多少时间呢，但愿这一次我不会晕船。”丁问渔满不在乎地说着，好像他对于离开中国唯一的担心，就是会像喝醉酒一样呕吐。

丁问渔选中了去法国留学。多少年以后，丁问渔的父亲会为这次将儿子赶出国去，感到深深的懊悔，但是在当时他却觉得这是治疗儿子爱情创伤的最好办法。惊奇的父亲问他为什么不去德国或者英国，他的德语已经很棒，英语也不错，如果是去英国，他的英语将得到进一步的提高。丁问渔告诉父亲，他所以要去法国，是准备开始学习一门全新的外语。只有全新的东西，才能让丁问渔全身心地投入，才能把他从爱情的沼泽中拔出来。丁问渔在语言方面绝对是个天才。多少年以后，他能够熟练掌握的外语，让所有熟悉他的人都惊叹不已。他的父亲做梦也不会想到，他此次出国远行，会在欧洲待上十二年，然后又去美国待了五年。十七年后回国的时候，他几乎通晓了欧洲的所有语言。因为在过去的十七年，他除了像鹦鹉学舌一样，不停地学习不同国度的语言，没干过任何一样正经事。

在国外的十七年里，彻底挣脱了枷锁的丁问渔，逐渐变成了不折不扣的浪荡子。事实上，早在出国前短短的一个多月中，丁问渔已经差不多把雨婵给忘了，他又一次无师自通地和父亲为他聘请的法国女教师勾搭上了。年轻的法国女教师名叫玛丝琳，是上海一家洋行职员的太太，热情漂亮而且不安分。丁问渔父亲聘请玛丝琳的用意，是想让儿子去法国前，对法语能有一个初步的了解和印象。结果丁问渔不仅出色地了解了法语，也顺便了解了法国女人。

丁问渔是在俄国发生十月革命的一个星期以后，从上海乘船去法国的。一路上，不同国度的人，都在十分激动地议论十月革命可能会带来的后果。丁问渔见到了一位像玛丝琳一样美丽的法国独身女郎，她们的年龄相仿，从背影看往往会误会成一个人。虽然在很短的时间内，在性事方面，他已经经历过两个不同寻常的女人，两个不同国家的成熟女人，但是初出茅庐的丁问渔毕竟还是一个害羞的小伙子，他还不可能像后来那样厚颜无耻地和各种各样的女人调情。在丁问渔这样的年龄上，他想得更多的还是爱情，还是想爱上别人和渴望真心地被别人所爱。爱情在他心目中仍然是一个不能被践踏的神圣字眼，他坚信自己能够为一个他所真爱的女人去死。

丁问渔在船上，曾经短暂地思念过雨婵，他对自己做过的事情，感到一种说不出的迷惘。漫长的海上旅行十分枯燥，船上的汽笛时不时地会长鸣一声，好像只有这样才能表明这条船在开着。有一天，船正迎着落日缓缓驶过去，大海被夕阳染成一片红色，那个从背影看上去像玛丝琳的法国女郎向他走过来，用并不熟练的英语和他打招呼。丁问渔一怔，脑子里顿时闪过一连串的怪念头，他笑着对法国女郎点了点头，突然想明白自己绝不会为了雨婵去死。并不是说他把生命看得如何重要，而是因为美丽的大海和美丽的法国女郎突然给了他全新的启迪。一切只是刚刚开始，生活的大海一望无际，他突然想明白自己已经可以毫无遗憾地忘却雨婵了。

法国女郎的名字，和大革命时期被送上断头台的路易十六的皇后的名字完全一样，丁问渔始终不曾想明白她为什么会有这么一个名字。在海上漫长的漂流途中，丁问渔和法国女郎成了熟人，他把她的名字玛丽·安东奈特，缩简成了“玛特”，听上去很像中国的国骂“妈的”。他们之间最初的共同语是大家都有些生疏的英语，很快丁问渔便要求玛特尽量运用法语。玛特每说一句话，丁问渔就跟着学一句，刚开始这种原始的学习方法让她感到很别扭，然而终于很快就习惯了。

丁问渔对语言有一种特殊的领悟能力，也许是因为有德语和英语的基础，他的进步之快，让玛特大吃一惊。玛特对他的好学精神显然十分喜欢，她不知疲倦地教着他，使用英语的频率越来越少，有时候，丁问渔完全理解错了她的意思，但是这种错误本身却是一件非常有趣的事情。热情的玛特常常在甲板上拍手哈哈大笑，害得许多人都盯着他们看。

有一天，同船的一位中国商人偷偷地拉住丁问渔，对他的艳遇羡慕不已。商人虚心地向他请教成功的秘诀，并追问他是用什么方法获得她的芳心。丁问渔的脸色有些不好看，因为中国商人说这话尽管没什么恶意，可是这毕竟是对玛特的污辱。中国商人把热情活泼的玛特，看成了在上海租界从事皮肉生涯的洋妓。他果然得寸进尺地向丁问渔打听与玛特同床共枕的可行性，并无耻地表示可以付一笔中介费。丁问渔怒不可遏地往中国商人的脸上吐了一口唾沫，同船的外国人不知道这两位中国人为什么事发生冲突，都用鄙视的目光看着他们。由于丁问渔在船上和玛特的关系密切，同船许多寂寞的男人对他都有一种难言的敌意。

玛特成了丁问渔在法国期间最真挚友好的异性朋友。他们之间始终保持着那种令人难以相信的纯洁关系。有很长一段时间，他们之间只要轻轻地戳通一张薄纸，一切就会自然而然地发生。丁问渔扪心自问，在他相识的异性中，玛特是介于雨婵和后来的雨媛中间，唯一能产生爱情的女人。他所以迟迟没有捅破那张薄纸，不是因为不爱，更不是因为不想，恰恰是因为太爱和太想。有时候一张薄纸，不失为人间最美好的东西。一旦捅破了这层薄纸，那些原本美好的东西便不复存在。在玛特和别人结婚之前，丁问渔常常在她的陪同下，沿着巴黎的大街小巷，没有任何目的地散步。散步不仅让丁问渔熟悉了巴黎，也让他爱上了这座充满自由精神的城市。多少年来，丁问渔和玛特关系非常特殊，他们亲密无间，又从不越雷池一步。丁问渔和玛特的丈夫米拉波也成了无话不说的好朋友，而玛特的孩子为丁问渔起的绰号是“中国兔子”，因为他给孩子们赠送的第一件礼物，是一只毛茸茸的小兔子。自从玛特有了孩子后，丁问渔从来不会空手去看望她，他给玛特送上鲜花，送米拉波一瓶酒，每个孩子一样玩具。孩子们对他所赠送的玩具总是爱不释手。

巴黎是丁问渔在欧洲逗留时的活动中心，他几乎跑遍了欧洲大陆，在所有的名牌大学听过课，发疯地学习语言。为了能尽快地掌握他所要学习的语言，他把学习的范围，从课堂上拓宽到整个社会。他像流浪汉一样到处乱窜，在车站码头上，在旅馆里，在妓院中，他学到了地道的活生生的语言。行之有效的学习方法，让他根本不把大学的洋文凭和学位当回事，他在国外待了整整十七年，这十七年中，欧美有名的大学他都去注册过，但是没有一所大学，能让他安心把书读完，能等到把文凭和学位混到手。像他这样的阔公子，根本不需要洋文凭洋学位来装饰门面。

在国外期间，丁问渔广泛地结识了许多世界文化名人。这些文化名人，有的在当时还算不了什么人物。他见到过来自美国的海明威和俄国的纳博科夫，还有阿根廷的博尔赫斯，丁问渔在不同的场合，和这三个不同国籍后来却都成了著名作家的人谈过话。有趣的是，这三个文风迥然不同的人都是出生于同一年，他们都只比丁问渔大一岁，和他一样都是巴黎这座自由城市中的外国人。丁问渔还去拜访过诗人庞德，这位二十年代先锋文学运动的代表人物，对中国有着极浓厚的兴趣，他翻译过中国的唐诗和《论语》。庞德那一天兴致很好，喋喋不休对丁问渔大谈另一位杰出的诗人叶芝，因为庞德曾当过叶芝的秘书，他经常在公众场合为叶芝念诗。庞德告诉丁问渔，有一次，叶芝要发表一篇文章，庞德劝他不要发表，并且很不客气地说这篇文章是垃圾。倔强的叶芝仍然发表了这篇文章，只不过是在文章前用小字注明：庞德说这是垃圾。丁问渔对庞德留下了一个很好的印象，而另一位留下深刻印象的是萨特。当时萨特还在高等师范学校读书，在一次学生的演剧活动中，萨特在舞台上扮演一位很不讨人喜欢的郎松校长，他的演技十分糟糕，但是他念的台词却非常精彩。有人告诉丁问渔，这戏就是萨特自己写的，说萨特这家伙是一个对哲学有着浓厚兴趣的天才学生。

有一段时间，画家毕加索的画室，就在丁问渔住处的前一条街上，而另一位出色的画家莫迪里阿尼死于肺病时，他的模特兼情妇因为痛苦跳河自杀，丁问渔曾亲眼见到过刚从河里捞起来的尸体。由警察守护的尸体，吸引了许多评头论足的围观者，丁问渔实在看不出那个死去的模特，有什么美丽动人之处，也不明白后来被称为天才画家的莫尼迪阿尼的画，究竟妙在什么地方，他感到震惊的只是模特固执的选择。殉情实在是一个妙不可言的选择，丁问渔想不明白的一个问题是，一个男人竟然能够被人如此厚爱，如果颠倒过来，那位模特有了什么不幸，那个男人又会怎么样呢。

当牛津、剑桥、柏林，还有莱比锡大学严肃的学习空气，让丁问渔感到窒息的时候，他便溜回到巴黎来呼吸自由的新鲜空气。二三十年代的巴黎是艺术家的天堂，丁问渔曾在那里邂逅过好几位来此学艺的中国人。在塞纳河畔的小酒馆里，他曾不止一次地请徐悲鸿夫妇吃过饭，请后来成为国民党要员之一的张道藩和后来成为共产党元帅的陈毅喝过咖啡。大多数的中国留学生在欧洲都很穷，出手阔绰的丁问渔常常成为饥肠辘辘的留学生的衣食父母，他们在欢声笑语中，像押逃犯似的硬把他送进小酒馆，用打土豪分田地的气派，用尽他口袋里的最后一个法郎。没衣服穿的留学生甚至会扒下他的外衣，然后把自己的当票毫不犹豫地留给他。在欧洲的中国留学生无一例外的都和当铺打过交道，不会借钱过日子的中国留学生就不是留学生。苦学造就了一批难得的人才，这些当时并不起眼的穷留学生，回国以后却如鱼得水，一个个都在政治舞台上大显身手，仕途辉煌。

有一天，丁问渔陪几个对艺术有兴趣的人，一起去参观一个刚刚有些名声的法国画家的画室，想看看那个画家是如何作画的。那个画家并不画画，他只是兴致勃勃地看模特走来走去。两位赤条条的金发女郎无拘无束，在一个很狭小的空间里来回散步，那位画家无动于衷地看着，突然拍手示意，让模特保持住某个姿势不要动。他神经质地瞪大眼睛，目不转睛地看着模特，看了一会儿，挥挥手让模特继续走。有趣的是，这位画家只允许别人看他怎么观察模特，坚决拒绝别人看他如何动笔。

“关键的问题，是你脑子里得先有一幅画。”在离开画室的路上，丁问渔情不自禁地在想画家不久前说过的话，这话多少年以后，仍然在丁问渔的脑海里回荡。初夏的巴黎气候怡人，美丽的巴黎女郎站在车站上等着街车，大家为去什么地方吃饭，打不定主意。这时候，突然有几个中国留学生匆匆忙忙地迎面走过来，和丁问渔他们这一伙互相打招呼，因为他们中间有人互相认识。在迎面走过来的留学生中，那个目光炯炯有神的英俊小伙子是周恩来，而他身边的那个矮个子青年是邓小平。丁问渔对这两位在后来的中国共产党历史上大名鼎鼎的重要人物，并没有留下太深的印象，他只是在日记中稍稍带了一笔，记录了他们的名字，此后再也没有提起过。

5

一九三四年夏天，丁问渔再一次踏上上海码头的时候，他才意识到自己离开祖国已经十七年了，加上和父亲在日本待过的五年，他这一生中，在祖国待的日子远远没有国外待得多。中国对他来说，又一次变得非常陌生，一群上海人在他的周围叽叽喳喳地说着什么。丁问渔听不懂上海方言，而且也不打算学习，虽然他在语言方面有着特殊的天才，弄明白这种方言易如反掌。人们争先恐后地向出口处拥去，他站在甲板上犹豫，不知道自己应不应该随着人群一起往外走。突然，他看见了已经老得几乎认不出来的父亲，父亲带着他的未婚妻来码头上迎接他，这是他父亲在他回国的日子里，送给他的第一件礼物。

没有比丁问渔的结婚更荒唐的事。在国外，他从来没有想到过结婚。他从来没觉得自己缺少过女人，女人实在太容易找了，他已经习惯与各种不同国度的女人打交道。丁问渔从不吹嘘自己和多少女人睡过觉，他在这方面有许多不良的怪癖。“堕落”这样的字眼用在他身上非常适合，他喜新厌旧，对于不同肤色不同民族的女人都有兴趣。在欧洲旅行期间，每到一处，他总是十分老道地去找那些本地妓女，很快地便熟悉这个地方妓女和嫖客之间的黑话。除了妓女之外，丁问渔还是那种勾引旅途中不安分的女人的高手，他一眼就能看出什么样的女人可能是猎物，而且一定迅速成功弹无虚发。丁问渔深悟恰到好处的重要性，他不会浪费时间，更不会莽撞地胡乱出击。

丁问渔充分利用和女人调情的机会，提高自己的外语水平，校正那些发音不准的单词。和女人打交道，对于他来说，一箭双雕一举两得。无论他想做得如何隐秘，他的荒唐行为还是在欧洲的留学生中广泛流传，因此消息也就不可能不传到丁问渔父亲的耳朵里。对于儿子的胡闹，这位银行界的大腕人物伤透了脑筋。他尝试着断绝儿子的经济来源，以此迫使他回国，但是很快又害怕自己的儿子会饿死在异国他乡。丁问渔从小就没有缺过钱，像他这样的公子哥，真没了钱非出事不可。丁问渔的父亲就这么一个宝贝儿子，他说什么也不敢继续冒这个险。等儿子过了三十岁以后，丁问渔的父亲开始为儿子的婚事着急起来，他到处拜托媒人，不停地给国外的儿子寄相片。丁问渔对那些照相馆拍摄得千篇一律的玉照，常常看都不看一眼就扔掉了，因为他不能想象自己这样没用的人，怎么能够成家养儿育女，让一个毫不相干的女人把自己拴死。

促使丁问渔回国的原因是父亲的一场重病。父亲在病后给他写了一封言辞恳切的信，他凄楚地告诉儿子，说自己没有在病危的时候，让手下的人通知远在大洋彼岸的丁问渔，原因是待这封信到达儿子手上的时候，他很可能已经不在人世。他并不看重临死前一定要见见儿子，见不见面都一样。再说，反正也是来不及了，当时的飞机还不可能飞越太平洋，等丁问渔接到信坐船回来，一切早就结束。丁问渔的父亲告诉儿子，在病重的日子里，他唯一的遗憾，就是过于任性的儿子，不能体会一个垂危的老人想抱孙子的迫切心情。儿子大了，翅膀硬了，他并不想强迫他做那些不想做的事，也不强求他继承自己银行里的事业。作为一个开明的老头，丁问渔的父亲只希望儿子有个体面的婚姻，有个能安慰老人的孙子。他已经老了，这世上许多事情已经无所谓，他渴望的只是想看到家族谱系中自己的这一支能延续下去。

父亲的信第一次让游子产生了强烈的思家情绪，丁问渔读完信以后，发现自己的眼泪正不知不觉地淌下来。他想起了一年前父亲寄给他的一张照片，强打精神的父亲真的老了，两眼再也不像过去那样炯炯发亮。强烈的思家情绪不可遏制，于是变成一种说不出来的悲伤。“我他妈的是该回去了。”他很粗鲁地说了这么一句，然后像小孩子一样抱着头痛哭起来。第二天，他赶到电报局，给父亲拍了一封加急电报，在电文中，他告诉父亲，自己不仅立刻买船票赶回来，而且将在最短的时间内，和父亲替他做主看中的儿媳妇完成婚事。在丁问渔抵达上海的一周前，上海的各报纸以及作为首都的南京的两家主要报纸，都做了醒目的广告。丁问渔学成归国和即将与钢铁大王郝如镛的千金成婚的启事，连同两张一寸的小照片，十分显眼地出现在这些报纸的头版上。

丁问渔的婚事十分轰动，不过在婚宴上大出风头的不是丁问渔，而是丁问渔的父亲。婚礼在一个豪华的大饭店里举行，由于丁问渔的生母已经过世，在他出国的日子里，他的父亲又娶了三位如夫人。显而易见，丁问渔的浪荡，有一度曾经让他父亲大失所望，老人家想努力一下，通过自己的辛苦耕耘，为再有一个继承人作最后一搏。在那天声势浩大的婚宴上，三位如夫人各不示弱，打扮得花枝招展，一个个都以女主人身份招呼来宾。几乎所有的人都不可能不议论这三位如夫人，而话题自然而然，就过渡到了丁问渔的父亲身上。有人羡慕他老人家的艳福，有人却感叹说："壮阳药吃多了，也伤身子骨的，伺候这三位太太怎么会是件容易事。"人们注意到，丁问渔的父亲虽然笑容可掬红光满面，可是毫无疑问地就快废了，到婚礼要结束的时候，没有喝多少酒的他走路有些龙钟，说话也开始结巴起来。

丁问渔并不缺乏和陌生女人打交道的经验，但是在自己的新娘子佩桃面前却有点手足无措。新娘子是正经女人，和那些操皮肉生涯的风流女人不一样，丁问渔不知道如何对付才好。佩桃今年二十三岁，在早婚的三十年代，这年龄已算大龄青年，因此她不算绝色的脸上，在一开始就有些美人迟暮的意思。就像丁问渔对她从一开始便感到不满意一样，佩桃也不觉得他像如意郎君。初入洞房的第一天，双方都留下了很坏的印象，作为老手的丁问渔，对佩桃的处女身黔驴用尽，仍然无可奈何。一次次的失败让双方都感到不耐烦，到天亮的时候，丁问渔睡眼惺忪地爬起来，脸色难看得让所有见到他的人都吓了一大跳。这一天，他有许多敷衍，得陪着父亲去看望几位要人，去父亲的银行和他的下属见面，参加一家商行的开幕仪式。到晚上睡觉时，疲倦不堪的丁问渔一声不吭，倒在床上便呼呼大睡，半夜里醒过来，他发现佩桃开着灯，两只眼睛十分不友好地瞪着自己。

“你睡够了没有，”佩桃冷冰冰地问着，然后更加冷冰冰地说，“你睡够了，现在我该睡了！”

那晚上在余下的时间里，丁问渔知道他和佩桃其实谁也没有睡着。无论丁问渔怎么哄她，佩桃接连三天没和他说过一句话。丁问渔从来也没有遇到过像她这么心地高傲的大小姐。不仅是在这三天，差不多整个蜜月都是这样。丁问渔不知道自己什么地方得罪了她，在公众场合，她显得有着良好的教养，可是只要是和丁问渔单独相处，她的脸上立刻乌云密布。她永远是一副鄙视丁问渔的样子，说什么话都是酸溜溜的。即使在做爱时也不例外，她只是尽义务地躺在那里，毫无反应地承受着，仿佛是睡着了一样。

“以后干这事的时候，对不起，请你把灯关掉，”有一天事情结束之际，佩桃板着脸，对还在叹气的丁问渔不客气地说，“这种事，没灯也能干。”

蜜月刚刚结束，佩桃就找借口住回娘家，而憋着一肚子火的丁问渔，却更不像话地去找妓女鬼混。当丁问渔的父亲又一次问起儿子今后的打算时，他十分简洁地表明他的计划，这就是他准备把小家安排在上海的租界里，他自己将去首都南京做事。虽然做什么事还没有定下来，但是他绝对不会待在上海，他不敢对父亲说自己不喜欢佩桃，只能说自己不喜欢上海这个城市。丁问渔的父亲对儿子的打算十分赞同，对于一个学成归国的游子来说，首都南京自然是能够大显身手的地方。做父亲的对儿子的前程充满信心。他相信将会有很多人乐意为丁问渔推荐工作。蜜月刚刚结束，丁问渔的父亲便陪同儿子一起来到南京，出入上流社会，在各种公众场合抛头露面。

丁问渔很快有了充分露脸的机会，在一次党政要人云集的露天音乐会上，他向众人展示了自己卓越的外语才华。音乐会在中山陵脚下的音乐台举行，对于南京人来说，由十二块扇形的小草坪组成的可容三千人观众的音乐台，是中山陵风景区中最吸引人的地方。它由著名的建筑设计家关颂声和杨廷宝共同设计，巧妙地利用了原有的低洼地形，整个会场看上去就好像一把打开了一半的绿颜色的大折扇，有着非常良好的回音效果。音乐台的意义不仅仅在于演奏音乐会，关键还在于它给了要人们一个雅集的地点。在风和日丽的春天，在天高云淡的金秋，成群的卫兵把守着路口，党政要人和各国的外交官员带着他们的夫人，纷纷出现在位于音乐台最外围的回廊上，这道长一百五十米宽六米的钢筋混凝土回廊两侧，高大的紫藤肆无忌惮地缠绕，结果便形成一个妙不可言的绿色通道。紫藤花开的时候，成群的蜜蜂在空中飞来飞去，花香逼人，仕女如云。

这是多少年以后，丁问渔第一次见到任伯晋老人和美京子夫人。在那么高雅热闹的场合里，丁问渔根本来不及怀旧。他初次目睹了蒋介石和夫人宋美龄，目睹了满脸忧郁的汪精卫和他的夫人陈璧君，目睹了身穿戎装的军政部长何应钦，何应钦一次次凑在蒋介石的耳朵根上说着什么。国府主席林森十分严肃地坐在那里，离他不远的是军事委员会的副委员长冯玉祥，身材高大的冯玉祥在人群中十分显眼。一位英国使馆官员的太太吃惊地发现，丁问渔的伦敦口音，比自己在伦敦待了近二十年的丈夫还好。丁问渔不仅说得十分流畅，而且对伦敦下层人物的语言模仿得惟妙惟肖。在场的外国人一个个争着使用本国语言对丁问渔进行测试，他的出色表演，让所有在场的人都目瞪口呆。丁问渔轮番使用着英语法语德语，使用西班牙语和意大利语以及罗马尼亚语，他向那些懂英语的人，表演美式英语和英国英语的差异，向说德语的人，指出瑞士德语和德国德语的不同之处。丁问渔那天有些人来疯，他的状态之好，连自己都不敢太相信。

当时也在场观看他表演的宋美龄，赞叹之余，几乎立刻就觉得应该让丁问渔到外交部去工作。作为对蒋夫人的话的响应，就在这一年十二月被刺身亡的外交部常务次长唐有壬，向他发出了热情的邀请，但是丁问渔立即表示自己对充当行政官僚不感兴趣。那些他在欧洲求学时认识的留学生，只不过几年工夫没有见面，如今已经一个个都混出些人样来了。士别三日，刮目相看，当年在巴黎常常借钱不还，快到吃饭时候就来找他的张道藩，已经跻身于交通部担当常务次长，而那位在巴黎待了三年还是不会讲法语的谢清晖（因为他当时只是在巴黎的中国人堆里混），现在也是什么委员。今非昔比，那些已经成为新贵的熟人纷纷过来和他打招呼，在音乐会正式开始以前，丁问渔注意到在自己的周围，全是有头有脸的人物，这些人正操纵着当时中国的命运。

丁问渔选择了去大学的外语系当教授。虽然他没有正式的学位和文凭，但是没有人敢怀疑他的能力。他很快成为大学里的著名教授，有许多理由让他不著名也必须著名。学生们在私下里议论着他传奇一般的外语能力，传播着关于他的种种笑话，这些笑话，有的言之有据，有的子虚乌有。他的课深受学生的欢迎，因为他从来不在课堂上讲授什么学问，而且从一开始就声明自己没有任何学问。他像聊天一样地谈论自己在国外的遭遇，讲述自己亲身经历过的有趣故事。他的讲课有些肆无忌惮，想到哪里说到哪里。他公开地嘲笑那些欧洲名牌大学，把本校奉为经典的导师制臭骂一通。学生们第一次听到了那些只有在下层社会才能听到的俚俗语言，那些流行在码头上的黑话，那些在妓院里通用的切口。丁问渔上课时，课堂里总是爆发出一阵阵遏制不住的大笑，这种痛痛快快的笑声，甚至下了课还在继续。

6

丁问渔在雨媛的婚礼上，不可思议地看上了新娘子，这事在一开始就显得非常荒唐。人们不得不相信这是一场游戏，甚至连丁问渔也怀疑自己不过是在闹着玩。他毕竟久经女人的沙场，不可能为一个涉世不深、刚刚披上婚纱几乎是完全陌生的小姑娘一见倾心。他设想自己在婚礼上丢魂失魄，不过是习惯了演戏而已，像他这样心灵上已经起老茧的男人，爱上什么女人其实已经是不可能的事。然而他又确确实实老要想着她，在几天以后的日记上，他非常粗俗地记录下了自己的心情：

> 连日来，我都在思念那个叫B的女孩子。我想自己忘不了她的缘故，只是想和她睡一觉。美丽的B，要是能和你睡一觉，真是太完美了。为什么我不能忘掉B呢。

由于家安在上海，丁问渔不得不在每个月，回去尽一次义务。他父亲为他在头等的蓝钢车上预定了座位，每个月的最后一天，他只要直接上车就行。头等的蓝钢车是最高级的卧铺车厢，设备特别考究，两人一间卧室，房间里铺着红颜色的丝绒地毯，还有一个小卫生间，票价要比普通头等卧铺高得多。然而这样的高级待遇，丁问渔丝毫不会感到愉快，每次回去探亲，他都会感到一种说不出的别扭。他和佩桃总是谈不到一起去，虽然他有时也想找机会打破这种不和谐，但是每次的结局都是事与愿违，越弄越糟糕。佩桃始终是一个捉摸不透的女人，她非常的任性，却丝毫也不天真。她总是出其不意地狠狠地刺丁问渔一下，然后像刺猬一样缩成一团，随丁问渔使用什么手段，都不可能再使她重新开口。他们带着一种互相抵触的情绪，在同一张桌子上吃饭，走进同一家商店买衣服，在同一张床上睡觉，开始就不高兴，结束时也仍然不高兴。

在首次遇到雨媛之前，丁问渔的日记有一段时间非常枯燥。他只是机械地记下自己的行踪，语言几乎不带任何感情色彩。在提到佩桃的时候，他无法掩饰这场错误的婚姻带给他的那种沮丧。婚后的一年多时间里，他干了无数桩不像话的事，变得比在国外时更堕落。由于佩桃常常以月经来了或者是肚子疼，拒绝和他行夫妻之事，丁问渔每次回上海，必定要到租界里去鬼混。最初还是偷偷摸摸，很快就发展到肆无忌惮。刚开始这只是他向佩桃表示愤怒的一种方式，然而到了后来，他根本控制不住自己的行为，荒唐的行为越演越烈。在纪念“九一八”事变五周年的日子里，大街小巷洋溢着抗日的气氛，愤怒的人们集会游行，高喊着抵制日货，要求国民政府出兵收复沦陷的东北四省。丁问渔用一种非常荒唐的形式，表达了自己幼稚的抗日情绪。他率领几位游手好闲之徒，闯进虹口日租界的妓院，在那里胡闹了一整天。他用光了口袋里的每一分钱，而且还扇了日本妓女一记耳光。这是他有生以来第一次动手打人，而且打的是一个女人，虽然他已经喝醉了，但是当他扇完了那记耳光以后，立刻清醒过来，立刻意识到自己太卑鄙。他孩子气地抱头痛哭，坚持让那妓女打还他两记耳光。他哭着说，日本人都是坏人，可是妓女绝对不是。

丁问渔的父亲对儿子的荒唐感到震惊，他担心儿子染上淋病或者梅毒。当他向儿子私下里说出这种担心的时候，丁问渔无耻地告诉父亲，说自己有一种非常简易却是极其有效的办法，可以抵挡任何病菌的入侵。他向父亲展示了自己随身带着的小玻璃瓶，透明的玻璃瓶里装着紫色的高锰酸钾结晶。这是一位喜欢冶游的德国医生传授给他的，每次事情办完以后，把自己的东西在千分之五的溶液中，浸泡两分钟便可以绝对安然无恙。

“你难道不觉得自己这么做，实在太丢人了?”父亲失望地叹着气。

“我反正也不是第一次丢人。”丁问渔做出满不在乎的样子。

父亲最后说："你这样，怎么有脸面对你媳妇！"

丁问渔的父亲完全是多担心的。佩桃知道了丁问渔的荒唐行为以后，经过短暂的愤怒，感到的是一种解脱。既然他已经找到地方宣泄他的无耻，她就没义务再变成他的尿壶。尿壶的比喻是她在一次愤怒中脱口而出的，她的这一形象比喻让丁问渔无地自容，因为这实在不像一个有着良好教养的钢铁大王的千金，能说出来的脏话。在这之前，牢骚满腹的佩桃至多只是把自己比喻成一只抱蛋的母鸡，被他父亲捉到他们家来继承香火。"我凭什么应该为你们丁家传宗接代？"佩桃悻悻地说着，"有能耐，你最好就待在南京别回来！"

于是丁问渔就尽量赖在南京不回上海，他本来就不喜欢上海这个城市，对佩桃更是没有任何眷念。他住在专门为名教授配备的公寓里，请了一个姿色尚可的女佣照顾起居。即使父亲断绝对他的资助，大学名教授丰厚的薪金也足够他过奢侈的日子。关于他的笑话源源不断地被制造出来，在首次认识雨媛的八个月前，丁问渔开始涉足首都南京的风月场所，而早在他正式这么做以前，人们就已经公开传说他经常在夫子庙的花街柳巷中神出鬼没。有关丁问渔的传闻实在太多，除了说他狎妓之外，有人说他追求女学生，有人说他和漂亮的女佣有一手，还有人说他和人力车车夫和尚是同性恋。丁问渔对各式各样的传闻无动于衷，早在欧洲留学期间，他已经习惯于不把流言蜚语当回事。

虽然国民政府明令禁娼，但是作为首都特别市的南京，娼妓的问题从来也没有真正地解决过，禁娼的声音喊得越响，娼妓便越来越多。通过一次纯属偶然的机会，丁问渔和车夫和尚结成了狼狈为奸的好搭档。要想满足寻花问柳的欲望，结识像和尚这样能拉皮条的熟人十分必要。由于提倡新生活运动，南京的娼妓只是属于一种半公开的状态，许多妓女犹抱琵琶半遮面，以旅馆服务员身份掩护自己，或者充当陪酒和陪舞女郎，充当唱流行歌曲的歌女，因此要接近她们，有个熟悉的人引见要省事得多。在一九三七年的南京，天知道有多少私娼从事着风流生涯。“七七”事变的第二天，日本人在卢沟桥已经和中国军队真枪真刀地干起来，首都南京的一家重要的报纸在第五版上，以“集团拉客”的标题，发表了如下一篇文章：

南京是禁娼区域，但据《大夏晚报》昨日小道消息所载，市府路一带，有私娼集团拉客举动。这果然是私娼胆大妄为，可是市政当局未必会不知道市内有私娼的充斥吧，也许事实上不能禁而形式上不能不禁，所以有这种怪现象发生。

在这种情况下，得出两个结果：第一，促进花柳病的自由蔓延，使市民的健康受无穷的损害；第二，有权拘捕私娼的机关，可增加一笔罚金的收入，或者有些不肖之徒，借此得以捞点外快。

我们赞成禁娼，也不反对开娼，政策的施行，应该求其货真价实，挂羊头卖狗肉，是最要不得的。

三十年代的南京繁华似锦，到了一九三七年，国破家亡已到最后关头，到处都在喊着抗日救亡的口号，但是悠闲的南京人依然不紧不慢，继续吃喝玩乐醉生梦死。今日有酒今日醉的名士派头，仿佛已经渗透在南京人的民风中。有一副对联最能代表南京有钱人当时的心态，饮食男女都形象地包含在里面了，上联是“近夫子之居，食不厌精，脍不厌细”，下联是“傍秦淮左岸，与花长好，与月同圆”。丁问渔生活在这样一座城市里，如鱼得水，乐不思蜀。他不久前结交的那位红歌女陈小姐，是一个已过时的交际花。几年前，这位风头十足的陈小姐，曾经和某部长同居过，现在却没什么人肯掏钱捧她了。三十年代南京的一种时髦风气便是捧歌女，有钱的公子哥儿，有权势的军官和政府大员，还有那些暴富的商人，都以捧自己喜欢的歌女为乐事。这种风气使得歌女的身价陡增，一时间，那些唱大鼓的，唱京戏的，唱昆曲的，唱扬剧的，唱黄梅戏的女孩子，都唱起了流行歌曲。

陈小姐一度也让丁问渔动过心，正因为如此，他没有迫不及待地要求与陈小姐上床成全好事，而是浪费了大量时间陪她打麻将。

真正让丁问渔动心的，不是陈小姐的美貌，而是她的即将消逝的青春。她似乎根本也没有意识到这一点，根本不为自己的未来担心。丁问渔很少去想象自己的未来，但是自从结识了陈小姐以后，他常常要为她今后的结局担心。厚厚的脂粉已经有些遮不住她眼角边的鱼尾纹，由于烟抽得太多，笑起来便露出一口烟牙，然而她还是继续拼命地抽烟。陈小姐大红大紫的岁月，捧她的人数不胜数，那时候，每天仅仅是送的鲜花，便足以开一家小小的花店。歌女总是越捧越红，越红越有人追着捧，除了唱歌之外，歌女照例有许多应酬，凡是歌女都有些骗人的小花招，譬如陈小姐就号称能算命，曾经有过“妖女陈”的雅号。在陈小姐走下坡路的日子里，一边调情，一边替男人算命，成了她和客人周旋的重要手段。

丁问渔请陈小姐给他算过好几次命，每次的结论都不完全一样。陈小姐总是借助一副扑克牌来算命，她总是把牌胡乱摊在桌子上，以一种别人吃不透的手法，突然从弄乱的牌里拎出两张来，放在鼻子底下闻好半天，然后根据牌面开讲。让丁问渔吃惊的是，仅仅是靠鼻子闻，陈小姐就能闻出是什么牌来，一闻一个准，从不失手。陈小姐的这手绝活曾经经受过许多次考验，人们用黑布蒙上她的眼睛，然后让她挨个地闻闻每一张牌，再让她说出牌的内容，结果她的出色表演，让所有在场的人都大为震惊。

“你会看中一个女人，”有一次，陈小姐在为丁问渔算命时，拎着那张扑克牌看了好长时间，有些犹豫地说，“并且会为这个女人发疯。”

“我的确已经看中了一个女人，并且正为她在发疯。”陈小姐说这话的时候，丁问渔还没有遇上雨媛，他只是把陈小姐的预言当作一句玩笑，丝毫没有往心上去。他是个情场老手，很娴熟地和陈小姐调着情，但是陈小姐根本不理睬他，继续目不转睛地看着那张扑克牌。丁问渔笑着说：“谁都能看出来，我正在为你发疯。”

“不，你看中的女人不是我，”陈小姐一本正经说着，她痴痴地把目光转向丁问渔，“你真的会为她发疯的。”

第三章

1

雨媛很快便听丁问渔说起陈小姐的预言，她最初并没有太往心上去。这种甜言蜜语，从浪荡子丁问渔的嘴巴里吐出来，不会有多少真实性可言。丁问渔的话言过其实一点也不奇怪，雨媛只是感到有些恼怒，感到他不应该对自己明目张胆地说这些，但是她也没有生多大的气，因为没有一个女人不喜欢听有关自己的好话。蜜月里的雨媛自顾不暇，被一系列不顺心的事烦扰着。她自己老是感冒，刚要好，病情却又加重了。雨媛的母亲犯了老胃病，不得不被送进医院治疗。雨媛的一个好朋友因为车祸，好端端地会送了命，而在出事前，恰恰是来看过雨媛，就死在告辞回家的路上。新郎余克润一次次从她身边跑开，他总是有不同的借口，军校的老同学聚会，航校的上司过生日，委员长的座机要从南京飞往宁波。由于新房安排在余克润哥哥的公馆里，余克润不在的日子里，生性活泼的雨媛独守空房，感到很无聊，新婚的日子一点也不像想象的那样有趣。

雨媛和余克润认识的时间并不长，她的五个姐姐，先后都嫁给了军人，结果雨媛也有一种自己注定要嫁给军人的预感。作为任伯晋老人最偏爱的幺女，雨媛觉得自己即使是为了让老父亲高兴，也应该嫁给一个军人。在军政部举办的新年联欢舞会上，完全是偶然的机缘，雨媛和余克润不期而遇，当时他们都还不知道对方是谁，雨媛年轻漂亮，余克润英俊潇洒，两人引人注目地翩翩起舞，很快就成了大家羡慕的中心，无数双眼睛都盯着他们，到舞曲接近尾声的时候，事实上舞场上就只剩下他们两个人在表演。他们舞逢对手，把其他跳舞的人，都比下去了。舞曲结束时，人们热烈鼓掌，要求他们再为大家表演一次。

雨媛舞姿出色并不奇怪，每到周末，司令部举办舞会，年轻漂亮的女兵常常被拉去伴舞。在国民党高级军官中，实在不缺少舞迷，还有那些外国的军事顾问，要跳就是通宵达旦。但是那些年轻军官能跳舞的却不多，首先是没有这样的机会，根据新生活运动的要求，年轻人应该卧薪尝胆励精图治，在舞场里时间待长久了，便有了声色犬马的嫌疑。其次，级别不够高的青年军官，也很难有机会进入专供高级军官和外国军事顾问跳舞的小舞厅。余克润的出色舞姿引起了其他女兵眼红。她们私下里打听这位穿着飞行员皮夹克的帅小伙子究竟是谁，当她们从雨媛那里得到的消息，竟然是她也不认识他的时候，立刻相信她是说谎。任何人都可以从他们天衣无缝的配合中，看出他们是一对老搭档了，他们配合默契，一招一式都仿佛事先排练好的。不用说别人会不相信，就是他们自己也不敢相信，他们真的是第一次在一起跳舞。

在舞会以后的几个月中，雨媛和余克润的关系有了飞速的发展，缘分这玩意在起着作用，一根看不见的红丝线悄悄地把他们拴到了一起。等到一年零两个月又二十一天来临之际，他们终于在励志社举办了婚礼。几乎没有经过任何周折，雨媛便嫁给了余克润，年轻有为的余克润顺理成章地成为雨媛的如意新郎。飞行员是国民党军队中的佼佼者，能够嫁给飞行员是当时很多女孩子的梦想，虽然当时的中国空军还很幼稚，根本就没什么战斗力可言。对于空军一直有着不友好的传闻。雨媛有充分的理由相信，女伴们只是出于嫉妒，才向她频频发出那种毫无必要的警告。女伴们告诉她，所有的飞行员都是花花公子，因为追求他们的女孩子实在太多。

一个吸毒被捕的妓女，在回答一家小报记者的提问时，谈起她心目中的男人形象，一口认定就是那种能在蓝天上翱翔的飞行员。“想到男人能在天上，像鸟一样活生生地飞着，你不可能不激动地把两条腿夹起来。”她情不自禁地说着。记者在报纸上十分肉麻地引用了妓女的原话，结果读者为了这句话的正式含义喋喋不休。一位无聊的读者打电话给报社，认为妓女的意思应该是把腿张开来，而不是像记者引用的那样是夹起来。著名教育家竺可桢在一九三七年的日记中写道："据传航空委员会主任周至柔近已撤职，因二千架飞机中只有二百五六十架可用也，飞行员多患花柳病，二百余人只七十余人可以支持四小时连续之飞行云。"虽然在这一年的中日大空战中，中国飞行员有过出色的表演，许多人为国捐躯，但是部分飞行员的行为不检点，确实是当时老百姓议论的话题。竺可桢的日记未必精确，不过已足以说明问题的性质。

雨媛和余克润都属于那种对自己过分自信的人。雨媛所以不把女伴们的警告放在心上，很重要的原因不是因为她相信余克润，而是太相信她自己。她对自己的魅力深信不疑。婚礼结束的那天，回到新房里，雨媛注意到在余克润左耳下的颈子上留着一个明显的唇印，显然是别的女人留下的，因为雨媛从来就不喜欢涂很重的口红，而且从来也没有吻过那个部位。完全是出于傲气，雨媛掩盖住了心头的不快，毕竟是新婚之夜，她很快把这点不快忘到九霄云外，一直到天快亮的时候，她才无意地又一次想到那个血红的唇印。这一次她的心头有点麻木，她想这一定是一个不要脸的女人，在余克润毫无知觉的情况下故意留下的，否则余克润绝不可能把这个无耻的记号带回来的。

余克润相信自己正在扮演大众情人这一角色。为了使雨媛相信他的出色之处，蜜月中，他让雨媛欣赏他保存的几十份情书。这些情书，绝大多数是纯真的女学生写的，有大学生，有中学生，还有一名自称小学即将毕业的小女孩。当然，也有上了年纪的女人写来的，她们有的是毛遂自荐甘当情妇，有的却是在为自己的女儿做媒，愿意当丈母娘。中国人的抗日情绪，从来也没有像一九三七年这么强烈，也从来没有这么浪漫过。作为一名出色的飞行员，余克润的名字不止一次出现在报纸上，在为蒋介石生日祝寿的献机仪式上，作为领队的余克润因为出色的飞行表演，一夜之间几乎成为家喻户晓的民族英雄。蜜月度到一半的时候，雨媛在余克润的衬衫领上又发现类似的唇印。余克润喝得醉醺醺的，一口承认是酒店里的女招待留下的，当时他和几名航校的同学一起喝酒，酒喝完，结账时，有人提出让女招待吻余克润一下，酒钱便打八折，于是余克润就让那女招待吻了一下，酒钱是打折了，可是小费却增加了。

老百姓对飞行员的厚爱，还可以从大家踊跃购买航空奖券上看出来。抗战爆发前夕，每期价值三百万元的国民政府的航空奖券，已发行了三十八期。中日之间的大战尚未打响，但是大家似乎都明白未来战争中，空军将起着十分重要的作用。难怪菲律宾的一位官员在一九三七年初来中国考察，记者请他谈谈此行来访的目的和考察的感受时，这位官员深有感触地说："贵国的航空奖券制度十分完善。”记者请他就奖券制度如何完善发表意见，他说不出所以然，只是反反复复说：“贵国的航空奖券，确实很完善。”记者提示说，从人们踊跃购买航空奖券这一点来看，是否可以说明中国已做好了全面抗战的准备。因为购买航空奖券，便意味着捐款购买用于作战的飞机。记者说，中国人是热爱和平的，但是有人已经把刀架在了脖子上，中国人不能不奋起抵抗。记者告诉这位菲律宾官员，所有的中国人在购买奖券时，目的都不在想获得二十五万元的大奖，中国有句古话，皮之不存，毛将焉附，民族存亡之际，中国人只能用自己的血肉筑成新的长城。由于这话牵涉到敏感的国际问题，记者虽然没有提到日本这个词，可是这位来自英属殖民地的菲律宾官员，不可能不明白记者所指。作为外国人，菲律宾官员只能含糊其辞，避免正面回答这一问题。

2

任伯晋老人六十初度做寿那天，远在浙江奉化休养的蒋介石，专程派人送了一块匾来，上面写着“军界耆宿”四个字。委员长的题字，使得这次祝寿活动注定要热闹非凡。任伯晋做了一辈子的职业军人，虽然他从来没掌握过实际的兵权，甚至都没有领兵作过战，可是由于他从来不属于哪一派军阀，在各个军事阵营中，都有他的得意弟子和学生，任伯晋在军界的威望非常高。国难当头，一切从简，德高望重的任伯晋的祝寿活动想简单也简单不起来。贺客一个接一个地来，又一个接一个地去。寿宴设在夫子庙的六华春，规模之大，害得当地的老百姓以为出了什么大事。各界名流纷纷赴宴，小汽车排成了长队，最后不得不打电话给警察厅，让他们派人来维持秩序。

在任伯晋过生日的这一天，有两个人无意中，都把日子搞错了。一个是丁问渔，当他从报纸上看到祝寿的启事时，首先想到的就是，他又有了一次和雨媛见面的机会。自从参加过雨媛的婚礼以后，丁问渔情不自禁地便想到雨媛。雨媛清纯的形象总是在他的眼前晃来晃去，撵也撵不走。他几乎立刻决定要去参加任伯晋老人的祝寿活动，但是太心急了一些，结果在生日的前一天，他就冒冒失失地跑了去。没有人想到他竟然会把日子搞错，他也一时想不明白当时的场面为什么会如此冷清。最让他失望的，是见不到朝思暮想的雨媛，直到他磨磨蹭蹭告辞的时候，他才知道自己在时间上出了问题。任家上上下下因此乐不可支，丁问渔一向就是这家人的笑柄，这一次又增添了新的可笑的内容。不过，这个错误对丁问渔来说并不严重，从谈话中，他无意得知了一个好消息，雨媛已经打了电话回来，说明天一大早就到。

余克润是另一位把日期搞错的人。他糊里糊涂地把祝寿日子推迟了一天，结果在日程安排上，便出现了一个不可原谅的大错误。他的顶头上司要陪一位要人去奉化向委员长汇报工作，这位要人指名要让余克润驾驶飞机，想在空中领略一下余克润的特技表演。余克润的上司向他暗示说，这是一个极好的机会，因为有了这位要人的关照，他在空军的前途将不可限量。顶头上司的判断是，也许他第一步会被荣升为航校的副校长，因为国家现在最需要的就是像他这样年轻有为的杰出人才。余克润当然不可能放弃这样的机会，当时间已经最后敲定的时候，他才突然明白自己把老丈人的生日记错了，他只能在飞奉化前，匆匆赶来为老丈人祝寿，他应卯似的在任家转了一圈，像来时一样匆匆离去。

细心的美京子夫人一眼就看出来，任性的雨媛在蜜月里并不愉快，她做出无所谓的样子，其实心里不能原谅丈夫的不像话，因为这不仅是为父亲祝寿，而且是他们婚后的第一次回娘家。姐妹们聚在一起，就余克润匆匆而来、打个照面就走的行为表示愤怒。三姐雨姣嘴快，当雨媛试图为余克润辩护的时候，她十分尖刻地说："克润再忙，总比不上蒋委员长吧，你看人家蒋委员长现在不是还在老家休养吗？"雨媛心里憋着火，一本正经地说："克润有时候好像是比蒋委员长还要忙！"大家被她说得大笑起来，雨媛自己也忍不住笑，脸笑得通红。

姐妹们为余克润的缺席喋喋不休之际，美京子夫人及时地把话题扯开了，她问起雨婵在美国的一些事。新近从美国赶回来的雨婵在国外一待就是七年，七年前，已经做了寡妇的雨婵嫁给了一名外交官。她原先的那位四川籍丈夫已死于内战中，雨婵守了三年寡，这三年中，她丈夫留下的三位姨太太先后都嫁了人，她想想自己也没必要为丈夫守下去，婆婆是个旧式的保守女人，跟她根本合不来。雨婵把和前夫生的小孩都留在了婆家，义无反顾地又一次嫁了人。她后来嫁的这位驻外武官也是丧妻的，再婚时，双方年龄都不小了，因此没有再生小孩。雨婵和后夫的感情十分融洽，他们在美国待得还算顺心。

话题很快从美国的日常生活，过渡到丁问渔身上。任家所有的人谈到丁问渔时都会兴致勃勃。由于丁问渔连续两天都是魂不附体地出现在任府，大家以一种怀旧的心情，开始大谈丁问渔。这是女人们乐意议论的话题，说着说着，话题逐渐变得肆无忌惮起来。已经进入更年期的雨婵，让几个妹妹说得脸上一阵阵地发红，她屡屡做出要生气的模样，可是从来不曾真正地生过气。她觉得有必要帮丁问渔说句话："那时候，他还是个小孩子。"雨媛抓住了大姐的这句话不放，话里藏着话地问着："可现在他还是不是小孩子呢？"她说完这话的时候，自己的脸不禁红起来，虽然大家现在还不会把丁问渔的话题牵涉到她身上，然而她已经有一种预感，就是这一天迟早会降临。雨婵被雨媛的追问弄得无话可说，她们姐妹之间一向是非常亲密的，开什么样的玩笑都可以，她看着还在蜜月里的雨媛，红着脸说："他当然不是小孩子了，不过你起什么哄，那时候你还睡在摇篮里呢。"

三姐雨姣觉得她最有资格谈论丁问渔，有些话已经说过了，她仍然津津有味地又说一遍。她模仿着当年丁问渔紧盯着雨婵的狼狈样，把大家再一次逗得哈哈大笑。美京子夫人一边止不住笑，一边摆手让雨姣别学了，她是一个心地慈善的母亲，觉得女儿们不应该取笑别人受了伤的感情。不管怎么说，爱上一个人，并没有什么可笑话的。爱从来就不是什么了不得的过错。她有那么一种直觉，这就是丁问渔似乎并不像女儿们所想象的那样，对雨婵念念不忘耿耿于怀。美京子夫人注意到，他在雨婵面前表现得非常正常，丝毫没有人们猜想的那样丑态毕露洋相百出。事实上，他和雨婵见面打招呼时，显然是已经把多少年前的自己遗忘了，他若无其事地和雨婵说了句什么笑话，然后便转身去干别的事。

丁问渔明摆着不是为雨婵而来的，有这种感觉的，不仅有处于旁观地位的美京子夫人，还有作为当事人的雨婵。雨婵几乎立刻就注意到了丁问渔身上的那种心不在焉。他心事重重的样子，忧喜无常，一眼就能看出他是为了别的什么事分神。多少年前的那个纯情少年的形象再也不复存在，到处都在传闻丁问渔已经变成了一个浪荡子，雨婵在美国甚至都听到过他的传闻，不过，自从他们再一次照面的时候，雨婵就已经明白，往事已逝，旧情不再，丁问渔绝不会像别人担心的那样再勾引她，无论出于什么样的目的。丁问渔已不是过去的丁问渔了。

雨婵主动上前和丁问渔打了招呼，她害怕他见到自己会难堪，其实是她自己更害怕面对他。她红着脸向他问候，好像又回到了二十年前。“可惜我回来迟了，没能赶上雨媛的婚礼，你知道，我们在路上遇到了风暴，结果呢，被困在了中途，”无话可说的雨婵随口说着，声音忍不住有些颤抖，“时间过得真快，二十年前，雨媛还是个躺在摇篮里的婴儿，现在她已经成了新娘子了。”雨婵的这番话引起了丁问渔的深思，但他所想到的，不是二十年前那个让他丢魂失魄的雨婵，而是那个处于混沌时期的婴儿雨媛。雨媛当时留给他的印象，只剩下一双圆溜溜的大眼睛。这双大眼睛曾经目不转睛地盯着他，天真无邪又似乎带着一些狡黠。雨婵雨媛姐妹俩并没有什么相似之处，她们是两种不同的脸型，由于年龄悬殊，她们在一起，与其说是像姐妹，还不如说更像母女。

丁问渔丝毫也没在意当时有许多人正偷偷地注意着他的表情。他在雨婵面前表现得十分平静，平静得让旁观者都感到失望。唯一使他有兴趣的话题是谈到雨媛，他殷切的眼光所以要看着雨婵，是希望她能继续谈谈雨媛。丁问渔在任伯晋老人过生日那天，和雨媛单独在一起的机会，少得几乎不可能再少。他一直在捕捉着这样的时机，但是偌大的任府中，要想找到雨媛并且和她单独相处实在不容易。任伯晋有六个女儿，如今这六个女儿凑在一起，加上来来往往的贺客，热闹非凡。雨媛像影子似的，刚在丁问渔的眼睛面前出现，转眼便无影无踪。丁问渔突然很无礼地离开雨婵，因为他的眼角里，似乎看见雨媛正往东面的那幢房子里去。他冒冒失失地就追了过去，不考虑任何后果，结果他看到的只是一个毫不相干的女人，只是一个背影看上去和雨媛有些相似的女人。他心神不宁的样子再次给人造成了误会，不过丁问渔从来就不怕闹笑话。他的脸皮从来就是厚的。他觉得自己既然已经来了，就应该大胆老脸地力争创造和雨媛待在一起的机会。

在任伯晋老人过生日的那天，丁问渔一大早就出发了，他的日记中，记录了他第一天扑空的滑稽场面。这是一个有趣的误会，所谓好事永远应该多磨。因为雨媛的缘故，丁问渔甚至对任伯晋老人也开始好感起来。过去他对他的印象，总觉得他是一本正经，满脑子不相干的国家大事，现在他却一改过去最怕凑热闹的习惯，为任伯晋老人准备了一份有些过分的厚礼。他去得太早了一些，结果只能陪老人在书房里聊了很长时间的天，让他感到吃惊的是，这位老军人想得最多的都是国防。任伯晋一生都在设想如何建设现代化的国防，他和丁问渔谈欧洲的军事，谈美国的海军，谈发生在西班牙的内战。任伯晋已经老了，他一辈子都在纸上谈兵，在他生命最后的日子里，事实上已经没什么人再乐意听他唠叨。谈话结束之前，任伯晋老人让丁问渔欣赏一下书桌上放着的遗嘱。这遗嘱多少年前就写好了，每次过生日，任伯晋必定毕恭毕敬重新抄一遍：

余投身军事，抱定为国而死之宗旨。中日必有一战，余老矣，不能马革裹尸死于疆场，此余之一大憾也。非抗日不能救中国，要抗日必须精诚团结，万不可四分五裂，各行其是各持己见。对外要联络，苏俄以及英法美，皆可以成为友邦，惟德国与日本关系非同一般，国民政府目前多依靠德国军事顾问，此国防之一虑也，此外，外债不妨多借，战争迫在眉睫，用别人之钱武装自己乃捷径，切记切记。对内要大量生产，要继续实行新生活，更要把钱财省下来用于国防。余死不必公葬，也不必厚葬，死了便埋，不做坟，种几棵树，待树成材，做桌椅即可，只要予人能有用，以表示余死后仍然要报答国民养育之大恩也。

在声势浩大的寿宴上，任伯晋老人应邀讲话，他又一次向贺客表达了他在遗嘱中的意思。大家先是一怔，然后报以热烈的掌声。丁问渔一次次用目光去搜索雨媛。他的目光很难得有机会匆匆和雨媛对上一次，但是仅仅是这匆匆地一闪而过，就足以引起火花了。

雨媛从丁问渔的眼光中，看到的是一种不可遏制的激情，是一种不顾一切的疯狂。她想这个曾经狂热地追求过自己大姐的男人，真是有些不要脸。她想起在自己的婚礼上，他们第一次见面，他紧握着她的手说过的那句无耻的话。这个好色的书呆子胆子也太大了，雨媛想到这些，又好气，又好笑。在喝酒的时候，她情不自禁地回头，假装看别人，有意无意地看丁问渔一眼，要是丁问渔正看着她，就连忙把眼睛避开，如果不是，她就稍等片刻，因为过不了一会儿，丁问渔的眼光一定会盯着她看。

也正是在这次寿宴上，丁问渔第一次当众取下了他的红色绒线睡帽。这红颜色的睡帽，一向是他哗众取宠的标志，无论参加什么样的聚会，任何人都休想让他取下帽子。这是丁问渔回国以后，第一次希望自己在众人眼里不要引人注目，他只希望自己能被人不知不觉地撂在一边，能偷偷地尽情地欣赏雨媛。他一杯接着一杯地喝着闷酒，即使是有了很强的醉意以后，依然没有失态。酒过几巡，大厅里开始乱作一团，丁问渔端起酒杯，晃晃悠悠地走到雨媛姐妹们坐的那一桌，希望自己能和大家一人干一杯。当喝到雨媛的时候，雨媛看他醉醺醺的样子，很冷淡地说：“对不起，我不会喝酒。”

丁问渔怔了一怔，说：“不会喝，那好，我替你喝了。”他一仰头，将酒干了，又将杯子伸过去要酒。三姐拿过他的杯子，斟了满满的一杯酒，丁问渔接过酒杯，眼睛直直地望着，苦笑着，猛地把酒喝了。众姐妹纷纷鼓掌，丁问渔大着舌头说："没有会喝不会喝的，只有敢喝不敢喝，你们要我喝，我还能喝。"没人要他喝，他摇摇晃晃地回到自己的位子上，洋洋得意地对雨媛挥了挥手。雨媛白了他一眼，她回过头，发现大姐雨婵正目不转睛地看着自己。

丁问渔离席的时候，都已经有些分辨不出自己的手杖。他对着镜子戴上他的睡帽，不可遏制地做了一个鬼脸，一旁为他服务的女招待忍不住笑起来。他的酒已经过了量，胃里开始一阵阵地折腾，但是他似乎并不介意，站在门口痴痴地等候着雨媛，想看她最后一眼。从一开始他就注意到作为新郎的余克润不在场，丁问渔觉得这是一个非常有趣的信号。他觉得自己很有些自私和卑鄙，他甚至希望余克润会就此永不出现。参加寿宴退场的人群一批批往外走，任伯晋的几位女儿女婿站在门口向大家告别。唯一缺的就是雨媛，待人群已经走得差不多的时候，雨媛依然没有出现。丁问渔不知道雨媛怎么就无影无踪了。

午后的夫子庙有些冷清，这时候，吃早茶的人已经归去，妓女还在睡觉，嫖客尚未出门。一些店面门可罗雀，虽然已经接近阴历的年底，可是南京的老百姓还没有开始忙过年。自从提倡新生活运动以后，已成为废历的春节似乎正在变得不那么重要。民间仍然觉得过年要过废历的春节，然而政府官员们正在努力改变这一传统习惯，把阳历元旦作为一个重要节日。丁问渔摇摇晃晃地从大街上走过，终于找到了一个铁皮垃圾箱，痛痛快快地吐了起来。丁问渔胃里翻江倒海，七荤八素都喷涌而出，总算吐得差不多了，他气喘吁吁喘着粗气，轮番用拳头轻轻地捶着自己的背，眼泪鼻涕一把一把地流出来。

3

丁问渔弄不明白自己怎么就到了陈小姐的住处，虽然夫子庙他经常来，尤其是那些著名的花街柳巷，但是丁问渔对夫子庙地区的道路始终不曾清楚过。每次都是和尚热心地替他领路，他到陈小姐处已经许多次，要他自己找，还是不容易找到。当丁问渔从六华春参加了寿宴出来，对着铁皮垃圾箱吐得两眼冒金星的时候，他突然看见了不远处那座熟悉的桥，陈小姐的临时公寓就在那桥下面。

陈小姐被他的狼狈样吓了一大跳，她最初的印象，是这个书呆子在路上遭劫了，而且显然被人痛打了一顿。丁问渔提着手杖，一副可怜巴巴的样子，两眼无神地看着陈小姐，半天没有说一句话。陈小姐向他迎了过去，急切地问他怎么了，又问他有没有伤到什么地方。丁问渔苦笑着，终于开口说话。他告诉陈小姐自己不过是喝多了。陈小姐顿时把一张粉脸摆了下来："我说呢，原来是刚从别的女人那里快活过了，喂，你到我这来干什么？"

丁问渔感到一阵阵头痛，好像有无数的蚂蚁在脑子里爬着，他近乎哀求地告诉陈小姐，自己此时只是想借她的床睡一会儿。陈小姐大怒，说你这脏兮兮的身体，还想睡我的床。“要睡，你到吴妈的床上去睡。”她带着些赌气说。自从元旦过后，他来陈小姐这里的次数已经明显打了折扣，陈小姐心里正对他憋着一肚子的火。丁问渔难过得已顾不上许多，他打了一个酒嗝，便要去女佣吴妈的床上。陈小姐板着脸拦住了他，看他那样子是真的难过得不得了，不忍心再为难他，把他带到自己房里。她吩咐吴妈赶快端一盆热水来，用毛巾为丁问渔擦脸，擦脖子，洗手，然后换了一盆水，又亲自替他解了鞋带脱去皮鞋，为他用热水洗脚。洗完了脚，陈小姐又吩咐吴妈去倒点醋来为丁问渔醒酒，可是他往床上一歪，死猪似的已经睡着了。

等丁问渔醒过来的时候，外面天已经全黑了。屋子里点着一盏光线极柔和的台灯，静悄悄的听不见外面的人声。他一时不明白自己是在什么地方，因为他发现陈小姐正坐在床沿上，眼泪汪汪地看着自己。他坐了起来，发现自己拥着一条大红绸被面的被子，他的红颜色的绒线睡帽，套在梳妆台上放着的一个花瓶上面，圆圆的花瓶肚子看上去像是人的脸，很有些滑稽。陈小姐似乎一直在等着他醒来，看着他已经坐起来，随手拉过一个枕头垫在他背上。丁问渔总算清醒了，侧过头去看了看钟，抱歉地问：“我一直睡到现在？”

陈小姐嗔怒地说："你说呢？"

天气很冷，靠门口虽然生着一个小炭盆，仍然挡不住寒意。丁问渔注意到陈小姐手上像抱娃娃似的，抱着个绿颜色的热水袋，几乎与此同时，他感觉到脚头暖洋洋的，原来那里放着一个裹着布套的紫铜烫壶。一只雪白的波斯猫蜷在他和陈小姐之间的被面上。丁问渔又看了看梳妆台上的座钟，说："我真不像话，竟然睡了这么多时间。"

陈小姐说："算了吧，你什么时候又像过话的。"

丁问渔叫她这么一说，忍不住笑起来，陈小姐也有些忍不住，也笑。她用手抹去挂在眼角上的泪珠，问丁问渔是不是觉得肚子饿了，要不要让吴妈为他弄些吃的。丁问渔一把捉住陈小姐的手，说自己不饿，又关切地问她为什么要不高兴流泪。陈小姐噘了噘嘴，说："我有什么不高兴的，你才不高兴呢！"丁问渔说："高兴你干吗要流眼泪？"陈小姐笑起来，说："我流不流眼泪关你什么事，我吃饱了饭，闲着没事干，流着眼泪玩玩行不行？"丁问渔知道她是在说气话，十分轻薄地在她脸上捋了一下。这一捋，陈小姐更生气了，她握着拳头，在丁问渔肩膀上捶了一下。

丁问渔在陈小姐的服侍下，坐在床上吃了一碗小米莲心汤，陈小姐自己也胡乱吃了一些东西，便过来陪他说话。说了一阵话，丁问渔想小解，陈小姐有些为难，红着脸说："我出去一下，你就在马桶里方便吧。”丁问渔瞥了一眼放在角落里漆着红漆的马桶，连连摇头，说实在不习惯这玩意。陈小姐说你就憋着好了，丁问渔十分尴尬，脸上的表情仿佛要忍不住了，陈小姐没办法，便让丁问渔披着衣服，将他带到天井里，让他对着那里的阴沟方便，自己赶紧避开。待丁问渔连蹦带跳重新钻到热被窝里，他颇感激地说：“想不到你陈小姐，也有如此温柔体贴的时候。”

陈小姐让他一说，又有些不高兴，说自己是什么人，还不就是一个过时的歌女。秦淮河畔的歌女谁都知道是怎么一回事，别人爱怎么想就怎么想，他丁问渔不用得了好再卖乖，占了便宜还说别人贱。她陈小姐毕竟和那些纯属卖身的妓女有所不同，他今天虽然已经睡在她的床上了，但是并不意味着就得到了她的身子。丁问渔不明白她今天为什么这么大的火气，看她楚楚动人的样子，显然是在他睡着的时候，又精心地打扮过一番，便情不自禁地要上前搂她。

陈小姐推开他，十分认真地说：“你别碰我，我告诉你，我马上就要嫁人了。你现在想要得到我，已经太晚了。”

丁问渔觉得她是在说笑话，笑着问她准备嫁给谁，是不是准备嫁给他。陈小姐正色说：“我本来是准备嫁给你的，但是你这样有身份的人，怎么会娶我这样的女人，况且你也有老婆了。”丁问渔说有老婆有什么要紧，可以离婚再娶的。陈小姐冷笑说：“要是早说了这句话，我或许会考虑到你。你怎么不早说。”丁问渔听她这话的意思，再看她的表情，好像是真的准备嫁人了，心里还是有些不相信，再次追问她要嫁给谁。陈小姐报了一个人的名字，这名字丁问渔熟悉，是一个做建筑材料生意的南京承包商，他们前段时候，常常在一张麻将桌上打牌。丁问渔说，要是别人他还会相信，说这个人他没办法相信。

陈小姐问他为什么不相信，是不是觉得这人太俗气了。丁问渔不答腔，心里却在想心高气傲的陈小姐，怎么会看中这样一个土头土脑的家伙。陈小姐显然看透了他的心思，说像她这种过了时的歌女，还能嫁给谁，有权有势的人，顶多是在你走红的时候捧捧你，你真的走下坡路了，他们赶紧躲得远远的。再说，就是嫁了有权势的人也靠不住，有权有势的人她见多了，说老实话，他们看不上她，她也看不上他们，都知道那些有权势的大好佬捧我们歌女玩我们歌女，其实也很难说我们就不哄他们不玩他们，谁玩谁还说不准呢。丁问渔看她越说越来火，不敢乱插嘴。陈小姐说了一通，叹气说："你知道我为什么对你好？"丁问渔瞪着鱼一样的眼睛，连连摇头，陈小姐伸出食指，在他额头上轻轻地点了一下，红着脸说："你虽然浪荡，却一点也不讨人嫌。"

丁问渔笑起来，说："陈小姐说错了，我这人有点讨人嫌，但是不浪荡。"

陈小姐说："对了，你是有点讨人嫌。"

丁问渔说："你看，才说过的，就改口了。"

丁问渔自从结识陈小姐，尽管在她身上已下了很多功夫，但是如此亲密，也还是第一次。陈小姐说，她所以有一些喜欢丁问渔，就是他和那些整天想着揩油吃豆腐的男人不一样，君子动口不动手，仅仅是凭这一点，就不算太坏。丁问渔笑着说，她真是看走眼了，她只是没见识过他的坏样子。天底下除了她陈小姐，恐怕就不会有人觉得他正派了。陈小姐听他这么说，也笑，说天下坏男人她见多了，他丁问渔再坏，也坏不到哪去。丁问渔被她说得有些开心，陈小姐说你别得意，我知道你是在夫子庙找过妓女的，你别当我不知道。丁问渔不承认也不否认，陈小姐又问他究竟在夫子庙一带结识过多少妓女。丁问渔笑着不肯说，陈小姐缠着他，一定要他讲，丁问渔说，这种事有什么好讲的，讲了她也未必会高兴。陈小姐说，男人花钱，女人得钱，大家愿意的，我又不是你什么人，干吗会不高兴。丁问渔禁不住她软缠硬磨，便讲了些找妓女的基本知识，陈小姐越问越细，丁问渔想她是真要听，索性多交代了一些。

陈小姐听得脸通红，突然叹气说："是男人怎么都这么不要脸。"

丁问渔感到无趣："我不想说，你非要我说，说了你又生气。"

陈小姐笑了，说："我没生气，你也别生气。赶明天我也当妓女去，好称你们这些坏男人的心。"

丁问渔看陈小姐的样子不像是真生气，又谈起已经不谈的话题。

他问她是不是真的要嫁给那个做建筑材料生意的承包商。陈小姐说当然是真的要嫁，她陈小姐什么时候哄过他的。陈小姐自然是哄过丁问渔的，不过这一次看神情真的不像。陈小姐说，她早有嫁人之意，好的嫁不上，不好的又不甘心，挑来挑去，最后看中了这位南京商人。“南京人厚道，我想来想去，还是嫁给南京人好。”陈小姐向丁问渔声明，今天是她第一次留他过夜，也是最后的一次。她既然已经许诺嫁人，就得收心，把情感用在自己丈夫身上。丁问渔鱼一样地又瞪起了眼睛，陈小姐忍不住又笑，说别做梦，留你过夜是因为你喝醉了酒，没那层意思，别尽想着占便宜。“我告诉你，今天我正好身上来，要不然可不敢留你。有了这道护身符，我不怕你。”

时间不知不觉地过去，丁问渔又起来去天井里尿了一次。肚子似乎又饿了，于是陈小姐把已经上床的吴妈从热被窝里叫起来，重新弄些吃的当夜宵。吃完了，陈小姐洗了洗，将那头雪白的波斯猫撵下床，又拿了一条被子放在床上，说今晚一人一条被子睡，让丁问渔老实一些。丁问渔有些来火，把那条被子一掀，扔到了角落里。“睡一条被子，难道我就不老实了。告诉你，我这人虽然浪荡，也有坐怀不乱的日子。”丁问渔愤愤不平的架势，让陈小姐有些相信他了，便和他坐在一个被筒里。丁问渔感伤地说：“你我好歹认识一场，你总应该送我一点什么做纪念。”

陈小姐怔着想了想，欠身从床头柜的小抽屉里，取出一个小信封，又从里面拿出三寸的一张照片，毅然地递给丁问渔。丁问渔看了吓一跳，因为这是一张女人正面的裸体照，仔细看，那女人竟然是陈小姐本人。照片上的陈小姐刚从浴缸里出来，正用一块浴巾在擦湿漉漉的头发。陈小姐说，提起这张照片来头大，它是军统特务头子戴笠当年偷拍的。有一次戴笠约她去福昌饭店会面，那时候正是她最红火的时候，戴笠对她崇拜得五体投地。他们经常在南京的大饭店里偷偷会面，因为怕人察觉，每次都是开两个房间，有时候还故意不开在一层楼上。陈小姐告诉丁问渔，这样的照片一共就两张，一张戴笠自己留着，另外一张就是这张了。她本来想把照片烧了，因为那位即将成为她丈夫的人，见了肯定会打翻醋坛子。

丁问渔嬉皮笑脸地说："那是，别说你的丈夫了，就是我，看了心里也不是滋味。"

陈小姐转身给他一拳头，捶在他的肩膀上。

丁问渔做出求饶的样子，然后目不转睛地盯着照片看。陈小姐说，你急什么，回去慢慢看好了。丁问渔说，回去自然是要慢慢看的，不过现在得先看看过过瘾。说了，将那照片放在嘴唇上亲了一下，陈小姐咬牙切齿地又在他肩膀上捶了一记。丁问渔仍然目不转睛地欣赏那照片，陈小姐说，我不管你了，我困了，你爱什么时候睡就什么时候睡。她脱去了外衣，钻进被窝。丁问渔又看了一会儿照片，将照片放在床头柜上，随手把灯关了，在黑暗中脱衣服，脱得差不多了，往被窝里一钻，手便要去搂陈小姐。陈小姐甩开他的手，说：“我们说好的，不许闹，要不然，你给我滚蛋！”

丁问渔嘀咕说：“搂搂抱抱也不行，真是的。”说着，手已经搭在陈小姐的胸前。陈小姐打了一个哈欠，说，那就到此为止，她真的困了，大家说话要算话。丁问渔果真放弃了进一步的企图，不一会儿，陈小姐竟然睡着了，轻轻地打起鼾来。丁问渔刚开始毫无倦意，翻了个身，和陈小姐背对背睡着，突然想到了雨媛。雨媛的形象活生生地出现在他眼前。丁问渔想雨媛要是知道他现在的表现，真不知道会怎么想。他顿时觉得自己十分龌龊，雨媛那么纯洁的女孩子，怎么能想到他的事。丁问渔又想到自己若是能和雨媛同床共眠，那真是太幸福了。他和那么多的女人打过交道，她们没一个能和雨媛相比。雨媛带给他一种从未有过的激情，她真是天生的尤物，是仙女下凡，是治病的药，是黑夜里的一盏灯。渐渐地，困意向丁问渔席卷而去，他一边思念着雨媛，一边陷入梦乡。

醒来时，天已经亮了。丁问渔翻过身来，发现陈小姐还在睡。他的头隐隐约约仍然有些痛，陈小姐微微地脓着嘴，睡得很甜。他伸手在她身上轻轻地抚摸着，陈小姐被他弄醒了，打了他两次手，见没什么用，只好随他去。他揉着她的乳房，感觉着它的大小，感觉着乳头的尖硬程度，然后突然改变方向，迅速往下移动，陈小姐想阻挡他，但是势不可当，已经来不及了。丁问渔直接到达了目的地，他发现陈小姐原来是在蒙他，身上并没有来例假，立刻感到一种不可遏制的兴奋。天无绝人之路，陈小姐现在无话可说，无论说什么也没用。丁问渔得理不让人，胜券在握，因为他在这方面实在是太有经验，性爱的艺术对于他来说，早已烂熟于心，他知道此时应该怎么下手，怎么让女人迅速失去羞耻心。陈小姐现在拿他是真的没办法，在丁问渔这样的老手的进攻下，她很快呻吟着失去了最后一道防线。她叹着气说自己真的没有蒙他，她的确是身上不干净呢。陈小姐上气不接下气地喘着，丁问渔却无动于衷，他机械地动作着，不合时宜地突然想到了雨媛。

4

一九三七年二月十一日是阴历的春节，丁问渔寻了一个借口，没有去上海过这一传统节日，他一个人关在教授公寓里，闭门思过。在小年夜，他参加了陈小姐的婚礼。陈小姐的婚礼很热闹，报纸上预先登了三天的广告，到结婚的那天，新郎和新娘还雇了一辆英国最新式的奥斯汀汽车，扎着大红绸，沿着首都的大街十分招摇地走了一圈。陈小姐一副重新做人的腔调，穿着一身大红的缎子旗袍，冻得直流清水鼻涕。新郎的年纪要比陈小姐大出许多，棉袍上加了一件翻毛的短皮袄，他老实巴交的样子，小心翼翼地伺候着新娘，惟恐引起她一丝一毫的不满意。

看见陈小姐受冻，丁问渔感到有些心痛，不过他也能体谅她为什么要把婚礼办得如此隆重的苦心。歌女成婚照例是要被人在背后说三道四的，在一些人的嘴里，秦淮河畔的歌女和妓女几乎是同义词，陈小姐希望通过婚礼的排场，来对抗人们对自己的蔑视。多少年来，丁问渔似乎已经甘心做一个浪荡子，他从来不去想一个女人会怎么想，更不会设身处地去为一个女人着想。可是自从见了雨媛以后，丁问渔仿佛突然变得细心起来，他变得有些无微不至，甚至变得唠唠叨叨。当和新娘新郎握手告别的时候，他十分关切地嘱咐陈小姐，回去之后，别先忙着进洞房，应该先喝一碗姜汤驱寒。

由于没人想到丁问渔会留在教授公寓里过年，大年初一这一天自然不会有人来给他拜年。丁问渔很迟才起床，大清早，他被噼噼啪啪的爆竹吵醒了许多次。起床不久，无所事事的丁问渔又百无聊赖地上了床，整整这一天他都处于半睡半醒状态。噼噼啪啪的爆竹声减弱了，代替的是零零碎碎的鞭炮声，那是邻居的小孩子在围墙边玩，不时地有叽叽喳喳的声音传过来。丁问渔躺在床上胡思乱想，思念着雨媛，这是一种莫名其妙的思念，他有意无意地老是忍不住要想到她。雨媛的音容笑貌一遍遍地浮现在他面前，他意识到自己已经不可思议地爱上她了。

这真是一个从未有过的经历。丁问渔自恃是情场老手，经历了数不清的女人，许多无耻的事，他实在懒得去回想。在印度的一个沿海城市，那里的雏妓吸引了许多慕名而来的嫖客，只要花极小的一笔钱，旅店里的龟客便会为你送一名情窦初开的小女孩来。那些乳房刚刚发育的小女孩在性技术方面，和久经风尘的妓女一样成熟。在过去，丁问渔偶尔回首起往事的时候，总是怀有一种享乐主义的陶醉感，他觉得自己作为男人真没有白活。

可是当雨媛的音容笑貌浮现在他的面前时，丁问渔开始感到一种说不出的内疚感。他突然感觉到自己很猥琐，很肮脏，很厚颜无耻。这是一种非常奇怪的感觉。他和雨媛一共才见了两次面，一次是参加她的婚礼，一次是任伯晋老人过生日那天。他们几乎没有什么直接的交往，一共就说过了那么几句话，而且话不投机，雨媛对他压根就是爱理不理。丁问渔从来没有对别的女人产生过这么大的兴趣，多少年前，他为雨媛的大姐雨婵丢魂失魄的时候，与其说那是一种狂热的爱，还不如说那是一种强烈的少年侠义之情。因为当年的丁问渔并不是太明白，他究竟是想和雨婵结为夫妇，还是为了把她从凶恶的军阀手中解救出来。他只是稀里糊涂地觉得自己应该勇敢地去做些什么。

对于雨媛的爱却是一种全新的感觉。丁问渔似乎没别的杂念，只是简单地希望自己能爱她。他的头脑现在非常清醒，非常单纯，这是一种非常纯粹的爱慕，只是爱，只是想付出和表达，不在乎任何回报，不在乎任何结果。只要能爱就心满意足，只要能爱就万念俱灰，作为男人，丁问渔以往想到的都是如何得到，可是这一次他却认认真真地想到了要付出，全心全意地付出。他觉得自己对于雨媛，现在除了爱，没有别的任何欲望。他觉得雨媛只要允许他爱她就足够了。丁问渔花了许多时间来设想他和雨媛的第三次见面。他准备了一大堆在这种场合可能会用上的对话，设想究竟应该怎样表达自己的情感。但是丁问渔感到很犹豫，显然，无论他如何巧舌如簧，雨媛都不可能一下子就理解他的感情。他必须小心，小心，再小心，然而无论他怎么小心，他也一定会吓雨媛一大跳。要是不吓雨媛一大跳也就怪了。不管怎么样，有一句话，即使是绝对犯忌的，丁问渔也一定要对雨媛说，他必须告诉她：

“我只是希望你允许我拥有这种爱的权利，因为这种权利是属于我的，当然也属于全人类。”

这句话，他默默地在心里演习了无数遍。这句话不说，他如鲠在喉，做什么事都心不在焉。在年初二，丁问渔漫步来到了和尚的住处，他吃不准和尚是否愿意送自己去任伯晋家，有不少人力车夫在过年的那几天里是不出车的。和尚就住在离大学不远一条小巷子的大杂院里，丁问渔已经不止去过一次。让丁问渔感到吃惊的，是和尚正蹲在自家门口的一株槐树下生气，骂骂咧咧地还在骂什么人。一看见丁问渔，和尚的火气似乎更大了，他猛地站起来，冲着一家人家的大门说下流的狠话。那家人家的门突然开了，走出一个四十岁左右的俏女人，对和尚喊着："喂，二百五兮兮的，你有没有完？"

和尚气鼓鼓地说："我就是二百五，我就是没完！"

俏女人还想说什么，看到一边的丁问渔，将到嘴边的话咽了回去。和尚的气仿佛消了一些，他掸了掸落在车上的爆竹屑，招呼丁问渔上路。俏女人追在和尚后面，问他回不回来吃饭，和尚板着脸说，他回不回来吃饭，和她有什么关系。俏女人说："你这个鸟人现在怎么变得这么难伺候的。"和尚头也不回地说，老子在外面上馆子。俏女人追在后面喊，说大过年的，哪家馆子会开门。和尚说，馆子不开，老子就饿死在外头好了。俏女人也火了，大声喊着："你个鸟人有种就真不要回来！"

丁问渔在车上忍不住笑起来，他预感到和尚和这个俏女人中间，有着一层不同寻常的特殊关系。俏女人显然要比和尚大许多岁，一眼就能看出来不是那种太安分的女人，她斜眼看丁问渔的时候，眼睛里全是风情。这样的眼神丁问渔太熟悉了，他笑着想与和尚开玩笑，可是和尚已经迫不及待地谈起那女人，而且毫无保留。"丁先生，女人这种骚货，说话从来不会算话的。她说好要把女儿嫁给我的，现在又要想赖账了。"和尚随口说着，气已经消得差不多了。丁问渔听了觉得有趣，说原来你是在动她女儿的坏脑筋。和尚轻薄地说，我当然是打她女儿的主意，她嘛，稍微老了一些。

雨媛在年初二这一天，没有回娘家，丁问渔总算忍住了，不曾好意思开口问她什么时候回来。他冒冒失失地登门拜访本身就有些荒唐，就足以引起许多不必要的误会。实在没什么话可以说，他坐了没一会儿，茶也没喝，讪讪地告辞了。从任府出来，丁问渔想今天反正已经闹了笑话，一不做，二不休，干脆去余克侠的家，因为雨媛和余克润的新房就设在哥哥那里，丁问渔不妨以看老同学的借口去探访雨媛。这是一个大胆的行动，师出有名，名正言顺。丁问渔做事反正常常不计后果。

余克侠正好要携夫人出门，他没想到丁问渔会来，连声说你来了正好，我还有事跟你商量呢。丁问渔看他急急忙忙的样子，不知道他要干什么。余克侠风风火火地说："你别害怕，我不会让老同学吃老鼠药的，就几句话，你让我说完。"丁问渔说自己本来没有什么可害怕的，他这么一说，倒吃不准他究竟想干什么。余克侠让丁问渔放心，他说他只是有好事不想忘了老同学。丁问渔说，你如今是南京官场上的大红人，是什么好事想到我了。余克侠已没时间卖关子，神头鬼脸地说，他正在筹备一个备战协会，届时要请他务必挂个名。

"我这协会里，全是一流的名人，也不要你具体做什么事，有事没事，吃几顿饭而已，"余克侠仍然火烧火燎的样子，不住地看着手表，也不管丁问渔完全不明白的表情，"已经说好了让唐生智当董事长，唐生智是训练总监，担当此职最合适不过，你不要笑，这叫董事长是没办法，我知道有些不对头，可是你丁问渔真不知道，如今办事，这名目是不能乱来的。有了蒋委员长，又有汪主席，所以委员长和主席什么的，都不能乱用，这叫董事长，也只能说是先将就着用了再说。”

直到余克侠匆匆忙忙地离去，丁问渔仍然不明白他所说的那个备战协会，究竟是怎么回事。他只知道余克侠是这个即将诞生的新协会的秘书长，而在协会中挂名的人中间，不仅有他，还有任伯晋，以及国民革命军的军事委员会副委员长冯玉祥。在一九三七年的首都南京，协会和委员会的名称满天乱飞，有著名的防空协会，妇女改良协会，卫生协会，灭蝇及粪便管理协会，航空委员会，中央救灾准备金保管委员会，还有大名鼎鼎的新生活运动委员会。有官方的，也有民间的，多得根本让人摸不着头脑。许多人的名片上，都堂而皇之地印着委员长副委员长的头衔，结果国民政府不得不下文，明令禁止滥用这些容易引起误会的称呼。首都无疑是当时中国最大的官场，各式各样的人，都到这儿来寻找机会，实缺谋不到，便变着法子，凑合着弄几个虚名蒙蒙人。

丁问渔真正感到高兴的，是余克侠的匆匆离去，给他提供了一个千载难逢的好机会。为了不让老同学感到寂寞，余克侠跑到弟弟的新房，把弟媳雨媛请出来陪丁问渔。他觉得自己匆匆出门，有些对不住初次来访的丁问渔，一再声明自己很快就能回来，让丁问渔今天无论如何要留在这里吃饭，他说自己已经关照厨子多做几个菜，到时候喝个痛快。丁问渔暗自叫好，按捺不住满脸的喜色，他做出恭敬不如从命的样子，很乐意地接受了余克侠的请求。他感到庆幸的是，不仅是余克侠夫妇离去了，而且天遂人愿的余克润也不在家。

和丁问渔与雨媛一起留下的，是余克侠八岁的儿子和三岁的女儿。这情景不能不让人联想到二十年前，丁问渔在任府和雨婵之间发生的那一幕幕往事。余克侠的家充满了一种官场暴发户的味道，刚刚完工的小楼，似乎还散发着油漆刺鼻的气味。一九三七年，是南京做官的人大兴土木的年头，虽然人人都在高呼抗日的口号，虽然报纸上屡屡发表那些鼓动抗日情绪的文章，但是这一年的南京人根本没有预料到战争会真的来临。人们对于即将降临的灾难毫无预感。大家都在纸上谈兵，对于一九三七年的南京人来说，战争遥远得很，远在已经丧失的东北四省，远在华北和绥远。这一年仍然是民国的盛世，是大家心目中购置房产的最佳年头。

南京城在这一年得到了惊人的拓展。市政当局鼓励人们在偏僻的城北地区，建筑风格迥异的新房子，在几年前，鼓楼仿佛已经是南京的北郊，无论是往北还是往西北，到处都是乱坟岗。如今，这些地盘一块接着一块被出售，报纸上几乎天天都有通知迁坟的启事，因为一旦你购买了一块地，就可以立刻在报纸上登启事，如果在规定的期限内，坟主依然不来迁坟，作为这块土地的拥有者，你便有权当作无主坟处理，花些钱将坟移走就行。大兴土木使得南京第一次有了真正的都市气概。南京开始真正地变得繁华起来。一座座新颖别致的小洋楼拔地而起，这些美丽的小洋楼中西合璧，基本上都是那些留洋的归国工程师设计的，风格多样，有欧美式，也有东洋式的，在欧美风格中，又有北欧和西欧之分。一座座小洋楼使得南京山西路颐和路一带道路纵横，以极不规则的方式交叉拐弯，结果使得这一带变得和迷宫一样复杂混乱。很多人到了这里都会晕头转向，走投无路，由于平时都是乘小汽车出入，因此让这些房子的主人自己步行，有时候距离已经很近了，然而这些房子的主人还是摸不到自己的家门。

城市的繁华使得南京人一个个仿佛都有了见识，除了知道无数党政要人的小道消息之外，南京人喜欢津津乐道高谈阔论。谁谁谁住在什么地方，谁谁谁的新宅子花了多少钱，谁谁谁的金屋藏娇，所有这些都是一说起来就非常兴奋的话题。远在上海的丁问渔的父亲也禁不住建房热的诱惑，这位满脑子商业细胞的银行家，敏感地看出房地产的升值，首先是地的升值，其次才是房子。因此他没有迫不及待地盖豪华的小洋楼，而是以儿子丁问渔的名义，一次性投资买下了很大的一块地，面积大得可以盖十几栋楼。这块地的价格在当年就差不多被炒得暴涨了一倍。

丁问渔在雨媛的陪同下，饶有兴致地参观了余克侠的新房子，这也是余克侠临走时特地安排的节目。他很遗憾不能亲自陪同丁问渔参观，但是又非常着急地希望丁问渔立刻对他的新居发表意见。自从新房子落成以后，余克侠一直在等待着一种赞扬声。“我这里所有的房间都不上锁，”临出门，余克侠对弟媳妇吩咐着，“雨媛，你陪问渔四处看看，让他提提意见。好房子他可是见多了，我这风雨茅庐如何入得了他的法眼。”

5

多少年以后，雨媛怀念丁问渔的时候，她将不可避免地会想到这一次和他单独相对的日子，她将不可避免地回想起丁问渔对她说起过的陈小姐的预言。这是一次意义不同寻常的单独相对。在这之前，丁问渔只是一个与她没有太大联系的人，他们之间毫不相干，她听说过他的故事，知道关于他的笑话，甚至许许多多流言蜚语。他不过是一个追求过她大姐雨婵的爱情疯子。他不过是借酒佯狂，在雨媛的婚礼上，对新娘子冒昧说几句无礼的话，在任伯晋的生日宴会上，对雨媛不怀好意地眉来眼去。对于雨媛来说，最过分的事情丁问渔似乎已经都做过了，她想象不出他还能怎么样。丁问渔只是一个故事中的人物，是人们说笑的对象，雨媛绝对不会想到，像他这样滑稽可笑的活宝，竟然还会和自己发生进一步的联系。

丁问渔对余克侠的新居未作任何评价，然而当雨媛拒绝带他参观自己的新房时，他变得出乎意外地固执起来。“我想象不出你有什么样的理由，一定要拒绝我参观新房?”他的语气中既带着一些倚老卖老的长辈口吻，又孩子气地站在新房门口不肯离去。余克侠八岁的儿子自作主张地推开了新房的房门，雨媛想阻挡已经来不及了，丁问渔站在门口，很认真地看着新房里的陈设，看了一会儿，也不等雨媛的邀请，径自就闯了进去。他以为雨媛准会因此生气，故意做出大大咧咧的样子，心里其实很虚，他高兴地注意到，她只不过是在暗笑。

“这是个让人嫉妒的帅小伙子。”丁问渔看着墙上挂着的余克润的照片，一本正经地说着。

雨媛的脸一下子红起来，婚礼那天的情景突然再现在她的眼前，丁问渔用日语对她说过的那句暧昧的话，仿佛又在她耳边响起。尽管她尽量做得若无其事，但是她毕竟年轻幼稚，脸上是藏不住假的。她意识到，眼前这个不像话的家伙，很可能又会继续说出不像话的话来。丁问渔若无其事地东张西望，他突然回过头来，眼睛直直地看着雨媛。在他这种大胆无耻的窥视下，雨媛更有些手足无措。她不敢去接丁问渔发直的目光，又不好意思板下脸来让他难堪。丁问渔是她丈夫哥哥的客人，这是丈夫哥哥的家，雨媛真不知自己怎么做才好。她知道余克润的哥哥余克侠对丁问渔十分欣赏，他常常在饭桌上大谈丁问渔的事情。她总不能在新年里，就这么冒冒失失地把前来拜访的客人轰出去。

余克侠谈到丁问渔的时候，大多是以一种赞不绝口的语气。在官场上混，余克侠需要通过谈论丁问渔，来向别人展示自己不同凡响的留学经历，他在表扬丁问渔的时候，其实是在表扬自己。此外，他也需要通过对目前两人的状态的比较，来突出自己的仕途得意。无论是怀旧，还是炫耀现状，余克侠都得利用一下丁问渔。“当年我们在欧洲的时候，”余克侠动不动就会这么说，他总是批评现在的年轻人，不可能想象他们当年是怎么回事，“别看我们今天一个个都成了人物，想当年我们可是真不容易。”说着说着，又会有些感叹，因为在官场上，比余克侠混得好混得阔的留欧同学多得很。

“官场上，永远是那些无能的人占便宜，”余克侠通常是在饭桌上突然感慨万分，“还是丁问渔好，他一眼就看穿了做官的那点把戏。”

余克侠的妻子看不上眼地说：“他那样的书呆子，怎么能够当官？”

余克侠笑自己的妻子太没见识：“难道还有什么比当官更容易的事？”

余克侠把丁问渔塑造成了一个才华横溢的大名士。人们常常羡慕那些自己所不能达到的境界，余克侠不可能像丁问渔那样看淡名利，他羡慕丁问渔的家庭出身，羡慕他那种对什么都能不在乎的态度。在丁问渔这次不同寻常的拜访以后，直至丁问渔对雨媛的疯狂追求，已经变得众所周知难以收拾之前，余克侠继续有意无意地在饭桌上提到丁问渔。在同一张桌子上吃饭，人们往往专捡那种最没必要的话进行重复，谈论丁问渔恰恰是这种重复的一部分。事实上，在这次不同寻常的单独相对以后，雨媛并不反对谈论丁问渔的话题，也许正因为她不知不觉听得似乎有些入神，余克侠才会如此喋喋不休。

丁问渔在那天除了向雨媛大胆表示，他希望她能允许他爱之外，没有做出任何过分的举动。他的一言一行，都表现得令人难以置信地绅士化。他正襟危坐地坐在沙发上，像安慰小孩子一样娓娓道来，心平气和地告诉雨媛，说这不过是一种精神世界的游戏，没有任何不道德的目的。他不过是为了追求一种精神上的安慰，并不想得到什么，更不要求雨媛付出什么。她完全可以当作什么都不知道。她可以把他当作一个爱情的疯子，当作一个古怪的白痴，甚至可以当作是一个无能的性变态者。她可以当作他们之间没有发生任何事情，这次不同寻常的谈话根本就不存在。丁问渔一再申明他所追求的只是一种形而上的东西。对于丁问渔来说，这是一次深思熟虑的谈话。他振振有词，仿佛是在谈论别人的事，谈论一件和自己根本无关的事，仿佛是在讨论一场刚看过的话剧，一场刚看过的美国电影。

雨媛没有做出什么过激的反应，不是她不愿意做，而是她实在来不及做。和丁问渔做好了充分准备正相反，雨媛措手不及防不胜防。事情来得太突然，她完全被丁问渔的大胆放肆弄蒙了。很长的时间里，她只是很被动地在想，丁问渔太不像话了，真是色胆包天。雨媛最后悔的一件事，就是当时没有声色俱厉地撵他走。当时他们是坐在客厅里谈这番话的，火炉上的一壶水已经烧开了，扑哧扑哧地冒着热气。余克侠八岁的儿子在皮沙发上打着滚，没完没了地趁乱吃着茶几上放着的糖果，随手将糖纸扔得到处都是，三岁的女儿却时不时地要缠着新婶婶雨媛给她讲故事。客厅里的气氛一点也不融洽，丁问渔侃侃而谈，全然不顾雨媛的脸色越来越难看。

“请你不要再说了，丁先生的这些话，实在有些可笑。”雨媛向丁问渔发出警告，当着两个小孩子的面，她有些担心自己说的每一句话，都会被他们传给父母，因此她不得不注意自己的态度，避免使用那些容易引起孩子们吃惊的激烈言辞。雨媛不可能像在自己的家里一样随心所欲，这里毕竟不是她的家。她的结婚显然太匆忙了一些，尽管她从来没想到过要在余克润的哥哥家久住，但是由于新房安置在这里，她刚住进这幢新的小洋楼时，就从嫂子眼里看到了一种掩饰不住的恐慌。嫂子常常以试探的口吻问余克润，他们以后的新家准备建在什么地方，余克润对这种明显是撵他们走的提问毫无反应。他依赖自己的哥哥已经习惯了，所谓结婚，不过是为这个家里又带进来一个人。像他这样年龄的年轻男人，事实上很少去想怎么样安排一个温馨的家庭。他对自己的前途充满信心，相信只要仕途得意，一切存在的问题都会迎刃而解。何况他对如何离开哥哥嫂嫂独立生活，没有任何心理准备，在目前的情况下，家庭生活对他来说，只能是一个束缚。

八岁的小侄子常常会误传一些莫名其妙的话，无端地生出些是非来，譬如有一次，雨媛只是随口向余克润抱怨，说他们家的女佣做菜不好吃，鱼里面没搁姜没搁葱或者是没搁酒，一股腥味根本下不了筷子。这话通过小侄子的嘴传到了余克侠妻子的耳朵里，她立刻把这当作是弟媳妇将向自己争夺主妇权的信号。在吃饭的时候，她很宽宏大量，其实是十分严肃地说，自己这个家以后可以让雨媛来当，并且就此带出一大堆让雨媛听着十分难堪的话题。她当时感到十分委屈，可是却不知道应该如何应付这一尴尬的局面，她笨拙得不敢开口，反而被嫂子认为是胸有城府。

从小深得父母宠爱的雨媛，在一开始就有种寄人篱下的感觉，她始终觉得自己是在做客，正是这种做客的感觉，给了丁问渔一个倾诉的机会。即使是在蜜月里，余克润也经常把雨媛一个人撇在新房里。他总是有那么多的事，一会儿是什么聚会，一会儿又是什么庆祝典礼，还有各种名目的抗日救亡活动。他成了一个许多事都要去插一脚、都要到场助兴的大忙人，小报上屡屡出现他的名字，因为南京的女记者似乎都已认识他。余克润乐此不疲，越来越感觉良好，刚开始还向雨媛表示一些歉意，歉意太多了，他自己也感到无趣，于是便把歉意改成抱怨。结果余克润每次出门露脸回来，雨媛都必须听他进行一番控诉。

雨媛不住地抬头看钟，她希望余克侠夫妇能尽快回来。有一段时间内，她甚至都不在听丁问渔说话。他说什么都无所谓了，反正都是些无聊的话，都是些痴人说梦的呓语。她从内心里感到自己丈夫哥哥的这位客人太讨厌，想象着余克润如果知道丁问渔说的这些混账话，一定饶不了他。余克润一定会狠狠地教训这个生性轻浮的浪荡子，会揍得他鼻青脸肿跪地求饶。飞行员一个个都有着最良好的身体素质，他们打起架来都是很在行的，余克润曾向雨媛描述过他们有一次在酒店里，和素不相识的人大打出手的经过。余克润轻描淡写地说，他不过是轻轻地一拳，被打者便捧着脸跌倒在地，一直到他们扬长而去，仍然趴在地上爬不起来。

虽然雨媛的脸上做出了种种不耐烦的表情，但是丁问渔全然不察。他继续理直气壮地说着，深深地被自己逐渐枯燥的语言所打动。他向雨媛表达了自己因为感觉到有了爱之后的幸福感。多少年来，他一直是一个被爱所遗忘的可怜的孤儿，他在没有情感的世界里流浪着，心儿已经麻木，思想已经死亡。枯木逢春枯树发芽，丁问渔由衷地感谢雨媛给了他那种全新的感觉。他反复强调她使得自己获得新生的重要意义。“你让一个濒于死亡的人，看到了继续活下去的希望，”他非常动情地说着，“一条在茫茫大海里漂流的小船，它终于看到了海岸线。”

如果雨媛不拂袖而去，丁问渔一定会像演戏一样，没完没了永远说下去。然而雨媛终于忍无可忍，她十分厌恶地瞪了他一眼，撇下他和两个小孩子，很愤怒地回到自己的房间，而且用力把门摔上。“你这个混蛋！”雨媛在心里狠狠地骂着，怒不可遏。一种无端被羞辱的感觉涌上她的心头，她难以想象天下真会有这样大胆妄为的无耻之徒。丁问渔怔在那里，不知如何是好。他突然意识到自己的行为太出格了，尽管他考虑再三，尽管他临场发挥得极好，尽管他觉得自己可能已经打动雨媛了，他突然意识到事情正在变得不可收拾。雨媛扬长而去，客厅里仿佛还残存着她的愤怒的气息，余克侠夫妇尚未归来，他突然心惊胆颤起来，勇气正从他的脚底下溜走，好像闯了不可弥补的大祸一样，丁问渔极度慌张地也撇下两位小孩子不管，逃之夭夭溜之大吉。

第四章

1

一九三七年的正月里，当爱情疯子丁问渔一头扎进死胡同，向雨媛不合时宜地宣泄他泛滥了的感情的时候，正是三十年以后在政治舞台上大出风头的江青，一夜之间红遍上海之际。当时江青艺名叫蓝苹，主演了轰动一时的《大雷雨》，演出获得了巨大的成功。这部俄国作家的话剧，甚至产生了比在俄国上演时更强烈的影响。消息传到南京，南京演艺界老板中的新派人物，决定派人到上海请剧团来演出。南京是首都，是政治经济文化的中心，只有在这个地盘上获得的成功，才是真正的成功。热衷于此次演出的老板，开始为《大雷雨》拼命做广告。

俄国名剧：大雷雨

主题：表现性的苦闷，肉的烦恼，心的寂寞，灵的追求。

特色：描写少妇思春，如火如荼，刻画专制暴君，可歌可泣。

导演：章泯

主演：新星、红星、巨星——蓝苹女士

配音乐：新派音乐家冼星海

广告自然是做在报纸上，那年头的印刷技术就那么回事，文字还可以，一印上照片就难说了。尽管吹捧文章把蓝苹说成是国色天香，但是黑乎乎的照片上，丝毫也看不出她是个怎么了不得的美人。小报上连篇累牍地捧着场，大家已经做好了一睹为快的准备，然而原来说好的演出却不知为什么取消了。南京人因此空欢喜一场，有小道消息传过来，说女主角和谁谁谁闹了别扭，不愿意来了，立刻就有人在报纸上写文章，说如今这些新派的女戏子，戏德如何如何不好，大过年的，说好的话竟然可以不算数，南京观众固然厚道，当然也不是可以随便戏弄的。又有小道消息传来，说剧团嫌南京这个地方太旧，太保守，虽然是首都，接受不了洋派的东西的，于是报纸上更愤怒，因为这不仅仅是戏弄，简直就是侮辱首都的南京人了。

由于《大雷雨》剧组没到南京来，一九三七的正月里，在南京舞台上，获得巨大成功的是梅兰芳博士的《霸王别姬》。人们期待的新旧中外两种具有代表性的演出，打擂台一决雌雄的局面并没有出现。作为国剧的传统京剧，在南京的舞台上不战而胜，胜之不武。既然没什么新的戏可看，人们便都一窝蜂地挤到剧场里去看《霸王别姬》，看《打渔杀家》，看《抗金兵》。戏票陡然就紧张起来，南京人爱凑热闹，一时间，满街争说梅兰芳，就连平时从来不看京戏的人，都赶时髦打着京腔充起票友来。

丁问渔在剧场里再次见到余克侠夫妇的时候，难免既紧张又兴奋。由于他们还没有注意到他，丁问渔一时打定不了主意，不知道自己究竟该不该和他们见面。他担心雨媛已经把一切都说出来了，等待着他的可能是一场指责。丁问渔自恃老脸皮厚，不相信自己会被礼节所束缚，但是他多少都有些愧疚之心。朋友妻，不可欺，朋友的弟媳，自然也不是可以随便调戏。让丁问渔心跳不止的，是雨媛也很可能前来看戏，想到能又一次见到心爱的雨媛，丁问渔似乎又一次什么都不在乎起来。雨媛的形象突然占据了他大脑中的每一个空间，他根本没有心思继续看戏，不停地东张西望，有一次甚至失态地站起来，全不顾后排的人对他大声叱呵。雨媛显然没有来，因为坐在余克侠夫妇周围的，都是些不搭界的老人，演出休息时，丁问渔迫不及待跑到余克侠夫妇面前，先声夺人地打起了招呼。

余克侠表现出的极大热情，充分说明他对丁问渔和自己弟媳之间发生的事情，一无所知。这一天来看戏的有许多国民政府的要人，在演出的间歇中，这些要人们便成了大家观赏的对象。后排的人纷纷踮脚站起来，不像话的竟然站到了座位上。整个剧场里闹哄哄的，余克侠大声地问丁问渔那天为什么不等他回来，他热情地邀请他再去他家吃饭。丁问渔意识到余克侠的注意力似乎并不在自己身上，他的眼睛不住地瞟着离他不远的一位官员，一边和丁问渔说着话，一边在等待那位官员的脸转过来。他告诉丁问渔，他说过要成立的那个备战协会，已经盖了不少个大红公章，万事俱备只欠东风，再请某部门盖上一个公章，就可以正经八百登报发启事了。那位官员终于转过身来，余克侠像触电似的跳起来，一个箭步窜到官员面前，好像看到老熟人那样笑着要和对方握手，弄得官员十分尴尬，不得不伸出手来敷衍。

“丁先生为什么不把太太接到首都来居住呢?”余太太见自己的丈夫只顾着和官员说话，把自己和丁问渔冷落在那儿，便随口问着。

丁问渔笑而不答。演出很快就又要开始，观众纷纷往自己的座位上走去，余太太还在继续和丁问渔谈他的太太，丁问渔越是不回答，她越是唠唠叨叨没个完。丁问渔硬着头皮敷衍，继续避而不答。丁问渔真是懒得去想到自己的太太佩桃，佩桃只是父亲送给自己的一份很不想要的礼物。余太太真是太不知趣了，这时候她要是能谈谈雨媛多好。余克侠匆匆结束了和那位官员的谈话，过来十分神秘地告诉丁问渔，说刚刚和他说话的那位官员，是蒋委员长侍从室的红人。灯光忽然暗了，演出就要重新开场，余克侠招呼太太赶快入座。丁问渔怏怏地回到座位上，也没心思继续看戏。戏演到下半场才算正式进入高潮，因为到这时候，千呼万唤的梅兰芳博士才姗姗来迟，上场施展他的真功夫。灯光转亮，剧场里突然静了下来，丁问渔莫名其妙，以为什么地方出了差错，只听见有人细声细气地在后台唱起来，然后看见梅博士身穿古装戏服，扭着他独创的秧歌步法，款款地走上台来，亭亭玉立地站在那里亮相，台下顿时热烈地鼓起掌来。丁问渔不能免俗地一起跟着鼓掌，因为这时候若不鼓掌，那便是看戏的外行，是白来看戏了。

丁问渔在戏尚未结束的时候，就提前退场。梅博士的扮相不错，可是丁问渔总不能忘了这是男扮女装。他对京剧实在没什么兴趣，不仅对作为国粹的京剧不爱看，在欧洲，他也不爱看让西方人如痴如醉的歌剧。有一年在罗马，一位学画的留学生卖了两张速写，好不容易弄到两张票，请丁问渔和另外一个人观看新上演的歌剧。他把他们送到剧场门口，拱拱手，说自己已经看过了，不想再看，在门口等他们好了。丁问渔觉得奇怪，以为他只是找个借口，其实和自己一样根本不喜欢西洋歌剧。戏看到一半的时候，身边的那个人告诉丁问渔，原来在门口等着的学画的留学生是个疯狂歌剧迷，但是因为手头太拮据，歌剧的戏票又太昂贵了，因此只好放弃。结果整个一场歌剧丁问渔看得索然无味，他不得不承认自己是硬着头皮看的，不把这场歌剧看完，有些对不住辛辛苦苦请他们看戏的青年学子。丁问渔觉得自己完全是出于友谊在看戏，看完了戏出来，一直守候在门口的学画的留学生，热情洋溢地迎了上来，急切地问他们观看的感受。“这是除了达·芬奇之外，意大利最奇妙的东西，”他仿佛自己刚看过这场歌剧，赞不绝口，“世界上，只有意大利的男高音，是真正的高音。世界上最奇妙的音乐，是从人类的喉咙里发出来的。古人云：余音绕梁，三日不知肉滋味，说的就是这回事。”

那天晚上他们始终在大街上溜达，很难得会拮据的丁问渔，那天口袋里恰好没什么钱。他们喝了不少劣质烧酒，用完了最后一个硬币，一次次地摆脱妓女的纠缠。天亮的时候，他们来到一家旅馆前，学画的留学生指着二楼一间正亮着灯光的房间，告诉丁问渔那里住着一个姓黄的女画家，画画得不怎么样，人却还有趣。于是他们十分冒昧地去拜访了那位女画家。一夜未眠的女画家刚准备睡觉，不是太情愿地接待了他们。丁问渔自然不会知道这位姓黄的女士，就是后来在小说界大出风头的张爱玲的母亲。黄女士是一个离婚的女人，撇开了一儿一女，孤身在欧洲学艺。她看上去更像是马来人，人还算漂亮，皮肤有些黑，话不多。那天的话题，仍然是谈正在上演的意大利歌剧，事实上，整个罗马那天都在这么谈论。黄女士最后让他们看了看她最近画的画，丁问渔口是心非地大叫了一阵好，黄女士大约也感觉出来了，并不领他的情。

丁问渔一个人在大街上走着，剧场外面非常热闹，不时地有人力车夫迎上来揽生意，他对往事的回忆屡屡被打断。据警察厅统计，首都的人力车行总计有二千余家，有人力车夫一万二千多人。丁问渔出门的时候，已经习惯坐和尚的车，和尚若不在，他宁愿步行。剧场门口停满了政府官员的小汽车，人力车都被安排在离剧场门口较远的地方。过了年初五，夫子庙一带歇业的酒家歌厅已经重新开张，寻花问柳的人纷纷出动，丁问渔走了没多远，就可以遇到那些热闹的场所，从那些没关掩的门缝里，隐隐地可以听见有轻歌曼舞的乐声传出来。冷不丁地还会从黑暗中，走出一位涂脂抹粉打扮得怪里怪气的女人，以一种非常原始的手段拉客。这些都是秦淮河畔最下等的妓女，她们来自乡村，操着浓重的外地口音，十次狩猎中往往会有九次落空。

在这个寂寞的夜晚，丁问渔不甘心就这么孤零零地回公寓，当然也不愿意束手就擒，轻易地就成为妓女的猎物。他已经下定决心痛改前非，再也不到那种下流地方去鬼混，去消磨生命中的美好时光。他一个人在灯红酒绿的大街上漫游，充满柔情地想念着雨媛。他想象着刚见到她时的模样，比较着她身穿军服和便服不同的美妙之处。可爱的女人穿什么样的衣服都动人，穿军服时飒爽英姿，穿便服时大方自然，雨媛无论怎么都是美丽的，雨媛的倩影占据了丁问渔的整个大脑。丁问渔情不自禁地在大街上念叨着雨媛的名字，一遍遍肉麻地说自己爱她。

丁问渔在秦淮河边呆呆地盘桓了一个多小时，才冻得瑟瑟发抖地离去。他知道等待自己的将是一个漫长的不眠之夜。这一个多小时里，他一直在想念着雨媛，想到了她的一举一动一颦一笑，想到她高兴的神情，也想到她生气的模样。他已经得罪了她，天知道她现在是怎么地忌恨着他。不时地有大红的画舫从他面前划过，灯火明亮，船娘和客人的调笑响成一片。尽管警察厅已明令，画舫乃“公共场所，严禁雀戏”，但是每条船上无一例外都有一桌麻将。令行不止是一九三七年南京的共同特点，报纸上的呼吁归呼吁，主管部门的警告归警告，各式各样的条文和禁令不断被颁布，认真执行者总是寥寥无几。在新年里，一切都有了放纵之势，船户趁机大把地捞钱。夜已经深了，丁问渔感到很冷，他随手捡起地上的一块石头，用力扔进了秦淮河。

2

雨媛觉得她会很生气，然而当她怒不可遏地摔上门以后，她发现自己的火气已消得差不多。她并没有像丁问渔担心的那样，耿耿于怀地忌恨他。雨媛已经让丁问渔难堪过了，已经给了他一个教训，已经让他明白自己并不喜欢听他的那种废话。那种自以为是的废话说得再多也没有用。雨媛从来就不是那种得理不饶人的人，她觉得唯一的遗憾，是当时自己应该沉下脸来，理直气壮地请丁问渔立即离开，而不是后来的那种结局，她落荒而逃，好像是她心虚一样，好像是她做了什么错事。

从来没有男人对雨媛这么明目张胆地表达过爱。这些火辣辣赤裸裸的表白，这些关于爱的演说，这些根本不通的荒诞逻辑，平时爱看一些流行文艺小说的雨媛，甚至也未从书上读到过。书上见到的脸皮最厚的男人似乎也不能和丁问渔相比。一时间，雨媛不知道应该如何对待这一秘密。她打不定主意，是告诉丈夫余克润，还是先回娘家告诉自己的姐姐们。揭露这一秘密，肯定是一个非常有趣的话题。在这个话题中，雨媛显然是无辜的，由于大家都知道丁问渔是怎么样的一个宝贝，她相信别人绝对不会对她产生什么误会。雨媛想丁问渔对别的女人，肯定也是这样，这个想法立刻让她感到很惘然。

余克润对这样的话题就根本不感兴趣，雨媛刚刚把她和丁问渔之间的故事说了一个开头，余克润就很不耐烦地打断了她。

“你别理他，这人是个小丑。”余克润神情严肃地说。

雨媛感到很大的无趣。余克润的语气中，既带着一些对丁问渔的蔑视，又似乎在提醒雨媛不必太得意，不要太多情。雨媛立刻感到自己受到了污辱，要和余克润明辨是非。余克润说，有什么可计较的，要是她觉得他说的不对，他就把话收回好了。雨媛更感到委屈，余克润又息事宁人地说，她的目的究竟是想让他吃醋，还是让他不要吃醋，如果想让他吃醋，他余克润还不至于吃这个小丑的醋，如果不想让他吃醋，又有什么必要告诉他。余克润在外面，对他有意思的女孩子多着呢，他从来就没有动过心。丁问渔算什么东西，戴顶红的绒线睡帽，土不土洋不洋的，一副神经搭错的样子，就怕别人不知道他在国外混过。再说他也只是人老心不老，也不想想自己的年岁，都可以做雨媛的爹了。

余克润总是过分的自信，他从来不考虑会不会伤害别人的自尊心。也许他想得到什么实在太容易了，因此他对什么也不珍惜，即使对于爱情也一样。他并没有死皮赖脸地追求雨媛，他们只是在一起跳跳舞，然后便被别人以为是天作之合的一对，非常热心地被撮合在了一起。当有人问到他对雨媛最初的印象时，余克润十分随意地说了一声："这女孩子吗，老实说还行。"感觉良好的余克润对雨媛所从事的工作，也根本看不上眼。陆军司令部的女机要员，在余克润眼里，说穿了，只是一些摆设的花瓶，目的无非是让那些头脑已经有些昏聩的老家伙，眼睛时不时亮一亮，心态变得年轻一些。余克润处处都要表现出空军的优越性，他的皮靴永远擦得锃亮，钉着铁掌的鞋底踩在水泥地上，发着清脆的响声，仿佛不这样，就不能突出飞行员特色一样。在正式结婚之前，雨媛和余克润单独在一起的机会并不多。一九三七年的年轻人，就算是新式的自由恋爱，也仍然有很保守的一面。譬如他们出去玩，为了不让人引起不必要的误会，总是带着各自的朋友。

当余克润向雨媛提出结婚的计划时，雨媛几乎未加思索就一口答应了，原因是他们双方都觉得只有这样，他们才可以名正言顺地单独在一起。他们的关系既然已经定了下来，结婚就是迟早的事情。雨媛没什么和异性接触的经历，在洞房里她有些不知所措，余克润仍然保持着傲慢，他显得从容不迫，像个老手似的坐在床沿上，看着她，不怀好意地窃笑。他的笑既让雨媛感到害羞，同时也感到恼火。到天亮的时候，雨媛和余克润都感到一种说不出的惆怅，雨媛所以惆怅，是觉得自己迷迷糊糊地就告别了少女时代，她把自己最珍贵的东西交给了余克润，而对方并不领情，甚至不感到任何满意。雨媛很长时间内都不知道余克润为什么不满意。看着他神情恍惚的样子，雨媛不明白自己在什么地方出了差错。她的清白是无可挑剔的，余克润在这方面显然也没有任何疑问。雨媛不明白余克润为什么要垂头丧气，沮丧得仿佛吃了一闷棍似的。在以后的多少天里，余克润虽然和她同床而卧，但是却像一个害羞的小男孩一样，连碰都不敢碰她。

一开始，雨媛只是以为余克润是不是有什么毛病。早在他们结婚前，雨媛就听过有关飞行员行为有失检点的传闻，她听过许多这方面的议论，而且她还偷听过姐姐们议论男人的阳痿。任家的姐妹们相互之间没有什么秘密，她们聚在一起一谈论就没完。雨媛的四姐夫有早泄的毛病，每次在刚开始进入的那片刻，就匆匆忙忙地完成了射精。四姐说起自己的男人时，总是按捺不住不高兴，她总说男人高高大大未必就一定出色，四姐夫就是一个例子，他是任家众多女婿中看上去最结实的一个人。男人瘦弱也未必不行，雨媛大姐的前夫在床上就是一名出色的好手，这位身材矮小的四川军阀是一位当代的西门庆，他常常能够在一夜之间让两个女人死去活来，像杀猪似的叫个不歇。

新婚的雨媛不可能像她的姐姐们那样，私下里肆无忌惮地谈论自己的性生活。新婚之后回到娘家，当姐姐们问起感受，这种话题刚刚展开，她就十分巧妙地把它转移开了。但是对于余克润表现出来的那种恐惧，雨媛却百思不解。作为女人，她不可能表现得过分主动，但是羞答答地装作对性事毫无兴趣也不符合她的性格。一切才刚刚开始，雨媛朦朦胧胧地并不知道自己需要什么，她并不渴望做爱，然而毕竟是在蜜月里，她需要男人的抚摸，需要丈夫强有力的拥抱，否则便不太正常，而且有一种说不出的别扭，新婚夫妇像两个陌生人一样同床而眠这太荒唐了一些。蜜月里究竟应该怎么样，她说不清楚，但是她知道不应该这样。

雨媛完全是出于本能地想到了会不会有别的女性，换了任何女人都会这么想。性情高傲的雨媛虽然觉得这么做有伤自尊心，可是她不这么想，又能怎么想。余克润身上任何和女人有关的东西，都被雨媛偷偷地监视着，她注意着他口袋里的小纸片，衣服上的香水味，女人留下的口红印。有时候雨媛妒火中烧，她想象着自己的丈夫在蜜月里，就大胆地去和别的女人鬼混，恨得咬牙切齿。有时候，她却发现自己不过是多疑，有确凿的证据证明，余克润绝对不会和那些女人随随便便地上床。的确是有许多女孩子喜欢余克润，余克润也喜欢在女孩子堆里凑热闹，雨媛相信他真的是发乎情止乎礼。

一直到蜜月快结束的那天，余克润才在无意中，流露出他对雨媛感到恐惧的秘密。他显然是被欲火折磨着，因为和雨媛这样如花似玉的女人躺在一起无动于衷，实在是一件不可思议的事。那是淞沪“一·二八”抗战纪念日的第二天，各军事机关都举行纪念活动，余克润和雨媛又一次在舞场上大出风头。他们尽情地跳着，曲终人散，两人在月光下相拥着回到自己的小巢。蜜月中的阴影仿佛已不复存在，刚关上房门，余克润便迫不及待地搂住了雨媛，他们热烈地亲吻着，很快发展到了互相脱对方衣服。一件件衣服被扔往不同的地方，等到他们钻进被窝的时候，乱七八糟的衣服鞋子袜子扔了一地。

雨媛没有来得及去想别的什么，事情发展得很快，突如其来地开始了，持续了一段时间，于是就结束了，余克润的呼吸从急迫趋向平稳，像个受了委屈的孩子似的，轻轻地咬着雨媛的肩膀。雨媛有些茫然，有些不知所措，像是跑步时落在别人身后，心里想撵，可是怎么也跑不快。月光像水银一般从窗子里泻进来，他们说了一会儿话，全是无关紧要的话题，一边说，余克润的手一边在雨媛的身上滑来滑去，他抚摸着她的颈子，抚摸她滚圆的肩膀，然后在她胸口像搓什么似的来回折腾，用力去握她的乳房，终于坚定地向下探索过去，他的手停在了雨媛的那个地方。

“你怎么会没有毛?”他对着雨媛的耳朵轻声说着，嘴里呼出的热气，让雨媛忍不住要笑。这问题虽然是出于自己的丈夫之口，但是它毕竟是第一次从一个男人的嘴里提出来的，雨媛感到很害羞。新婚的雨媛不知道该如何和丈夫若无其事地谈这样的话题。但是余克润显然是在等待她的回答，他的手不安分地挑逗着她，用手指间的力量逼迫她立刻回答这问题。

“我怎么知道。”雨媛几乎笑出了声来。

在余克润的抚摸下，雨媛像小猫伸懒腰似的，一次次把身体拱了起来。余克润再次把自己的嘴对着雨媛的耳朵，问她家里的女人身体是不是都和她一样的光洁。这又是一个荒唐的问题，倘若是在平时，雨媛或许会生气，因为她们家女人的秘密和余克润又有什么关系。但是在现在这个特定的时间，雨媛不仅回答了这一问题，而且和他心平气和地进行了讨论。

第二天晚上，话题又回到了昨天晚上讨论过的老问题上，余克润不经意地问雨媛，知不知道什么叫“白虎星”。雨媛摇摇头说不知道，余克润于是告诉她，像她这样无毛的女人，就叫白虎星。传说中白虎星会克夫的，因此过去那些在战场上作战的将军，在赌场上斗狠的赌徒，在生意场上与人竞争的商人，绝对不和是白虎星的女人打交道，因为一打交道就会触霉头。余克润告诉雨媛一个掌故，说有一个山东军阀，有一恶习就是一遇到不顺心的事，就找处女来开苞。有一次在河南境内，在牌桌上连续四圈没开和，一气之下，让手下立刻去找一名小姑娘来，小姑娘找来了，这军阀把瑟瑟发抖的姑娘带到侧厢房，三下两下地解除了姑娘的衣服，然后像碰到凶神恶煞一样地大叫起来。一起打牌的人不知道发生了什么事，就听见军阀暴跳如雷，骂声不绝，也不敢进去劝，后来终于听见了枪声，冲进房间去看，小姑娘已经胸口流着血，赤条条地躺在了地上。那军阀气呼呼地还在骂，说老子难怪倒霉，原来是你这个白虎星在作怪。

雨媛听了心里很不是滋味，余克润开始意识到，这时候说这样的故事是个错误，是个非常愚蠢的错误。他显然已经感觉到了雨媛的不痛快，想挽回和弥补失言，结果反倒把雨媛深深地伤害了。余克润做出想开了的样子说："我命硬，我才不怕你克我！"

雨媛冷笑着说："你不怕，可是我还有些怕呢。"

余克润想用开玩笑来结束这正在变得越来越不愉快的话题，但是他的玩笑显得很拙劣，连自己都笑不起来。他发现自己的嘴很笨，说什么都不可能讨好雨媛。雨媛也不是那种一哄就好的傻女人。余克润发现自己陷入了一个很尴尬的境地，他试图用抚摸来安慰雨媛，用老一套重温旧梦，但是雨媛没有任何反应。为了表示自己并没有生气，为了表现自己并不是太在乎丈夫说过的事，雨媛只是尽最大限度地不让自己拒绝余克润的抚摸，她甚至迫使自己想象前一天晚上有过的激情。她不想让丈夫失望或者觉得难堪，然而没有用，没有任何快感，也没有任何激情，她仿佛比新婚之夜还要紧张。这只是一场非常枯燥的战斗。黔驴技穷的余克润不得不认输，他草草完事，伏在雨媛身上，带着一肚子不痛快进入了梦乡。

3

雨媛带着一种很复杂的心情，接下丁问渔写给她的第一封情书。从严格意义上来说，这不能算是情书，这只是一封道歉信。在信中，丁问渔以一种十分懊悔的口吻，向雨媛致以最深切的歉意。他告诉雨媛，自己并没有任何想得罪她的地方。她的盛怒让他感到深深的惶恐，连续几天坐立不安。他的本意丝毫也没有让她不高兴，而恰恰是她的不高兴，让他觉得自己必须写这么一封信。丁问渔说他已经想了许多天，他实在想不出有什么比写信更好的办法。

信是由和尚带去的。一个陌生的人力车夫，神秘兮兮地在巷口喊住她，从怀里掏出一个信封的时候，雨媛立刻就意识到这是丁问渔又在搞什么花样。她首先想到的是不应该接受这封信，但是和尚将信封往她手上一扔，便扬长而去。一切都突然开始，又突然结束。和尚回过头来说了一句什么，雨媛也没来得及听清楚，他已经离开很远。待雨媛缓过神来，想喊住和尚时，他已经在巷口拐了弯。如果和尚这时候尚未走开，雨媛肯定会当着他的面，把这封信扔了。和尚既然已经无影无踪，她把信扔了也是白扔，没人看见她接到信。现在她若是把信扔在巷子里，别人反而会以为她是掉了东西，好事者会捡了送还给她，或者索性打开来看。一想到这些，雨媛便把信塞进了口袋里。

这是一封没有抬头也没有落款的信，除了当事人，人们大约也读不明白这封信到底想说明什么。没有情意绵绵，没有大段的哲理，只是一封纯粹的道歉信，除了真诚，没有任何出格的地方。信纸中夹着两片已经有些枯萎，依然散发着芳香的梅花花瓣。这是一封充满了压抑的信，看得出写信者有许多话要说，但是话到笔端，又缩了回去。雨媛知道这不过是一封投石问路的信，一旦她接受了这封信，丁问渔将立刻会变得肆无忌惮。

果然三天以后，和尚又用同样的办法，在老地方扔了一封信给她。这次雨媛并没有像自己事先想好的那样，把信掷还给送信人，而是突然间打定主意，要看看丁问渔究竟还会说些什么不要脸的话出来。她若无其事地吃了晚饭，在饭厅里陪余克侠夫妇以及两个小孩坐了一会儿，然后将自己一个人关在小房间里，兴致勃勃地读起信来。这封信开始有些不像话了，除了重复那天和她单独在一起时的爱情演说之外，还隐隐约约地流露出一些怨言。丁问渔暗示，无尽地思念她，已经成为他生活中最重要的内容。爱是一种权利，是一种任何人都不能干涉的权利。爱和被爱都应该享受充分的自由。

又过了三天，雨媛收到了第三封信。和第二封信一样，丁问渔玩了一个小小的花头，以后的无数封情书都是如法炮制。为了怕信可能落在别人手里，引起不必要的麻烦，丁问渔不仅为自己起了一个假名，而且也为雨媛起了一个。每次都是用双信封，也就是信封里面再套一个信封，并且在上面写着请任雨媛转“B”女士收。在第三封信中，丁问渔又为自己在第二封信中流露出的隐约怨言，表示深深的道歉。丁问渔深有感触地说，想到她美丽的眼睛，正看着他的这些微不足道的文字，他已经感到巨大的满足。他还能需要什么呢，他怎么能够无耻地渴望得到那些自己并不应该得到的东西。

信一封接着一封地到达雨媛手中，开始是三天一封，很快就是一天紧接着一天，有时候甚至一天连续两封或者更多。送信的地点和方式也改变了。最初仍然是由和尚面交，不过交接的地点，很快就从雨媛的家门口，改成了在雨媛去陆军司令部上班的途中。刚开始，雨媛总是想到这将是她最后一次接受信件，但是每次接下信来，她就立刻明白不可避免地会有下一封信。渐渐地，她也对这种秘密的游戏，有了一些小小的兴趣。既然这些信是写给一个并不存在的女人“B”的，雨媛觉得自己收下也许不算太出格。

丁问渔不断地会想出一些新花样来，没多久，在收到和尚送的信的同时，雨媛又收到邮差送来的同样的信。她一时想不明白这是怎么回事。丁问渔可能考虑到让和尚一直送信也不是事，因此尝试着通过邮局。由于担心会出差错，丁问渔每次写完信以后，除了自留底稿之外，还要誊写两份，这种双保险的做法有些多余，可是在丁问渔不能确定雨媛是否收到邮局的信的时候，他坚持让和尚继续送信。在信中，他一再请求雨媛做出指示，如果她已经从邮局收到他的信，那么他就没有必要每次重誊两遍。

雨媛自然不会理睬丁问渔，因为无论她做出什么样的表示，都说明她已经看了信。她知道自己最好的办法就是继续不理睬他。每次都收到两封一样的信有些荒唐，丁问渔的来信本来就够多了，而且和尚也越来越讨厌，雨媛对和尚感到有些不耐烦。有一次，当着和尚的面，雨媛把信揉成了一团，扔向路边的阴沟。她立刻为自己过激的举动感到后悔，和尚仿佛看透了她的心思似的，没有任何反应掉头就走。这以后，所有的来信都从邮局走了，雨媛想不通的是，没有接到任何回信的丁问渔，为什么写了那么多无聊的信还不放弃。难道他准备永远这么写下去？

其实这些秘密的来信并不秘密。早在雨媛收到最初的几封信的时候，她想到的就是要看看余克润的反应。她故意把这些信放在不上锁的抽屉里，有一次甚至故意丢在桌子上，但是余克润对她的小秘密丝毫也不在意。他总是那么忙，永远来去匆匆，不停地抱怨这抱怨那。甚至当雨媛向他暗示这信是情书的时候，他仍然无动于衷。“像你这样的女人，就算是收到男人表示殷勤的信，一点也没什么奇怪。”余克润显得很宽宏大量，他只是看了看信封上的字。

雨媛说：“我并没有说这信是写给我的。”

余克润更加无动于衷，他想象不出自己有什么必要去看别人的情书。他一本正经地告诉雨媛，作为一个有教养的人，即使是别人写给她的情书，他也可以不看。看别人的信不是一件有礼貌的事。他尊重妻子的通信自由，而且绝对信任她。同时，他还觉得不应该把别人写的情书随随便便给人看，因为这也是对写信人的一种不尊重。余克润没有在意雨媛脸上涌起的红潮，同时，他也忘记了自己曾把别的女孩子写给他的情书，拿出来展览过，并且不止一次。

没办法用笔墨来形容雨媛感到的沮丧。心高气傲的雨媛觉得自己无端地受到了伤害，她想借机和余克润吵一架，可是余克润根本就不知道自己什么地方得罪了她，相反他觉得自己的表现很崇高。他以为她是嫌自己太忙了，搂着她亲了一下，许诺在下一个星期天，陪她一起去赏梅。报纸上说梅花山的早梅已经含苞待放。雨媛发现自己无话可说，在余克润的讨好面前，她如果继续赌气，便有些无理取闹了。

和余克润不一样，雨媛在过去并没有收到什么情书。虽然她知道有很多男孩子对她有爱慕之意，在读中学的时候，无论是在课堂上，还是在下课的活动期间，总是有那么几位男生偷偷地盯着她看。在放学的路上，不止一位男生在街口磨蹭，目的非常明显，那就是等待她的出现。和风流潇洒的余克润相比，雨媛和异性打交道的经验几乎等于零。也许她唯一一次有些出格的地方，是十七岁那一年的愚人节，一名男生躲在门洞里，在她经过的时候，突然窜出来，送了一枝水淋淋的红玫瑰花给她，然后像贼一样地在大街上撒腿就跑。玫瑰花上的刺，把雨媛的手扎出了血，她一点也不喜欢那个送玫瑰花的男孩子，然而她喜欢那种红颜色的玫瑰花，于是她把花带了回去，在小玻璃瓶里灌了些自来水，把花插了进去。

既然余克润对那些秘密来信没什么兴趣，雨媛便打算把这些信带回娘家，和她的姐姐们共同欣赏。事实上，在这之前，雨媛的女同事们已经捷足先登地享受了她的秘密。她们对丁问渔评头论足，没完没了地帮雨媛出一些不甚高明的馊主意。她们鼓励雨媛给丁问渔去一封信，去一封模棱两可的信，让丁问渔把鱼钩咬得更紧一些，让他在爱情的沼泽地里陷得更深一些。她们让雨媛大胆地约丁问渔出来见面，然后她们可以躲在一旁，像观看喜剧一样看这位爱情的疯子如何表演。没有什么游戏比这种爱情游戏更有趣更好看，她们坚决反对雨媛打算彻底拒绝丁问渔来信的念头，因为她们一致认为，这种游戏丝毫也不妨碍雨媛的清白。

丁问渔的来信也使得任府里热闹起来。雨媛的姐姐们开始互相传阅秘密来信，一边读，一边哈哈大笑。她们关在雨媛当年的闺房里，就信里面的某些词句发表评价。不把今日丁问渔对雨媛的追求，和当年他狂热地追求雨婵联系在一起是不可能的，姐妹们纷纷要大姐雨婵说出自己的看法。她们兴致勃勃地重新听她复述当年的老掉了牙的故事，然后共同商议如何对付丁问渔。她们一致觉得此事根本就不必让余克润知道，而雨媛想让丈夫嫉妒的想法非常愚蠢。没有一个丈夫乐意自己的妻子被别的男人追求，雨媛的想法实际上是在玩火。天底下根本就没有什么真正崇高的男人。

源源不断的来信，使得本来工作十分枯燥的雨媛，多了一件事可以休闲消遣。信越来越多，多得简直可以编成一本书，丁问渔对雨媛显然是入了魔，他的信内容越来越庞杂，从简单的抒情，到对爱情的哲学思考，五花八门应有尽有。思想的火花通过笔和纸变成固定的文字，经过邮局重新到达雨媛那里，她更多的时候是觉得这些华丽的句子，肉麻的表态和无尽的倾诉，与自己并没有太大关系。雨媛总觉得这些信是写给另一个和自己无关的女人，这个女人是丁问渔想象出来的，她根本就不存在。丁问渔越来越走火入魔，信越写越流畅，也越写越长。一封信还没寄出，另一封新的信已经开始写了，因此，雨媛常常从一个加重的信封里，收到同一天里写的几封不同的信。

一直到丁问渔在信中表示自己要离婚的决定时，雨媛才感到事情真的变得严重起来。这个匆忙和固执的决定，与雨媛没任何关系。雨媛从没有做过任何许诺和暗示，她没有给丁问渔回过一个字。雨媛首先想到的，是丁问渔这一招十分无聊，他显然是想通过离婚，来向她施加压力。他想让她承担一种根本不应该承担的责任。雨媛觉得丁问渔的做法实在岂有此理，他这种做法是得寸进尺，甚至是还没有得寸就已经肆无忌惮地进尺了。

愤怒了一阵以后的雨媛，不得不考虑事情的严重性。她不知道应该不应该和自己新婚的丈夫讨论这件事。现在再说，恐怕已经晚了，因为无论她做什么样的解释，都不能向余克润证明自己和此事绝对无关。如果从一开始，她就让他接触丁问渔的信，如果从一开始他就知道事情的来龙去脉，一切都可以明白无误地说清楚。现在，当丁问渔在信中坚定地表明自己要离婚的决定时，不仅是雨媛的女同伴，甚至她的姐姐们都对她的所作所为，有所怀疑。她们一致的看法，是最后的关头已经到了，雨媛必须站出来公开地表明自己的态度。

4

丁问渔的离婚决定惹起了轩然大波，他的老父亲在得知了这一消息以后，连夜坐火车，脸色铁青地赶到南京，把儿子恶狠狠一顿臭骂。对于丁问渔的父亲来说，丁问渔犯的是一个不能饶恕的大错误。丁问渔毕竟已不是三岁的小孩子，什么事都可以由着性子干，像他们这样的人家，怎么可能说离婚就离婚。丁问渔被老父亲整整训斥了一天，然后像押贼似的押回上海。在头等的蓝钢车上，丁问渔的父亲因为过分激动，血压一下子升高了许多，他躺在卧铺上痛苦地唉声叹气。结果列车一到上海，丁问渔所做的第一件事，就是赶紧送父亲去医院。

丁问渔在上海期间，仍然像在南京一样，花大量的时间写他的信。他向雨媛报告着此行到上海的原因和目的，向她详细地描述已经发生和即将要发生的事情。虽然离婚远比他想象的困难，但是丁问渔向雨媛起誓，他的决心已定，任何干扰都不可能起作用。他告诉雨媛，为了暂时不刺激老父亲，丁问渔决定和妻子佩桃很好地谈一次话。

佩桃的回答非常简单，就只有一个字“不”。她拒绝丁问渔的理由同样很简单，这就是因为丁问渔想要离婚，她不可能让他那么轻易地称心如意。她冷冰冰地告诉丁问渔，他们的离婚也许是迟早的事，但是要看她什么时候高兴，她如果高兴了，他们明天就可以请律师来公证离婚，如果不高兴，他一辈子也别做这个美梦。离婚的决定权牢牢地掌握在佩桃的手上，她警告丁问渔，尽管他是银行家的儿子，尽管他在国外混了那么多年，可是他还不够精明，还不知道在中国如何才能行得通，要离婚老实说他占不了任何便宜。

钢铁大王的女儿果然要比丁问渔想象的厉害得多。佩桃几乎立刻和丁问渔的父亲结成了坚定的统一战线，他们几乎立刻在某一点上达到了一致，这就是他们不可能对丁问渔的为所欲为无动于衷。对于丁问渔这种无行的浪荡子，过高要求是不可能的，但是如果丁问渔对自己寻花问柳的无耻行径，还感到不满足，要玩什么离婚把戏的话，他必须等佩桃为丁家生出继承人来以后，才可能考虑离婚的可行性。法定的婚姻并不是像丁问渔想象的那样轻易就能推翻。要是丁问渔一定要以身试法的话，丁问渔的父亲吓唬儿子说，他完全可以聘请一位最好的律师，让儿子尝尝法律的尊严。他警告儿子，自己将不仅剥夺他的继承权，而且让他在社会上无法立足。

“我可不是三岁的小孩子。”丁问渔奋起反击，近乎绝望地大发脾气，不过他确实有些心虚，他知道父亲这么说，未必就只是吓唬吓唬人，而医生却一再警告丁问渔，他的父亲绝对不能再受刺激。

在寄给雨媛的信中，丁问渔夸大了自己作战的勇气，同时也夸大了父亲的病情。他告诉雨媛，自从回到中国以后，他从这件离婚事件上，第一次看到了祖国的落后。为了解离婚的可行性程度，丁问渔向一位留学美国学习法律的朋友，进行法律方面的咨询。这位朋友已经是上海滩上很有名望的律师，他劝丁问渔没有必要为离婚闹得不可开交。离婚是新派人士屡屡受到保守派攻击的借口，老派的人赞成娶妾，然而坚决反对离婚，因为离婚是对女人的一种抛弃。像丁问渔这样的家庭，新派只是一种表面现象，譬如丁问渔他爹，就堂而皇之地娶了三位有宜男相的姨太太，就中国人的本性来说，骨子里仍然都是旧的，因此丁问渔宁可娶如夫人，也没必要闹离婚。

“我不愿意犯重婚罪。”丁问渔傻乎乎地说着。

律师笑起来：“国民政府的法律，可以有不同的解释，有谁追究你尊敬的父亲犯重婚罪呢？”

丁问渔觉得律师的想法，是对雨媛的极大污辱。不管雨媛会不会嫁给他，丁问渔从来没想过把她放在妾的地位上。怎么能让雨媛受这样的委屈。雨媛是天使一般的偶像，是神仙和菩萨，是天上的星星和月亮。虽然雨媛没有给过他任何许诺，但是丁问渔觉得自己既然全心全意地爱着她，就必须毫不留情地排除生活中其他任何女人的影子。自从结识了雨媛以后，丁问渔第一次想到对女人应该绝对忠实这个问题。真正的爱应该是单纯的，是唯一的，爱就是一，一才是爱。

在上海的十天期间，丁问渔除了没完没了地给雨媛写信，大量的时间都花在看报纸上。被爱情冲昏了头脑的丁问渔已经有一阵没有看报，国家大事和他似乎没有任何关系。那些陈辞滥调实在太熟悉了，各式各样的广告也是一个味道。丁问渔忽然意识到，战争机器已经启动，日本人老是在演习，没完没了，一会儿是在华北，一会儿又在青岛，报纸上动辄便用大字标题注明“津日军又习野战”，“日本兵舰七十多艘集中在中国海面上揎拳勒袖”。让丁问渔感到震惊的是，他在上海期间，日本的驻沪陆战队，居然在上海虹口演习巷战。难怪中国人要急，日本人成天在自己的眼皮底下真枪真刀地操练，好像中国已经成了日本的殖民地一样。

丁问渔的离婚决定几乎遭到所有熟人的指责。国难当头，男子汉大丈夫不思索如何抗日救亡，整天想着儿女情长，闹离婚搞三角恋爱，真是昏了头。甚至丁问渔也觉得自己有些过分，他在给雨媛的信中，突然情绪激昂谈起抗日的话题来。他为自己现在的精神状态感到深深的惶恐，国将不国，何以家为。他告诉雨媛，如果自己的离婚要求不能实现，他将投笔从戎，索性也成为一名能够保家卫国的军人。好男儿志在四方，大丈夫马革裹尸，他相信自己不至于会在战场上贪生怕死。

闲着无聊，丁问渔去日租界找一个在中国做生意的日本朋友聊天。这个日本人很高兴丁问渔去，因为在一九三七年的中国，几乎所有的中国人都十分敌视日本，他说："你们中国人太不够意思，想想我们日本对你们帮助多大，要不是我们，贵国先总理孙文先生如何能在日本建立同盟会，从而推翻清政府的统治。再说今日的中华民国，第一号人物蒋介石，第二号人物汪精卫，还不都是在日本留的学，为何翅膀一硬，就翻脸不认人了。"

丁问渔说："当然是你们的不是，谁叫你们跑到我们国家来弄枪弄刀的，要是中国人老是跑到你们国家去演习，你们会怎么想？"

日本朋友笑起来："丁先生真会说笑话，老实说，中国真有这个实力，我们日本未必就不欢迎。问题是你们自己不行，整天喊收复东北四省，有这个能耐吗，要收复，怕也只有我们日本人出面帮忙，才收复得了。"

丁问渔有些生气，说东北四省就是因为你们日本人搞鬼，才沦陷的。两个人争了半天，一会儿用日语，一会儿用中文，大家都发现对方能像使用母语一样，熟练地使用日语或者中文。争到后来，日本朋友用中文说："算了，我们都不是真正的爱国者。老实说，我喜欢你们中国。"

丁问渔用日语说："老实说，我不喜欢你们日本。"

日本朋友请丁问渔去日租界一家日本人开的小馆子吃饭。丁问渔吃惊地发现，虽然他人还在中国，可是这里的一切，都已经不像是在中国了。这里是地道的日本人的地盘，到处都是日本字，到处都是日本兵，到处都有钢筋水泥修筑的军事暗堡。日本朋友告诉丁问渔，这一带的日本居民早已做好一切准备，一旦中国人要进攻他们，他们可以立刻组织起来，其战斗力绝对不会比正规的作战部队差。"战斗一旦打响，我国的军队很快就会来支持我们，我们有足够的能力支撑到他们来。"丁问渔差一点要用自己的手杖去敲这日本人的脑袋。日本朋友感觉到了他的不愉快，终于把话题扯开。他们的话题又到了丁问渔准备离婚上面，日本朋友笑着说："你们中国人就这点不好，吃了碗里的，又要去看锅里的。你太太我见过，很不错的，难怪我们日本女人不喜欢你们中国男人，因为你们毫无信义可言，动不动就离婚再娶。"

和这个日本人的观点差不多，很多人在指责丁问渔的离婚决定时，都指责他见异思迁。一位老前辈请丁问渔父子前去赴家宴，喝酒前，老前辈指着自己的又老又丑的太太，一本正经地说："我能有今天，就是因为能守着自己的黄脸婆。天下漂亮女人多着呢，你小子见一个，欢喜一个，能忙过来？"丁问渔忍不住笑了起来，老前辈生气地说："你还笑，我这番话，里面的学问深奥得很，你回去给我好好想想！”

丁问渔在给雨媛的信中，详细地报告自己的行踪。他非常生动地记述着，把周围的人对他离婚决定做出的反应，不厌其烦地都记录在案。唯一用笔谨慎的，是在谈到佩桃的时候。他反反复复地谈佩桃如何拒绝离婚，如何要求他和她生一个继承人。最初，丁问渔没有写到在这些天里，他和佩桃是否同床，但是从字里行间，隐隐约约能够读出这层意思。最后，丁问渔似乎忍无可忍，开始在信里对雨媛倾诉那种没有爱的性生活的苦闷。丁问渔自称已经成了一位不折不扣的“种人”，他正在不得不履行着配种的义务，这种尴尬的义务不是为了爱，恰恰相反，是为了不爱。丁问渔觉得自己很对不起雨媛，也觉得自己对不起佩桃。佩桃会不会怀孕现在已经成了他能不能离婚的关键。

十天过后，丁问渔终于有机会能逃离上海。他像一只挣脱牢笼的小鸟，重新享受到了自由的滋味。虽然回到南京，并不意味着就能见到雨媛，可是他想到自己正和心爱的女人，生活在同一个城市里，面对共同的蓝天，就立刻感到一种巨大的幸福感。爱情的奥妙就在这里，有时候，仅仅有爱，仅仅是能感觉到爱，这就足够了。丁问渔回到南京之后，给雨媛写的第一封信，开头充满激情地写着：“我从来没有如此地觉得幸福过，因为我意识到自己离你的距离是那么近，这种幸福是上苍赐予的。”

5

一九三七年四月一日，这一天是西俗的愚人节。有人在报纸上登了一则消息，说是大名鼎鼎的胡适博士已死，于是在北平的朋友信以为真，纷纷往胡宅挂电话，腿快的便直接跑了去奔丧。在南京也是跟着一片哗然，余克侠听到了风声，立刻打电话给刚从上海归来的丁问渔，约他一起在报纸上登一则唁电。丁问渔说，要表示慰问，也应该往胡适的家里打电报，干吗在报纸上招摇。余克侠说，你我都是胡适之的朋友，登个报有什么关系。丁问渔笑着说，见你的鬼，我不是这位胡博士的朋友，他算是什么东西，我干吗非要做他的朋友，没听见人家满世界都在说“我的朋友胡适之”吗，我不沾这个光。丁问渔借着这个由头，去了一趟余克侠家。他希望能在那儿见到朝思暮想的雨媛，但是未能如愿，雨媛和余克润小两口皆不在。余克侠庆幸终于没把唁电登到报纸上去，因为愚人节的谜底已被揭穿，真是登了报，反而闹大笑话。这是丁问渔最后一次去余克侠家，不久，他追求雨媛的事情就被揭穿了，余克侠肚量再大，别人勾引他的弟媳妇毕竟不能忍受。

丁问渔是在四月三号这一天收到雨媛的短信的，信写得很干脆，就干巴巴的几句话，约丁问渔在玄武湖公园见面，时间是下午一点钟。丁问渔把那封短信看了几十遍，琢磨着信上面的每一个字，甚至每一个标点符号。他感到非常意外，不知是祸是福。从上海回来后，丁问渔一直在考虑如何和雨媛见面，他寻找着种种借口，设计了一套又一套方案。现在机会自己来了，丁问渔竟然有些不知所措。从接到信，直到他出发去约会地点，他的心老是莫名其妙地乱跳，注意力怎么也集中不起来。对着盥洗室的一面镜子，他过分细心地打扮着自己，小心翼翼捕捉着鬓角间的几根白头发。头发已不知梳了多少遍了，他一会儿觉得头发不够亮，拼命往头上抹凡士林，一会儿又嫌太亮了，连忙找干毛巾来抹掉。最后，他决定自己还是保持原来的风格，继续戴那顶红颜色的绒线睡帽。没有了这顶睡帽，他便找不到自己的感觉。

丁问渔提早一个多小时就到达了约会地点。在这一个多小时里，他依然不知干什么好。他拎着那根随身的手杖，形迹可疑地在离约会地点不远的地方徘徊，结果许多游客都觉得他有些神经失常。他嘴里不住地念叨着，没人知道他在说什么，他自己也弄不明白。许多事都是下意识的，随着时间接近，他更加控制不住自己。他一次接一次地看手表，时间已经到了，但是雨媛还没有出现。约会地点定在玄武湖边的一个小亭子。随着约定时间的到来，丁问渔开始担心自己是否把地点弄错。不过他立刻就想到绝对不会是他弄错，要弄错也是雨媛，也许她记错了时间，也许她记错了地点。无论雨媛犯什么样的错误，都是可以原谅的，她毕竟是一个年轻的女孩子，适当地犯些小错误，反而会使她变得更可爱。像雨媛这样可爱的天使，她根本就不应该准时到达，显然，她应该给丁问渔一个小小的考验，仿佛那些爱情小说的老套子一样，她肯定会给丁问渔一些考验的机会。

雨媛是在丁问渔把自己想象得如何宽大的时候出现的，他怀疑过她可能会不来，但是他做梦也没有想到她还会带两个人来。这两个人是雨媛的女伴，她们是以雨媛的保护人身份出席这次会面的。从一开始，丁问渔就感觉到这两位保镖来者不善，她们的态度很不友好，气势汹汹，大有兴师问罪之势。所有美好的幻想在瞬间都不复存在，当尴尬的笑容还没有在丁问渔的脸上退去之际，他已经意识到今天等待着自己的将不会是什么好事。

“你就是那个厚着脸皮，没完没了地给别人写情书的怪人，”雨媛两位女伴中，有一位是十分豪爽的女中丈夫，开门见山地问着，“天知道，你这个人脸皮怎么这么厚的。”

三位女士都是戎装打扮，一个个都很精神，谈话在一开始就带有浓重的火药味。丁问渔的脸上依然顽强地保持着尴尬的笑容。雨媛满脸通红，她不太好意思盯着丁问渔看，想说什么，一时又开不了口。倒是那位先声夺人的女伴，疾风暴雨地把丁问渔好一通教训。她一口气说了许多，说累了，用手指点着丁问渔，说：“你为什么不开口？”丁问渔做出很可怜的样子，双手一摊。由于他手上拿着一根手杖，那模样很像是缴械投降。他的这一动作立刻把三位英姿飒爽的女兵都逗笑了。

雨媛的脸更红了，她有些恼火，同时又是带着些商量的口吻说：“请你以后，再也不要写那种信了！”

丁问渔目不转睛地看着雨媛，他的神情充分表示他不愿意接受这种判决。他以沉默作为对抗的武器。雨媛说，今天约他见面，就是为了和他说清楚，他所进行的那场无聊的游戏，必须结束了。丁问渔喃喃地声辩说，那不是一场无聊的游戏。话音刚落，立刻有一位女伴对他痛加指责。他不敢再多说，耷拉着脑袋听训的样子，又一次把三位女兵逗笑起来。

那位心直口快的女伴说：“丁先生好歹也是有学问的人，干吗非要弄得跟小丑似的，要追女孩子，也不能像你这么死皮赖脸。”

雨媛觉得丁问渔被教训得已经足够了，她郑重其事地告诉他，自己根本就不爱他。他必须尊重别人的情感，既然别人已经如此明确地拒绝了他，希望他以后不要再胡搅蛮缠。爱是不可能勉强的，勉强的爱从来就不是真正的爱，他应该明白这道理。丁问渔哑口无言。他的眼睛里滚动着泪水，好像是一个受了欺负的小孩子一样，非常委屈地看着雨媛。雨媛让他看得有些尴尬，也有些心软，同时感到说不出的别扭。丁问渔的眼泪竟然真的滚了下来，他不怕闹笑话地说道：“我并没有要求你爱我，可是——”他十分坚定地看着雨媛，“可是我爱你，没有任何勉强，是百分之一百的真，是百分之一百的爱。”

如此肉麻的话从丁问渔嘴里说出来的时候，三位女兵竟然不知道如何接嘴才好。事后，三位女兵重新谈起这情景时，一个女伴苦笑着对雨媛说，她当时完全被那该死的怪人打动了，作为一个女人，真要是有这么一个男人，如此深情地爱她，她想自己是抵挡不住的。女人和男人不一样，男人往往想到的是怎么爱女人，女人更多想到的却是男人怎么爱她们。她们对丁问渔的品行进行重新估价，一致认为他并不像她们最初想象的那么坏。“要是你没有结婚的话，”两位女伴得出了同样不负责任的意见，“我们觉得你真嫁给他，未必是件坏事。”有一句话说得更冒昧，那位心直口快的女伴酸溜溜地说：“起码这位丁先生，要比你们余先生更爱你。”

“要是你们对这位丁先生真有好感的话，”雨媛在事后悻悻地说着，“那可以让他爱上你们其中的一位。”雨媛觉得自己无端地又被伤害了一次，她完全是出于好心，不想让丁问渔在沼泽地里陷得太深。她只是想让丁问渔死了那份心，断了那个念，她是出于同情他才这么做的。她并不像女伴想的那样，觉得丁问渔比自己的丈夫更爱自己，因为她从来就没有做过这样的比较。这是根本不能进行比较的两种截然不同的感情。做这种比较实在是太荒唐。她所以要两位女伴陪着她，不仅仅是为了满足她们的好奇心，她想让她们证明自己的清白，想让她们说一些自己说不出口的话。在这节骨眼上，她需要女伴的帮忙，需要她们帮忙让丁问渔斩断不切实际的情丝。

雨媛不能不佩服丁问渔是一位善于和女人打交道的能手。根据当时的社会风气，一般谈恋爱的人，都不太好意思单独和未婚的对象出去约会。要约会总是喜欢找个朋友陪在身边。余克润虽然英俊潇洒，但是他并未给雨媛的女伴留下什么好印象。他总是摆脱不了那种天之骄子的毛病。“所有的飞行员，都以为他们总是在天上飞翔，就算是到了地上，也一样，”雨媛的同伴在谈到余克润时，难免用一种讽刺的口吻，挖苦余克润和他的男友，“他们这些人为什么总以为别人一定会爱他们呢！”在一起郊游的日子里，余克润以及他的男友，每次都要向女兵们显示他们的魅力，他们到处献殷勤，甚至向那些刚遇上的根本不认识的女孩子调情。

丁问渔却处处表现得像个温文尔雅的绅士。他的样子从外表上看很滑稽，可是不得不承认他具有良好的教养。他留给人的不快印象往往只是暂时的，一旦对他熟悉起来，立刻就发现他并不是那样讨人嫌。那天在玄武湖，在得到雨媛面对面的拒绝以后，沮丧万分的丁问渔强打起精神，坚持要陪三位女兵一起游湖。“我知道自己不配享受那种不切实际的爱情，但是请不要拒绝给我这次最后的机会。”他举起手杖，招呼游船过来，一时间，好几个做游船生意的冲了过来，都抢着要做这笔生意。

雨媛对女伴示意，她不想游湖，尤其要表明不愿意和丁问渔一起游湖。女伴说："有我们在这儿，他还敢怎么样？"

正是桃花初放的日子，沿岸桃红柳绿，游人蜂拥而至。公园的大门口，车水马龙，络绎不绝。雨媛她们今天本来就有游玄武湖之意，约丁问渔见面一举两得。现在，该说的话已经说清楚了，那么一起游游湖又有什么关系。早在进公园大门的时候，就有几名油头粉面的轻薄少年和她们搭腔，要陪她们一起游湖。这些轻薄少年一个个穿着簇新的学生制服，胸前绣着"智仁勇"三个字，不好好地在学校里念书，专门在街头巷尾追逐良家妇女。玄武湖公园因为有了他们的捣乱，因此引起报纸上的大声呼吁：

请当局设法取缔

玄武湖上，"湖匪"横行

雨媛她们坐的船行至湖中间的时候，两条轻薄少年的船向她们驶过去。他们做出控制不住方向的样子，故意往雨媛她们的船撞过去。一位女伴吓得哇哇大叫，雨媛紧张得双手抓住船舷，屏住了呼吸，等待着那轰的一声撞击。丁问渔从船头上突然站起来，挥动着手杖，愤怒地威吓着那些用心不良的少年，等那船真靠近的时候，他毫不留情地朝那些少年挥杖就打。少年们见势不妙，哄笑着掉头就跑。有一位少年用桨打水，溅得丁问渔西装上全是水渍，丁问渔勾不到他们，只好站在船头大骂“混蛋、混蛋”，他骂来骂去，就只会这么一句。那些少年笑着远去，又去撞击别的载着女眷的游船。丁问渔骑士一般的勇敢精神，逗得雨媛她们笑得前仰后翻。在整个游湖的过程中，他甚至连船桨都没碰过一次。他时不时地挥动着手杖，活像个一本正经的将军，又好像是个神气十足的孩子。看不出他有什么明显的不高兴，因为他似乎已经忘了雨媛的拒绝。直到游湖结束的时候，丁问渔的脸上才再一次流露出绝望的悲伤。

他几乎是在恳求：“我的要求可能过分，不过我仍然要坚持这么做，我想请三位小姐一起吃顿饭！”

雨媛的心软了一下，她不想吃这顿饭，而且觉得一起游湖已经错了。这样发展下去，事情将会越来越糟。她的女伴搭着架子说，还要一起吃饭的要求是有些过分，不过雨媛如果不是太反对的话，她们不妨奉陪。雨媛立刻说她坚决反对，说着，便要先走。丁问渔只好放弃这一请求，屁颠颠地去追雨媛。出了公园大门，丁问渔也不问她们是否同意，叫了一辆小汽车要送她们。小汽车既然叫了，不坐也不行，于是就坐。一路上，只有那两个女伴有说有笑，雨媛望着窗外，一声不吭，丁问渔也不说话。有一次，雨媛无意中回头，只见他神色黯然，耷拉着脑袋，痛苦非常的样子。他的两只手撑在手杖上，人随着汽车不由自主地颠簸着，脑袋上红颜色的睡帽东倒西歪。

车到了目的地，丁问渔跳下车，为三位女兵打开车门，彬彬有礼地请她们下车。绝望和悲伤再也忍不住了，丁问渔此时竟然没有勇气去看雨媛，他用颤抖的声音说着再见，然后爬上车，示意司机开车。他惨兮兮的模样使得三位女兵好半天说不出一句话来，雨媛一肚子不痛快，她觉得都是她的女伴乱出馊主意。事情终于结束了，她叹了一口气，独自向前走去。

6

余克润终于知道了丁问渔苦苦追求自己妻子的故事。他的反应之强烈，完全出乎雨媛的意外。尽管在一开始，他做出过不在乎的样子，但是当他静下心来，细读了丁问渔那些热情洋溢的情书以后，他强烈的嫉妒心像火山一样喷发了。事情显然已经超过了可以容忍的限度，他对雨媛严加指责，像审问一名罪犯那样，对她所做的任何解释都听不进去。他不相信雨媛对丁问渔会没有任何表示。丁问渔写了这么一大堆信，足以说明他们之间的关系早已经非同一般。“我真不敢想象你们已发展到了哪一步了，”余克润在一大通指责后，自言自语地说着，“你们究竟背着我，还干了些什么？”

“你觉得我们干了什么？”被激怒的雨媛充满委屈。

余克润并不是真相信雨媛和丁问渔之间有出格的事。真有什么事，雨媛也不会那么天真地把信拿给他看。可是作为男人，他不可能仅仅是因为自己的妻子还没有和别人上床，就不把它当回事。有人追求自己漂亮的妻子不奇怪，奇怪的是雨媛居然像保护文物一样，把一大堆肉麻的情书保存着，而保存这些情书的理由，却只是为了向余克润证明她的清白。当愤怒的雨媛打算立刻烧掉这些该死的情书时，余克润冷笑说，她不过是想趁机销毁罪证，如果她真像她所说的那么清白，就不应该害怕这些物证。雨媛很快意识到自己不过是给了余克润一个吵架的由头。这个由头，使得他们双方都有机会，把对对方的不满发泄出来了。虽然他们已经结婚成为夫妻，可事实上他们更像一对还处在恋爱期间的情人，他们的情绪都不够稳定，对对方的了解实在太少。他们只是越来越发现对方远不是他们所设想的那种人。情书不过是提供了一个契机，借助这个契机，他们找到一个充分暴露自己，也充分暴露对方的好机会。余克润为自己常常不在家找到了理论上的根据，他趁机耍赖，说自己频繁离家，不过是为了给他们提供方便。

雨媛要求余克润说清楚“他们”指谁，他又想提供什么样的“方便”。余克润觉得他没有必要说清楚，因为他的话已经再清楚也不过。小夫妻俩开始没完没了的斗嘴游戏，针锋相对，各不相让，为一个语义模糊的字眼争吵半天。他们采取了轮流进攻的战术，当一方处于守势的时候，另一方就拼命乘胜追击猛攻猛打。等到一方忍无可忍，奋起反击之际，另一方就转入防守。他们之间的战争从一开始就是一场持久战，谁都不想认输，谁也做不了赢家。有时候，一方疲倦了，可是另一方还不想善罢甘休，结果疲倦的一方终于又兴奋起来，英勇反抗，于是疲倦的又是另一方。雨媛最初的想法很简单，她只是希望余克润给自己一个下台的机会，夫妻双方吵架，当然是男的让步。余克润的想法也很简单，他根本没什么错，而且他还抓到了把柄，凭什么应该由他来让步。

余克侠夫妇的介入使得事情变得更复杂，先是都躲在自己的房间里叽里咕噜，渐渐地便公开化。一场混战看来不可避免，尽管大家也许并不想吵，并不想把简单的事情搞复杂。余克侠的太太对男人喝道："朋友妻，不可欺，你这位什么不要脸的朋友，太不是玩意，你还把他当个宝贝，这是引狼入室。"余克侠叫太太不要高声喊，他的害怕反而惹火了余太太，她不甘心地说："这是我的家，凭什么不许我高声。"吵声传到雨媛他们房间里，小两口顿时感到说不出的难堪。余克润幸灾乐祸地说，你干的好事，往后怎么有脸做人。外面在大声地吵，这两个人便关了房门轻声地吵。吵到临了，雨媛要冲出去质问她嫂子，因为这时候的余太太，仍在一口一个"苍蝇不叮无缝的鸡蛋"的唠叨。余克润拦住了不让她出去，雨媛说，为什么不让我出去问问清楚。余克润说，清楚自然会清楚，不清楚再怎么辩也别想说清楚。雨媛看透了余克润和他嫂子是一个心思，怒火再也压不住了，用劲把丈夫推开，来到了大厅里。

“嫂子，我不想和你吵架，你要是觉得这儿不是我住的地方，我可以搬出去住，但是你别冤枉人。”事后雨媛非常后悔，她根本不应该和这种家庭妇女计较，但是当时她实在是忍不住。她的眼泪涌了出来，自从来到这个世界上，娇生惯养的雨媛，从来没受过这样的委屈和污辱。她知道这位多事的嫂子不可能认错，可是她光想到这口气一定要出，她不能让她继续这么平白无故地乱说下去。余克侠在一旁十分尴尬，只好打抱不平地教训老婆，说她做得的确有些过分，的确有些不像话。

余太太见男人帮着弟媳妇说话，火爆三丈，跺脚说：“你那位狐朋狗友这么说，我也算了，你凭什么帮着她？”

余克侠怕自己老婆说下去，就要说出更不像话的词来，恶狠狠地扇了她一记耳光。他这时候必须要显显一家之主的威风，余太太被打蒙了，怔了一会儿，才大声地嚎起来。雨媛顿时感到很无趣，她不知道说什么好，目光转向依然处于盛怒中的余克侠。余克侠恶声恶气地说：“你也给我回自己房间吧，搞什么名堂！”余太太不肯善罢甘休，她一边哭，一边离去，嘴里嘀嘀咕咕地还在唠叨。她路过余克润的房间时，哭着诉说自己命苦，嫁的男人也没用，刚嫁给男人的时候跟着受苦，现在日子才好一些，男人又除了打自己老婆之外，没别的能耐。她的用意很简单，就是想让小叔子知道自己挨打了。

接下来，整整一天，都听不到说话声，除了两个小孩子的吵闹。大家都在憋气，吃饭时，仆人来喊，雨媛推说不饿，不肯出去吃。结果余克润出去吃了，吃饭期间还是一声不吭。大家闷头吃饭，吃完饭，余克润回房间换了身衣服出去，到半夜喝得醉醺醺地回来，爬到床上倒头就睡。第二天爬起来，又虎着脸出去喝酒，到半夜仍然醉醺醺地回来。一连三天，都是这样，雨媛有些吃不消，把余克润从床上拖起来，带着哭声说："用不着做出这种痛苦的样子给人看，你只管和你哥一样，拿出大男人的派头，扇我的耳光好了。你这样，比扇我耳光更让人难受。"

余克润说："我手重，扇了你，你吃不消。"

雨媛抓住他的手，要他打。余克润没有打，说要打你就打我耳光好了。两个人拉来拉去，小夫妻就此便算和好了几天。双方都觉得老闹下去也不是事，大家心平气和地想想，都觉得自己有过分的地方，事情闹到这一步，大家都有责任。躺在被窝里，雨媛想明白地说："以后我也不吵了，再受气，我就搬到机关里去住。你嫂子说得对，这是她的家，不是我们的家。"

余克润知道雨媛的想法是不愿意寄人篱下。雨媛屡屡向他流露出分开来住的念头，最好是买地皮自己盖房子，要不就去租现成的房子。但是余克润从心底里不乐意，他人虽然是成家了，心底里却还仍然没有成家，不愿意为家室所累。他和雨媛似乎总有什么格格不入的地方，雨媛有一种直觉，这就是余克润并不认为她是他理想的妻子。一个属于两个人的小家，对他来说，一点也不重要。他嘴上说自己不相信“白虎星”的说法，可实际上他非常在乎，在第二天要上蓝天飞行的前夜，余克润绝对避免和她发生那种事。余克润把这说成是为了养精蓄锐，他说这是飞行员的行规，然而有一天，雨媛在飞行员俱乐部，听见几位喝咖啡的飞行员大谈上天前，没有女人安慰一下，那才是男人的大不幸。

不仅是在上天前，甚至在一些重要的日子里，余克润也从来不和她做爱。凡是遇到一点不顺心的事，他就没完没了地诉说自己触霉头。雨媛发现余克润非常的迷信，忌讳多得让人觉得可笑。她经常从他的枕头底下，搜到那种谈命相的书，而且在和雨媛谈别的女人时，动不动就用命相上的理论来发表见解。谈到自己的嫂子时，余克润一本正经地说，别看嫂子出生小户人家，从她的两腮看，却是有帮夫运的。“我哥哥是和嫂子订了婚才出国的，从那以后，我哥哥基本上一帆风顺，”余克润用手托起自己的双腮，比试给雨媛看，“相书上说，腮丰满者，大富大贵。”

雨媛突然很损地说出了一句她自己也吃惊的话来：“你应该问问你哥哥，你的嫂子下面是否长毛？”

余克润满脸恼怒："你怎么这么下流！"

雨媛索性不顾一切地说："我是下流，不仅是下流，还是'白虎星'，你娶了我，后悔了是不是？"她说了这话，倒是真有些后悔，因为这话的潜台词仿佛是自己硬要嫁给他似的。本来那只是一种生理现象，余克润那么迷信和忌讳才无聊呢。雨媛突然想到这事要是传出去，真难为情。她想起有一次在浴室洗澡，余克侠的妻子要进浴室拿东西，幸好她没有盯着她看，要不然还不知会怎么想。雨媛想到余太太像发现什么新大陆似的，和余克侠一起议论自己的私事，脸上立刻红起来，身上起了一层鸡皮疙瘩。

第五章

1

一九三七年四月是国民政府定都南京十周年的好日子。市府充分利用这一机会，开始筹备多种多样的展览会，议定各项活动的具体办法。户口统计处发表了首都人口的精密统计，经过三个月零五日才整理完毕的数字，是九十四万五千五百四十四人。新生活运动仍然是第一运动，国民政府号召大家继续学习委员长《新生活运动的意义》。各有关机关研究的结果，得出首都应绝对禁娼的一致结论，并责成警察厅制定取缔私娼措施，救济院研究妓女出路问题。建都纪念是一件大事，灭蝇运动轰轰烈烈地开始了，全市分成六个区，共组织二十支灭蝇队，对全市的茅厕进行初步调查。早在一个月前，蒋介石就手谕马市长，立刻设法整饬南京市容，让工务局拟定详细办法切实执行。市清洁总队发出禁倒垃圾于大小池塘的紧急通知，首都松毛虫防除协会正式成立。卫生部门警告南京市民，脑膜炎的前锋已到达本市，赶快注射防疫针。从四月一日开始，防疫运动如火如荼地全面展开，报纸上用醒目的大标题注明：要免做麻子，快去种牛痘。最近一周的传染病况也被精确计算出来。在一周内，南京患伤寒者二人，全部死亡。患赤痢者四人，天花二人，死亡一人。患白喉十八人，死亡八人。此外还有脑膜炎四人，猩红热四人。

南京的第一家火葬场开放了四个月，仅火化了两名外籍妇女。首都的市民对殡葬改革的意义显然认识不足。位于中正路的“中国殡仪馆”，几乎天天都在报纸上登着广告。这广告引起了许多人的愤愤不平，市府正式做出决定，勒令这类有伤国体的名称限期修改。一起被勒令改名的还有“国民肉店”和“首都从良委员会”。一九三七年三四月间的南京热闹非凡，蒋介石似乎还没有完全从西安事变的疲惫和惊慌中恢复过来，过多频繁的应酬正在侵害着他的健康，医生根据他的身体状况，得出他务必节劳的诊断，中央于是专门召开了第四十次常委会，做出议案如下：

蒋委员长中正电请再给假两月，以资调养案，决议蒋同志久膺国重，备极忧勤，所请再给病假两月，并以王同志宠惠代理行政院长职务，自应照准，尚望为国摄卫，早复康健。

许多要人都效仿委员长，纷纷出走离京。国府主席林森去视察两广，刚从欧洲归来不久的汪精卫，飞抵绥远致祭抗日阵亡将士。蒋介石返回故乡静养期内，正逢他的哥哥蒋介卿灵榇安葬，以冯玉祥为代表的要员均赶去徒步执绋，其中有宋子文，有陈果夫，有何应钦，还有陈布雷和张治中。从表面上看，真是一派和平气象。四个多月以后，淞沪“八·一三”抗战打响，自此抗日战争全面爆发，张治中担任了上海战场的总指挥。上海这场恶战势在难免，还是在西安事变以前，中央军的精锐三十六师，还有八十七师和八十八师就偷偷调往上海附近。根据清政府签订的丧权辱国的条约，上海附近不许驻扎中国军队，而中国军队为了在未来的军事对抗中，占据主动，必须在战争开始的那一瞬间，在上海狠狠地给租界里的日军一个致命打击。已经启动了的双方战争机器正在轰隆作响，表面的和平根本掩盖不了战争正在逼近的事实。

南京的市民陶醉在和平的假象中。四月四日是国民政府钦定的儿童节，在首都儿童节国语比赛中，获得第一名的是山西路小学的宁北棣，他演讲的题目是《非礼勿哭非礼勿笑》。全国的美术展览在儿童节过后几天举行，剧校的学生在国民会堂处女演出两幕喜剧，上海工部局管弦大乐队在南京举办音乐会，进行时装表演，并率领市民高唱《义勇军进行曲》。各大学中学小学都举行不同形式庆祝活动，庆祝定都南京十周年。南京的一班文人为金陵王气的本义展开了热烈讨论。报纸上的日本人仍然在我国各地挑衅，国民政府对待日本政府的态度显然变硬。

丁问渔所在的大学里，举办了一系列的学术讲座。一些名教授纷纷利用这一机会，阐明自己的学术观点。由于特殊的时事气氛，大学生对教授们的讲演并不热心。一九三七年不是一个做学问的年头，许多名教授初次尝到了冷场的滋味。有些讲演讲到一半便作罢，因为来听讲座的同学实在太少，那些专业性太强的讲演不仅枯燥，而且和火热的现实生活几乎没什么关系。有些教授随机应变，将讲演的题目更名为“国防化学”或“大唐的作战史”，听讲座者依然寥寥无几。一些激进的学生煽动罢课，号召大家参加全国学生联合救国会。国家并不承认全国学联会这一说法，因为所谓学联无法律之根据，因此被定为非法组织，既为非法组织，煽动罢课者便被校方领导勒令停学一年，准予第二年春季参与补考。

相形之下，丁问渔的讲演获得了预想不到的成功。他讲演的题目是《中外娼妓的传统之比较》，虽然大学充满了自由的学术空气，但是当他的选题被报上去以后，校方领导不能不感到有些犹豫，这显然也是个不合时宜的话题。讲演开始前，大教室里已经人满为患，让所有的人都没想到的，这次讲演创下了人数最多的纪录。走廊里和窗台上挤满了人，学生一边听一边哈哈大笑，当讲演结束的时候，兴高采烈的同学带着些起哄地鼓起掌。丁问渔在他的讲演中，信口开河，对中外娼妓做了精辟的分析比较。他一针见血地指出了两者起源之间的根本不同。根据丁问渔的观点，娼妓的起源都不是源于金钱，最初和罪恶也毫不搭界，西方的娼妓是宗教的产物，而中国的娼妓却是爱情的产物。西方的娼妓把自己献身给寺庙，她们毫无羞耻地躺在寺庙的大门口，尽情地满足那些即将出征的男人生命的本能。中国的娼妓却是对传统包办婚姻的反动，因为中国的士大夫在法定婚姻中注定没有爱情，于是他们不得不去妓院。丁问渔讲演的最精彩处，是把情和欲用一把斧子从中间劈开，西方的娼妓发之于欲，中国的娼妓止之于情。发之于欲的男人因此凶狠善战，而止之于情的男人也就越来越温情柔弱。

丁问渔的讲演被激进的同学认为是有伤风化。讲演结束以后，学生们分成不同的阵营，为丁问渔究竟是好人还是坏人，吵得面红耳赤。持反对意见的同学认为，丁问渔这样的浪荡子，根本就应该从大学的殿堂里轰出去。有了这样的大学教授，国家不亡反倒怪了。好在丁问渔对同学们的反应也不在乎，他无所顾忌地想说什么就说什么，说完了，便回到公寓里去给雨媛写情书。讲演结束的那天晚上，丁问渔正在伏案写信，突然被敲玻璃窗的声音吓了一大跳。隔着玻璃窗，丁问渔认出了和尚，和尚示意他打开玻璃窗，并且把手指按在自己的嘴唇上，让丁问渔不要发出任何声音。

“别让人知道我到你这儿来过，”和尚十分慌张地拉上窗帘，脸色惨白，眼睛发直，用发抖的声音说着，“我闯大祸了！”

丁问渔已经有一段时间没坐和尚的车。前一阵，和尚参加市民训练，歇了生意，丁问渔曾在操场上见过和尚受训的情景，只见他穿着灰色壮丁制服，束装裹腿，戴着军帽，持着上了刺刀的步枪，对着草扎的靶子练习刺杀，一副神气活现的样子。几年来，市府坚持为市民进行军事训练，那些商店中持筹码算盘的伙计，那些街头肩挑背扛的苦力小贩，那些游手好闲的无业游民，一个个都被轮流集中起来受训。丁问渔公寓附近的大操场几乎天天都有壮丁在训练，刚住进这所公寓的时候，他常常被壮丁喊口令的声音惊醒。现在，有一段时候不见面的和尚，神色惊慌地突然出现在他面前，丁问渔感到有些摸不着头脑。

“我大概杀了人了，丁先生。”和尚沮丧地说着，眼睛抬起来，求援地看着丁问渔。

丁问渔又吓了一大跳。杀人不是随便说着玩玩的事，从和尚的惊恐表情来看，也绝对不像是在开玩笑。丁问渔绝非那种有幽默感的人，和尚和他虽然很熟悉，毕竟还是一种雇佣关系，他始终对丁问渔保持着一份敬重，有时说几句笑话，却是从来不出格的。在和尚的心目中，丁问渔只是一个有钱同时又有身份和学问的教授，有一点好色的小毛病，喜欢把很多精力都放在女人身上。他所以跑来找丁问渔，是因为在情急之中，想不到还有别的什么人可以找。他在学校的附近已经稀里糊涂地徘徊不少时间，走投无路之际，无意中一抬头，看见丁问渔家的灯亮着，便不顾一切地敲起了玻璃窗。丁问渔不知所措地看着和尚，希望他能够把话说说清楚，和尚看着丁问渔的眼睛，结巴着说："我这次是真的杀了人了。"

"你杀了谁？"丁问渔比和尚更慌张。

"我将小月杀了，用羊角锤，在她脑袋上敲了好几下……"和尚惨白的脸上开始有些发红，他咽了一口唾沫，说不下去。

丁问渔不知道小月是谁，更不知道和尚为什么会下杀手。既然是杀了人，再跑来找丁问渔，这事从法律上来说，就是件很尴尬的事情。丁问渔立刻想到这事会有些麻烦，因为窝藏杀人凶犯，这是违反法律的，因此他几乎毫不犹豫地让和尚立刻去投案。和尚说，他还不知道他杀的那个人，究竟死没死，如果已经死了，他就得抵命，去投案就等于去送死。丁问渔让他这么一说，更有些摸不着头脑。和尚连声说当时他心慌意乱，用羊角锤在小月的头上敲了几下，她就昏了过去，他一慌就逃跑了，也没有顾得上细看。丁问渔顿时从和尚的叙述中，发现了很大的漏洞，显然和尚只是一时失手，而且后果也许根本就不像他所讲的那么严重。

和尚在丁问渔的安慰下，对自己是否将人杀死也充满了侥幸心理。为了证实这种可能性，丁问渔换上衣服，立刻出发去小月家。这时候，丁问渔已经弄清楚小月是谁，他想起自己去和尚住处要车子的时候，见过这个刚刚十七岁的大眼睛姑娘。临走时，丁问渔关照和尚不必过于紧张，他去探听一下消息，然后马上回来。好在去和尚的住处并不远，丁问渔刚踏进那条小巷子，就看见有许多人围在那儿，走近时，听见大家七嘴八舌地都在议论。他装着只是偶尔路过的样子，非常好奇地问出了什么事。没人愿意回答他的提问，大家自顾自眉飞色舞地说着。丁问渔一眼瞥见有两名警察正在和尚的屋子里搜查，他松弛的心情顿时又紧张起来。在另一个门洞里，丁问渔听见有一个女人正在大声嚎丧，他走到那个门洞前，看见嚎丧的女人是自己曾经见过的俏女人。俏女人一边哭，一边痛骂和尚。一看房间里的气氛，丁问渔知道事情很严重了。

2

雨媛在武装赛跑的前一天，决定搬到陆军司令部去住。早在这之前，她已经动了好几次念头。住在余克侠的公馆里，雨媛发现自己已经越来越没有办法忍受余克润嫂子的唠叨。她向余克润发出了最后通牒，要么自己找房子住，要么她搬到宿舍去。她实在不想再过寄人篱下的日子。为了不把问题弄得过僵，雨媛没有在大家不高兴的时候，赌气搬出去住。她为自己找了一个借口，说陆军司令部这段时间要加强机要员的学习，因此住在宿舍里方便一些。她的这个借口，一眼就能看出站不住脚，余克润的嫂子既高兴弟媳妇总算搬出去住了，又害怕承担不容人的罪名，一口咬定雨媛搬出去其实别有用心。余克润明知道她是不想在这个家里住，不忍心说嫂子的不是，反而怪雨媛缺乏忍让的耐心。余克润说，我嫂子是没受多少教育的女人，你和她怄什么气。余克润又说，你搬出去，正好给我嫂子有话说。

小两口子都在有意避免吵架，大家都是一肚子不痛快。雨媛知道余克润不想得罪自己的哥哥嫂子，他除了移情迁怒，没别的能耐。他想说她搬出去住，接丁问渔的来信就更方便了，想说她搬出去只是想给丁问渔提供机会。然而正是因为他没有把这话说出口，雨媛处处都能感觉到他的那种压抑着的窝火。她发现他们之间的冷战，有时候要比面红耳赤的争吵更伤感情。余克润常常表现出一种不在乎的样子，这种不在乎正好说明他很在乎。当雨媛决定要搬出去住的时候，他开着汽车去送她，一路上，他故意不说话，故意把车开得飞快。

“你当心撞着人。”雨媛冷冷地警告着他。

余克润将油门踩得更大，雨媛注意到路上的行人，正做出吃惊的样子，看他们的车子呼啸着飞驰而过。余克润的驾驶技术很娴熟，不过他现在并不想卖弄他的车技，前面有一个老人正在慢腾腾地过马路，余克润不得不踩刹车。吉普车尖叫着突然停住，雨媛整个身子冲了出去，脑袋差一点撞在玻璃窗上，幸好她的手一直紧紧地抓住把手，她回过头看了看余克润，只见他双手紧握着方向盘，好像根本没注意到她受的惊吓。雨媛本来想责怪他几句，看他那表情，不愿意再说了。余克润在等待着雨媛的怪罪，雨媛不吭声，他感到有些无趣。

外面春光明媚，街面上走着色彩艳丽的女孩子。花坛里的蔷薇如火如荼地盛开着。雨媛和余克润都感到他们之间固有的距离，并没有因为结婚变得越来越近，恰恰相反，他们似乎越来越陌生了。他们都意识到了在他们之间有一道裂痕，这道裂痕也许早就存在。他们是一对傲气十足的年轻人，都希望对方能够让步，都希望对方给自己一个台阶下。当汽车在一九三七年南京的柏油马路上飞奔的时候，他们仿佛同时想到了一个问题，这就是他们的结合是否真的太草率了。他们之间的关系变得很脆弱，婚姻把他们拴在了一起，但是任何一些细小的事件，都可能使得他们怀疑自己的结合是否值得。有些事情是存心的，就像余克润故意夸大丁问渔的离间作用一样，雨媛也把他们之间发生的一切不愉快，都归结为是他的嫂子在捣鬼。

“我既然已经搬出来了，那么实话告诉你，除了住自己的房子，我绝对不会再住到你哥哥那里去，”雨媛像一只挣脱牢笼的小鸟，向余克润旗帜鲜明地表明自己的态度，“难道我不该有一个是完全属于自己的家吗？”

余克润说：“我并不觉得住在自己哥哥那里，是寄人篱下。”

雨媛说：“可是我觉得。”

雨媛的态度得到她的同伴的一致支持。她们当初就反对雨媛住到余克润的哥哥家去。同伴们认为，像余克润这样年轻有为的飞行员，就算是暂时买不起房子，也应该在外面去租一套房子。一个属于自己的家是必须的，余克润是一只在外面飞来飞去的小鸟，倦鸟归林，马马虎虎有个歇脚的地方就行，雨媛和他不一样，她不能像个东西似的寄存在别人那里。余克润把雨媛送到宿舍时，雨媛的女同伴和他进行了开诚布公的谈话，她们说把雨媛存放在她们那里，只是暂时的权宜之计，她们会很好地照顾她。

“这种存放是免费的，但是你得尽快地替雨媛找到房子。”雨媛的女伴和余克润都熟悉，她们七嘴八舌地教训着他，一边声色俱厉，一边不时地和他说着笑话。陆军司令部的女孩子一个个见多识广，都野得很，余克润做出诚恳听话的样子，他给人的感觉是马上就会去租房子，可事实上他并没有这么做。余克润是航校的教官，这种教官和学校的一般教师不一样，因为他的教室不是在房间里，而是在一望无际的蓝天上。随着中日冲突越来越升级，培养能够作战的飞行员已经迫在眉睫。中国的空军很薄弱，蒋介石早就意识到了这一点，他不仅自兼航空委员会的主任，还让其夫人宋美龄兼秘书长。航校的教官实际上都兼着双重身份，这就是一方面教学，一方面随时做好应付日本空军可能发起攻击的准备。

余克润找到了一个让自己和雨媛都满意的办法。他们一有机会，就去开旅馆。这想法刚开始听起来有些荒唐，然而很快被证明极有创意。一九三七年的南京是旅馆业兴旺发达的年代，那时候有许多来首都找差事的人，一时没有合适的房子住，便在旅馆里包房间。因为旅馆多，一般的旅馆价格并不贵。既然雨媛拒绝再回到余克润哥哥的公馆里，余克润也不愿意和雨媛一起回娘家，旅馆便成了他们幽会的好地方。

第一次去旅馆非常偶然。雨媛住到宿舍去的第三天，余克润去看她，他们离开陆军司令部的大门，像一对无家可归的孩子一样一直往南走。不远处是励志社，是他们四个多月前结婚的地方，望着励志社宫殿似的大屋顶建筑，他们感到有一种说不出的惆怅，于是两个人不约而同地拐了个弯，向西面的大行宫散步过去。一路上，春风拂面，已成规模的法国梧桐树，正开始出一片片的嫩芽，原来只是计划在外面吃一顿饭，然而当他们经过一家旅馆的时候，余克润忽发奇想，他邀请雨媛一起进去参观一下。余克润最初的想法，是在旅馆里包一个长住的房间，他进去的目的，不过是想打听一下价格。旅馆的老板热情地接待他们，为了做好这笔生意，老板许诺用最优惠的价格，让他们先住一晚上。他把他们带到二楼最东面的房间，打开沿街的窗户，让他们欣赏街面上的景色。

“这是最好的房间了，”老板指着楼下一家生意红火的小馆子，“二位想吃什么，隔街招招手，马上就给你们送过来。”

那天晚上，他们果然就在那间房间里住了下来，而且根据老板教他们的办法，招手叫街对面馆子里的伙计送饭菜过来。在旅馆的房间里吃饭别有风味，一边吃，一边看街景，吃完了，伙计又过来收拾碗筷。雨媛感到一种说不出的新鲜，她突然想到这是余克润事先安排好的，看他和老板说话的样子，对住旅馆开房间显然已是老手。她立刻想到他很可能和别的女人来过这里，不是这一家旅馆，也可能是别的旅馆，因此笑着要余克润回答。余克润十分尴尬，而且有些恼火，他不说是，也不说不是，拒绝回答这种无聊的假设。

雨媛笑起来，她并不想得到肯定或者否定的回答。无论是哪一种答案都不会让她感到满意。余克润怎么肯说老实话呢。不回答是一种最聪明的回答，她觉得自己最愚蠢的是，竟然会在这种应该高兴的时候，突然引出这样扫兴的话题来。今天晚上这样的气氛是不应该破坏的，她想到自己才走进旅馆时，旅馆老板偷眼打看她的表情，那眼神显然是把他们看成了一对野鸳鸯。这根本没什么可奇怪的，旅馆的老板怎么会相信他们是合法夫妻呢。余克润不知道雨媛为什么总是笑，她的笑不像是有什么恶意，但是她的笑毕竟让他感到不自在，为了掩饰自己的尴尬，余克润索性也笑起来。

“你笑什么？”雨媛笑着问他。

余克润反问她为什么要笑。这同样是无法回答也不需要回答的问题。自从结为夫妻，他们难得有这么一个温馨的夜晚，楼下人行道上，一位卖花的小姑娘用细细的喉咙吆喝着卖花，余克润把小姑娘喊了上来，为雨媛买了好几枝玫瑰花，花买好了，没地方插，雨媛便在一个喝水的杯子里倒了些自来水，然后把玫瑰花插在里面，搁在床头柜上。剩下来的时间真不知如何打发才好，现在就上床睡觉似乎早了一些，于是两人就坐在窗前看街景。街上来来往往的行人已经开始减少，街对面馆子里的生意依然红火，有几个人正在大声划拳，馆子门口，有人在买花生米瓜子，那个卖花的小姑娘也到那儿去兜生意了。一个衣着时髦的女郎在旅馆门口徘徊，不远处的电线杆下，还有一个穿着旗袍的时髦女郎，这些女孩子是干什么的，一眼就能看出来。

房间里充满了玫瑰花香。接下来该干什么，雨媛和余克润心里都有数，他们心不在焉地说着什么。雨媛注意到有人从馆子里东倒西歪地走出来，掏出钱包向卖花的小姑娘买花，这时候，余克润突然拉灭了电灯，从背后搂住了雨媛。准备的时间仿佛过长了一些，雨媛早就等待着这一刻的到来，结果当她感觉到余克润迫不及待的手，在自己身上摸来摸去的时候，她也迫不及待地把余克润推倒在他身后的床上。她的动作野蛮得让自己也觉得滑稽，她想表现得主动一些，但是主动得过了头，以至于使余克润产生了误会。余克润以为她迫切地想着那件事，情绪立刻受了些干扰，他的反应也有些过头。

床头柜上的玫瑰花被他们碰翻了，杯子里的自来水淌了一地。雨媛感到一种说不出的茫然，余克润显然是出色的，但是她的注意力根本集中不起来。她像一个迷路的孩子不知所措，不知道自己现在究竟干什么才好。她的激动很有些做作的味道，为了不让余克润失望，也为了不让他感到她的失望，她不得不非常机械地搂紧余克润。两人要是好好地说一晚上话多好，或者就是坐在那儿慢慢地欣赏窗外的景色多好，为什么男女之间的事情，一上床便一切都结束了。雨媛又一次想到余克润完全可能和别的女孩子到旅馆里去开房间。这念头刚出现，她便警告自己此时此刻不应该想这事。她应该想一些高兴的事情，譬如他们刚见面的愉快时光，余克润带着她第一次坐吉普车，他们坐着吉普车一直往郊区开，翻山越岭，有一次竟然把吉普车开到了田里去。

余克润曾许诺要带她坐一次飞机，带她坐飞机是他们婚前经常要提到的话题，可惜婚后这个话题再也没有被提起过。坐着飞机在天空上翱翔一定是件很刺激的事情，雨媛曾经许多次梦到自己坐飞机时的情景。她梦见自己在蓝天白云之间穿梭，星星和月亮近得一伸手就可以碰到。她梦见自己坐的飞机在天空上打着滚，从高处对着地面急速俯冲。在这个特殊的夜晚，雨媛全无困意，余克润早就睡着了，他不打呼噜，但是雨媛熟悉他睡着时均匀的呼吸声。有好几次，雨媛想把他喊醒，对他重提带她坐飞机的话题，然而她不忍心喊醒他。雨媛知道就算是喊醒了他也没有用，他会讥笑她又在胡思乱想，每当雨媛提出一些不切实际的想法时，余克润就会不怀好意地暗笑半天，一直笑到雨媛自己感到不好意思为止。

“不坐飞机也没什么了不起！”雨媛躺在黑暗中，自言自语地说着。

半夜里下起了小雨，响起了春天的第一声雷。天快亮时，雨媛迷迷糊糊地刚要睡着，被窗外熙熙攘攘的人声吵醒了。她伏在窗台上往下看，只见外面大街上的两侧都挤满了人，有几名警察在维持着秩序，人们都踮着脚往东面看，不时有人溜到街中间，伸长了脖子张望，警察挥舞着手中的棍棒，让跑到街中间的人，立刻回到旁边的队伍里去。突然有人大声地喊着“真的来了”。人群顿时激动起来，一个个把脖子伸得更长。余克润也被声音吵醒，他来到窗台上和雨媛一起往下看。雨过天晴，太阳刚刚升起来，地上还是湿漉漉的。从东面远远地正有人跑过来，越跑越近，终于能看清楚了，是几个荷枪实弹的战士。原来市府为了纪念南京建都十周年，和军事机关联合举办武装赛跑。跑在前几名的都是军校的学生，领先的几名和后面的大队人马相差不少距离，等他们过去了好一会儿，浩浩荡荡的人马才赶到，在参加武装赛跑的人中，除了军人，还有受训的壮丁和学校的学生。雨媛终于从人群中认出了陆军司令部的人，只见他们大汗淋漓，一边小跑，一边擦着头上的汗。参加武装赛跑的人很多，大家情绪昂扬精神饱满，一个个身上好像都有着用不完的力量。两名记者不时地跑到路中间去拍照，有一个战士的鞋跑掉了，就穿着一只鞋跑过来，一名记者追在后面，想拍下这镜头，但是那战士跑得飞快，不时地又有别的人从后面插上来，结果也不知道那记者的照片到底是拍还是没拍。

3

丁问渔在一开始，并没有想到和尚会给自己带来什么麻烦。他完全是出于好奇心，才去和尚的住处打听消息。谋杀对于旁观者来说，总有一种特殊的诱惑力。当他听说小月确切死亡的消息，返回家告诉和尚的时候，和尚的脸部没有任何表情，他木然地看着丁问渔，好像这事和他已经没有任何关系。丁问渔告诉和尚，两名警察正在他家里抄家，那个俏女人却在家里悲伤地哭泣，和尚听了依然无动于衷。丁问渔被他古怪的表情弄得也有些莫名其妙，和尚应该明白事情的严重性，人死了，这纰漏也就闯得太大了一些。警察也许一时不会想到他躲在这里，但是，他还能往哪儿跑呢。丁问渔劝和尚天亮时就去自首，既然他只是一时失手，主动投案或许还能宽大处理。

丁问渔不知道和尚究竟在打什么主意。事实上，这时候的和尚脑子里一片空白。自从他决心给小月一个教训以后，他就有些不能控制自己。今天中午，他怀里揣着那把羊角锤，徘徊在俏女人家张氏的门口，一个劲地自言自语，说今天肯定要出事。他意识到自己很想做一些出格的事情。和尚出世不久，他的爹就死了，还没成年，娘又生病死了。成了孤儿的和尚脾气一直不好，遇事爱钻牛角尖，自从张氏许诺要把小月嫁给他之后，他一直就把小月看作自己的媳妇。张氏说这话的时候，小月还是个九岁的小黄毛丫头，但是和尚一直把这枕头边说过的话放在心上。

“除了小月，别的女孩子难道不行？”张氏后来想反悔，可是已经来不及了，和尚认定了这个死理。他像狩猎的猎人一样，多少年来，总是在偷偷地监视着小月。他留神着小月身上任何细微的变化，看着她的两个小奶子渐渐地鼓出来，有一次甚至还偷偷看她洗澡。张氏为他这种吃着碗里的，还看着锅里的用心有些看不惯，然而她拿和尚毫无办法。

“你说话要算话。”和尚执着地说着。

张氏说：“你总不能指望我们母女两个，都同时陪你睡觉吧？”

和尚说他不管这些，他只知道小月应该成为自己的媳妇。在他十六岁的时候，夏日里的一天，张氏借口喊他去帮她倒洗澡水，把住在对门的和尚喊到自己家的小厨房间。她刚洗过澡，身上散发着一股肥皂的香味，她让和尚一个人端着澡盆去倒水，自己一边梳头，一边在旁边看。情窦初开的和尚屁颠颠地忙着，张氏又把他喊到自己房间里，掀开了衣服，让他替她在后背上抹花露水。她把脖子伸长，把领子尽量往两旁边拉，身上的每一块肌肉都在跳。和尚的手开始有些不老实，他犹豫着从背后绕过去，抓住了张氏鼓胀的奶子，张氏突然沉下脸来，说：“我当你还是个小孩子呢，你怎么可以这样？”不知所措的和尚举着长长的花露水瓶，像个塑像似的傻站在那儿。房间里很热，和尚的脸上黑黑的，不是因为皮肤黑，而是因为脏，结果汗水留下了一道道印子。要不是张氏拉住他，他很可能就跑走了，张氏像捉贼一样捞住了他，毫不含糊地伸手去抓他早就竖起来的男人的玩意。和尚在张氏的肆无忌惮的紧握下更加不知所措，他只觉得喘不过气来，一只手依然高高地举着花露水瓶，另一只手想去阻拦张氏。他抓住了张氏的手，想让她别这么做，可是几乎立刻就打消了这念头，他浑身一阵阵抽紧，用力压着张氏那只不安分的手，终于忍无可忍，把张氏推翻在一张椅子上。

事后，和尚在张氏的房间里，脸冲着墙，像小孩子一样哭了一场。无论张氏怎么安慰他，他都没办法忘了自己死去的娘对他的警告。有一次，他娘发现他赖在被窝里不肯起来，便吓唬他说小孩子玩自己的小鸟会跑马的，而跑马是会送命的。今天这样的事，已经发生过好几次了，不过每次都是在梦中。在那些下流的梦境中，和尚已经和张氏有过一手。他为此吓得够呛，不知道后果会怎么样。张氏好不容易才让他不哭，她告诉他有人在他这岁数，早就做父亲了。那天晚上，张氏为和尚做了好吃的，并留他在自己家里洗了个澡。经过这次不同寻常的接触，和尚成了张氏的干儿子，再也用不着自己洗衣服，而且常常在张氏家里蹭饭吃。他很快真正地成熟起来。

和尚成了一名人力车夫，在等候生意的空闲中，他从那些同行的嘴里，听到了许多男人乐意谈到的话题。车夫们谈论着自己有过的或者根本不存在的艳遇，他们教年轻的和尚如何学会抓住机会，因为在坐人力车的顾客中，有许多愿意倒贴的寂寞女子。车夫的生活逻辑通常这样，生意做得好的时候，便去妓院里快活一番。他们不止一次想把和尚也带到妓院去。国民政府定都南京以后，公开的妓院被禁了，为了更好地做生意，几乎所有的人力车夫，都知道如何把客人送到他们想去的地方去。和尚很轻易地就学会了宰那些出手阔绰的嫖客，而且一眼就能识别出来自己拉的是不是正经女人。

有一天，和尚送一个妓女去一名退休的警官家里，说好了下午再去接她时一起付钱。结果那妓女耍起无赖来，理由是那名警官根本就没有付钱。“老家伙没给钱，我拿什么给你，”那年轻的妓女理直气壮，坐在车上不肯下来，“你就认倒霉吧！”不给钱还能这么凶，除了妓女，没别的女人敢这样放肆。和尚也不和她多说，拉车就走，妓女见他不是送自己回家，问他要往哪儿送。和尚回头对她说：“我送你个狗屁，老子回家去。”妓女以为他是不怀好意，想从车上跳下来，她穿着紧身旗袍，试了几次也不敢往下跳。到了家门口，和尚恶狠狠地说：“你滚吧，别让老子再遇到你。”

和尚把这事说给他的干娘张氏听，张氏听了不住冷笑，说怎么不把她请回来呢，既然都到了家门口，还舍得放过她。和尚说：“我有了干娘，干吗还要把女人带回来。”张氏听了，脸红起来，说：“放你的狗屁，你把你干娘当什么人了。”就是在那天晚上，两人好一番恩爱以后，张氏向和尚许诺，只要他日后不去找别的女人，等小月长大了，就把小月嫁给他做老婆。张氏说，到时候，我就不是干娘，而是丈母娘了。张氏说这话的时候并不当真，当时她眼里的和尚千好万好，还是一个可爱的男孩子。她的丈夫已经离家出走好多年，天知道他跑哪里去了，有人带信回来，说他早就客死他乡，也有人说他还没死。在与和尚相处的最初日子里，张氏心里老想着怎么才能拴住和尚，她知道自己迟早有一天会人老珠黄，因此不惜想到用女儿来笼络他。

“你为什么非要让这个不要脸的和尚上我们家来!”小月十四岁的时候，有一次非常愤怒地对张氏说。她早就知道自己母亲和和尚之间的关系，每次和尚来，小月便爬到阁楼上再也不肯下来。张氏以为和尚做了什么非礼的事情，然而弄明白原来他只是不怀好意地送了一个新书包给小月。小月从针线匾里取出剪刀，咬牙切齿地把书包绞成了碎布片。张氏在女儿的愤怒面前感到无地自容，她一声不响地看着女儿，看着她一剪刀一剪刀地剪着，感到一只无形的手正在扇着自己的耳光。当女儿发泄完了她的仇恨以后，张氏叹着气说，女儿这么做也许是对的，她做娘的应该听女儿的话，立刻同和尚断绝往来。她用一连串的认错自责，来抚摸女儿心灵上受到的伤害，甚至狠狠地扇了自己两记耳光。

张氏找机会同和尚大吵了一番，连续有三个月和他断绝了来往。在这三个月里，张氏又成了贞洁的寡妇，她拒绝了和尚几次准备和好的企图。一天夜里，和尚竟然越窗爬到了她的床上，但是张氏依然没有乱了分寸，他们在床上打来打去，打到后来，和尚急了，压低了嗓子说：“你他妈的扮什么假正经，是真不想干，还是假不想干?”张氏说：“你不打消娶小月的念头，我就不会让你称心。”和尚恼羞成怒，朝她脸上狠狠地打了一拳，又从窗子里爬了出去。第二天，张氏的脸上青了一大块，她一边照镜子，一边暗暗垂泪。张氏的婆婆是一个瞎眼老太太，她睡在张氏隔壁的房间里，对媳妇的不轨行为早有察觉，在张氏一个人对着镜子偷偷垂泪的时候，她像个幽灵似的掩到张氏旁边，话里有话地问媳妇昨夜里是不是有贼光临。

“昨天是野男人来找我睡觉的。”张氏气鼓鼓地说。

瞎眼老太太让张氏噎得无话可说，她拿这个放肆的不要脸面的媳妇毫无办法，瞪着一双看不见的眼睛，嘴角直哆嗦。有半天大家都不说一句话，临了，还是做婆婆的先开口，她说这野男人的话题，是张氏自己说的，她并没有这么说。“我眼睛瞎，有没有野男人，反正看不见。”张氏咬牙切齿，冷笑着说：“你好在看不见，要不然还不知怎么难受呢。你真要难受，我给你找个老头来好了。”瞎眼老太太气得差点昏厥过去，她的眼睛在空中打着转，张氏站起来从她身边经过的时候，她随手捞起一张小板凳，朝张氏猛打过去，这一下，正好打在张氏的腰眼，痛得她半天喘不过气来。

“我打死你这个臭婊子。”老太太恶狠狠地诅咒着。

张氏像小孩子一样趁机痛哭起来，她越哭越伤心，哭得比刚听见传说她男人死在外面的消息时还要伤心。刚开始是因为腰际间剧烈的疼痛，哭着哭着，便伤心自己的处境了，她恨自己无耻，对不起自己的丈夫，对不起女儿小月，也对不起瞎了眼的婆婆。瞎老太太听儿媳妇没完没了地哭着，不知道她伤在哪儿，心头有些虚，毕竟这全家都靠张氏一个人支撑着。老太太年轻时也有过相好的，三十如狼四十如虎，她并不是真生儿媳妇的气，张氏没完没了地哭着，老太太觉得该给张氏一个下台的机会。老太太说：“你正正经经找个男人多好，我告诉你，你那个干儿子不是个东西。”张氏知道老太太眼睛虽然瞎了，可心里明白。她与和尚断断续续地又偷了几年情，总是藕断丝连，时时想到要断，断了又连上。和尚也不管张氏是否反悔，自认就是小月的未婚夫，对张氏的好处来者不拒，眼睛里却对小月越来越垂涎。张氏看在眼里，急在心里，偷偷地在外面给小月找了个婆家。那小月也不愿待在这个家里，男方是个刚毕业的中学生，两人见了一次面，小月便一口答应了。

等到和尚知道了风声，小月已经正式订了婚。张氏对他有愧，因此百般温柔，千骗万哄。和尚越想越窝火，总觉得咽不下这口恶气。为了表示自己的愤怒，他开始涉足妓院，而且把妓女的种种丑恶表现说给张氏听。他开始对张氏不理不睬，发誓说有一天会让她为了食言，痛苦后悔一辈子。有一天，在院子里，和尚拦住了小月，责问她为什么兴高采烈，他说你妈真不要脸，把你许给我了，又去许配别人。小月满脸鄙视地瞪了他一眼，掉头就走，和尚追在后面说：“神气什么，你本来就应该是我老婆。别以为你就能逃脱我的手心！”

和尚只是想给小月一个教训，让她出出丑，让张氏难过一辈子。当他把羊角锤揣在怀里，在门口又一次拦住小月的时候，他意识到可能会出事，但是丝毫也没有谋杀的动机。他不过是随手捞了个家伙，想吓唬吓唬小月。小月对他仍然是不理睬，和尚苦笑着说："我知道你因为我和你妈的事，看不起我。可是我所以要跟你妈，还不是为了你?"小月转身要回自己家，和尚拦住了不让她走。小月把他用劲一推，往房间里跑，和尚不顾一切地追了进去。张氏出去了，家里只有一个瞎眼的老太太，小月看和尚竟然厚着脸皮跟了进来，便往阁楼上爬。老太太听见小月的脚步声，警惕地说："小月，谁在和你说话?"小月说："没人。"老太太说："我明明听见有人说话。"

小月说："那是鬼在和我说话。"

和尚神使鬼差地也爬到了阁楼上，压低了嗓子说："你不要假正经，其实也是和你妈一样的骚货。"小月扬手给了他一记耳光，和尚怒不可遏，一把揪住了小月，小月要喊，他便用力卡她的脖子。两人在阁楼上打成一团，瞎眼老太太在楼下大声问怎么了，小月缓过气来，大声喊和尚你滚走，和尚你这个臭流氓。和尚有些害怕，从怀里掏出铁锤子给小月看了看，然后灰溜溜地沿楼梯下去。这时候，瞎眼老太太恶狠狠地骂开了，她大骂和尚是畜生，是淫棍，是不要脸的臭狗屎。和尚越想越生气，越听越怒火中烧，他站在门口听老太太骂着，真想冲过去给她几锤子。老太太以为他跑走了，骂了一阵，不骂了。和尚突然恶向胆边生，掩手掩脚地又回到房间里，沿着楼梯蹑手蹑脚爬了上去。

在小月还没有明白过来是怎么一回事的时候，和尚用锤子在她的后脑勺上连敲了三下。小月双手抱头立刻跌翻在地上，和尚怕她叫出声音来，又上前捂住了她的嘴。事情到了这一步，和尚也不怕了，他看见小月眼睛似睁非睁，松开捂着她嘴的手，也没什么声响，便对她说：“你凶呀，你怎么不凶了？”小月没任何反应，和尚觉得还不够解恨，又自言自语地说：“老子日了你，你又能怎么样？”这一幕他已经想了很久，已经在梦中演习了无数遍，他小心翼翼地将小月的裤子脱去一只裤脚管，然后解开自己的裤子，同样小心翼翼地褪到膝盖那里。他发现自己在这个关键的时候，完全力不从心，完全身不由己。他发现自己此时此刻并不是真心想干这件事。一时间似乎非常的安静，突然，瞎眼老太太又在楼下试探着喊起来，和尚更加心慌意乱，他想控制住自己，一走神，脏东西便不可阻挡地流了出来，都喷在了地板上，和尚慌忙用手去捞，捞了一点在手指尖上，亡羊补牢地往小月的下身抹。这时候，他突然发现小月的脑袋上已经流了不少血，血正沿着地板往前面淌，像一条红颜色的蛇一样往前游着，而且从地板缝里在往下滴。血滴在楼下瞎眼老太太的脸上，老太太用手一抹放在鼻子下面闻着，十分恐惧地喊起来。

4

丁问渔对和尚的故事半信半疑。和尚结结巴巴地说完自己的故事，已经是半夜了。丁问渔感到有些汗毛直竖，和尚不动声色地说着，仿佛这事和他没什么关系似的。一开始的那种紧张已经消失殆尽，他慢腾腾地说着，害怕丁问渔不相信某些细节，说到这些细节时，都仔细叙述几遍，他详细地描绘自己使用过的那把羊角锤，这把锤子是他修三轮车的工具，他向丁问渔比画着锤子的大小以及重量，然后再一次描述锤子砸在小月后脑勺上引起的反应。他叹着气说自己并不想弄死小月，只是想给她一个教训。事情弄到这一步他事先绝对没有想到，他告诉丁问渔，自己真的非常喜欢小月这丫头。

“你这种喜欢也太过头了。”丁问渔小声地说着。

“有什么过头的，”和尚不同意丁问渔的观点，“再说，她本来就应该是我的媳妇。”

丁问渔找不到更好的话来反驳和尚。他只能告诉和尚，他犯的罪是罪大恶极，不可饶恕，告诉他这是杀人奸尸，比仅仅杀人还要严重。和尚立刻对自己的罪行坚决否认，他很天真地对丁问渔说，自己并没有真的干成。“丁先生你说过，死和没死不一样，这干成了和没干成，当然也应该不一样。”和尚拒绝接受让他去投案自首的建议，他苦着脸说：“丁先生不是让我去送死吗？”祸已经闯下了，和尚不知道下一步应该怎么样，他希望丁问渔在投案自首之外，能给他指出另一条路。丁问渔是个有学问的人，他应该能指出一条路来。

夜深人静，丁问渔惦记着给雨媛没写完的信，第二天上午还有课，他不想与和尚就他的出路问题继续纠缠下去。杀人就应该偿命，丁问渔觉得和尚既然有胆子敢杀人，就应该面对偿命的现实。和尚也看出了他的不耐烦，自言自语地说后悔没去当兵。“都说马上就要和小日本打仗了，早知如此，还不如到战场上去和小日本拼个你死我活。”丁问渔懒得接他的话，坐在台灯下，继续完成给雨媛的信，写了几个字，他回过头来，对和尚说，他可以先在沙发上休息一会儿，有什么事，明天再说。和尚知道他是不想再听自己唠叨，于是便靠在沙发上发呆。丁问渔自顾自写信，一边写信，一边忍不住打哈欠。写完信，和尚还坐在那儿发呆，丁问渔悄悄地回卧房睡觉。

第二天一早，丁问渔去学校上课，在校门口将信寄了。上课时，他忽然想到了留在自己公寓里的和尚，想到他做过的事。一走神，课也讲不精彩，有一段时间，他突然不往下讲了，害得下面的学生一个个都睁大眼睛瞪着他。他想向学生提出这么一个荒唐的问题，就是一个人会不会为爱情而杀人。话到嘴边的时候，突然又收住了。这似乎不应该是一个在课堂上讨论的问题，而且和尚那样做，根本不能算是为了爱情杀人。为了爱情怎么会杀人呢？和尚的杀人不是因为爱，而是因为不爱，爱和谋杀根本不应该沾上边。丁问渔脑子里乱成一团，于是自作主张地宣布提前下课休息。

在教师休息室，丁问渔奋笔疾书，他觉得应该很好地和雨媛讨论一下和尚的所作所为。给雨媛写信的时候，丁问渔从来也不曾感到无话可说，恰恰相反，只要是在给雨媛写信，丁问渔便会感到思如泉涌滔滔不绝。无论何时何地，无论大事小事，都能勾引起他对雨媛的思恋之情。无论遇到什么新鲜事，他首先想到的就是告诉雨媛。他想象着雨媛可能会有的反应，想象着她赞成或者反对，想象着她笑了或者稍稍有些生气的样子。写着写着，丁问渔想到了尸骨未寒的小月，他告诉雨媛，自己曾见过这个女孩，说她是个美丽漂亮讨人喜欢的小姑娘，一想到这些，丁问渔就觉得和尚的罪行不可饶恕。

丁问渔给雨媛的信还没写完，又去继续上课。自从他开始给雨媛写信，这是经常的事情。写信已经是他生活中的一部分，虽然雨媛根本就不给他回信，但是陷于单相思之中的丁问渔，并不觉得自己的信是石沉大海。写信属于谈情说爱的一种最古老又最有趣的方式，丁问渔已经习惯于信写到一半，又转身去做别的事情，因为这会给他一种持续置身于爱的气氛中的感觉。继续上课的丁问渔开始大谈北欧的童话，他引经据典，把学生蒙得一愣一愣。大部分时间里，他都用英文在上课，听课的全是高年级的外语系学生，有时候，为了准确地表达北欧童话中的原汁原味，他不得不大段大段地引用瑞典文。

放学的路上，丁问渔没有直接回家，他去了邮局，伏在邮筒上把没写完的信写完，然后塞进邮筒。信刚丢进去，丁问渔便觉得自己还有话要说。处于恋爱中的感觉真是妙不可言，因为有了爱，丁问渔感到一种从未有过的充实。雨媛究竟爱不爱自己已经不是非常重要，丁问渔觉得自己能这样实实在在地爱一个人，这本身就是一种极度的幸福。丁问渔有生以来，第一次感觉到爱竟然如此实在，爱竟然如此具体，爱无处不在无所不有，空气中仿佛都飘着爱的气息，只要一伸手，就能触摸到爱。

丁问渔回到自己公寓的时候，和尚已不辞而别。房间里有很明显的翻过的痕迹，丁问渔没有想到和尚会窃了自己的钱物潜逃，他一时想不明白怎么一回事，打开放钱的抽屉，发现放在一个小纸盒子里的钱全都不翼而飞。他询问女佣，女佣说没看见家里来过人。她说自己收拾房间的时候，房间里根本没有人。丁问渔苦笑起来，他想和尚一定是在女佣收拾房间之前，就偷了钱跑了，转念一想又不对，东西显然是在房间收拾过以后才被偷走的，因为女佣收拾房间的时候，并没有发现房间被翻乱。丁问渔想到了去警局报案，但是立刻打消了主意，这事很复杂，警局明摆着会怪他不应该收留一个杀人犯，因此只能咎由自取。

吃晚饭的时候，丁问渔看到了有关和尚杀人奸尸案的第一篇报道。报道很简略，就几句话，大标题很耸人听闻，说凶手已在逃，警局正在全力以赴缉拿归案。从这篇报道开始，连续很多天，在南京各报纸上，和尚杀人奸尸一案被连续报道，连篇累牍的小道消息和花边新闻跃然纸上，结果这案件成了一九三七年春天南京老百姓最热门的话题。记者通过各种途径打听消息，报道上常常出现“经不愿意透露姓名的人士称”的字样，话越说越离奇，故事越说越玄。三天以后，警局在码头捉到了和尚，和尚先是不肯供认自己身上的钱是从什么地方来的，经过连续审问，和尚交代这钱是偷丁问渔的。

丁问渔因此也被牵扯到报纸上去。警局的探员拜访了丁问渔，他们要他叙述有关和尚的问题。丁问渔被质问为什么要收留一个杀人犯，而且失了窃也不报案。在警探的质问下，丁问渔有些狼狈，他不愿意和警探配合，因为他觉得如此仿佛是在出卖和尚。丁问渔不喜欢那个向自己频频发问的警探，这是一个太自以为是的家伙，好像什么事都在他的掌握之中似的，他总是说话只说半句，而且故意给被询问的人设下陷阱。他在和尚究竟是偷了丁问渔的钱，还是丁问渔主动给和尚钱上绕着圈子。丁问渔果然大上其当，他傻乎乎地承认钱是他给和尚的，因为他觉得这样或许能减少一些和尚的罪名。当丁问渔意识到自己陷入陷阱的时候已经为时过晚，那位老谋深算的警探立刻抓住不放，要丁问渔解释自己为什么要这么做的动机。警探的用意突然变得很明显，他在暗示丁问渔有可能是这场谋杀案的同谋。

无话可说的丁问渔大发雷霆，挥舞着拳头请道貌岸然的警探立刻滚蛋。他宣布警探为不受欢迎的人，愤怒地拉开房门，说如果警探在一分钟内不告辞的话，那么他只好自己暂时先离开一下。丁问渔的无礼让这位自以为是的警探十分尴尬，他一肚子窝火，但是却奈何不了丁问渔。他试图以妨害公务吓唬丁问渔，暴怒的丁问渔懒得和他继续说话，摔了门就要出去。作为大学的名教授，作为一个性情中人，警探的恐吓效果只能适得其反。丁问渔怒斥警方人员的消息不胫而走，于是在第二天的报纸上，绘声绘色地报道了这条花边新闻。不知道记者通过什么途径得到这条消息，耐人寻味的是，报道中居然加了这么一句丁问渔想说其实并没有说过的话：

“就是让一个白痴来当侦探，也比这个神气十足的家伙强。”

在以后的一个多月里，丁问渔接受了无数次的调查，甚至不得不被传讯到了法庭上作证。和尚杀人奸尸案引起了前所未有的轰动，报纸上刊登了和尚的照片，刊登了穿着学生装的小月的照片，以及俏女人张氏的照片。记者从法庭上录下了和尚的口供，有关一些通奸杀人以及奸尸的具体细节，在报纸上被反复引用。丁问渔的名字也一次次出现在报纸上，他由和尚载着去寻花问柳的丑闻也被抖了出来，虽然在披露时，只引用了丁问渔的姓，隐去了他的名字，但是任何熟悉丁问渔的人，都明白那位“姓丁的名教授”是指谁。

由于想到雨媛看到这条报道可能会引起的不快，丁问渔在给她的信中，坦然地承认自己过去的错误。他深有感慨地说，所以觉得过去会是错误，完全是因为现在有了爱情的缘故。是爱让丁问渔开始反思自己曾经有过的荒唐行为，世界上很多错误都是因为没有爱情造成的，爱会使人净化，使人变得更单纯。爱会使人忘乎所以，无所顾忌。在没认识雨媛之前，丁问渔只是一个可怜的没有爱情的孤儿，他在看不见绿洲的沙漠里迷失方向，他不知道自己从哪里来，更不知道自己要到哪里去。没有爱的孤儿永远走投无路，没有爱的猎艳永远抚不平心头的寂寞，爱是人类的起点，也是人类的归宿。

和尚的案子突然变得错综复杂，对他恨得咬牙切齿的张氏，在法庭上出人意外地改变了态度。她开始很冷静地反省，认识到这场悲剧中，自己拥有不可推卸的责任。她意识到自己实际上是一个间接的凶手，既然女儿小月已经不复存在，她不想再失去自己的干儿子。只要和尚立下毒誓，答应替她养老送终，她便恳求法庭不处以和尚死刑。她的请求在法庭上引起哗然，人们好不容易积累起来的对她的一些同情立刻荡然无存。第二天的报纸上，记者用显著的大标题登出这一消息：

淫妇无耻，依然鸳梦想重温

凶手有望获释?!?!

很多善良的人们被激怒了，如果和尚真被释放，那将是对法律的庄严进行亵渎。法庭几乎当场就驳回了张氏的请求，她声泪俱下的一番申诉，充其量只是一次在大庭广众之下公开出丑。当她把和尚肉麻地称为干儿子的时候，在场的听众先是一怔，待明白过来所指以后，立刻发出鄙夷的啧声。人们为自己的耳朵居然听到如此恬不知耻的声音，感到震惊和滑稽。大家开始窃窃私语，并且不时地发出一阵阵哄笑。徐娘半老的张氏并没有因为痛失爱女而忘记打扮，她的头发梳得很整齐，穿得也干干净净。当她坐在那里一言不发的时候，人们不仅感觉到她风韵犹存，甚至还觉得她有些楚楚动人。人们从她外貌可以推断出，已经死去的小月一定也是个出色的美人。可惜她的一番申诉破坏了人们所有的好印象，很多人立刻想到了在她美俏的外貌掩盖下的不安分。人们立刻想象得出这个不要脸的女人，能干出一些什么不要脸的事。

5

一九三七年的春夏之际，丁问渔的名字不仅因为和尚的案子，频繁出现在报纸上。人们记忆犹新的，是他在南京的各大报纸上刊登的离婚声明。发生在这一年的离婚大战，不仅让丁问渔筋疲力尽，而且还让他出了不少洋相。由于他没有按协定回上海履行“种人”义务，丁问渔的父亲连续给儿子拍了三封加急电报。第三封电报到达丁问渔之手的时候，佩桃已经买好了到南京的车票。丁问渔措手不及，不得不去车站接佩桃，佩桃大大咧咧地从头等的蓝钢车上走下来，见到丁问渔以后，提出的第一个要求，就是想见见他身边的那位不要脸的女人。

“我有这个权利，对不对？”这是佩桃和他结婚以后，初次来南京，她喜怒无常的样子，让丁问渔对她此行的目的有些摸不着头脑。列车到达南京的时候，天已经黑了，在去教授公寓之前，佩桃要求先驱车看看南京的夜市。黑乎乎的马路上没几个人，当然不能和上海的夜生活的繁华相比。佩桃看着车窗外的景色，挖苦说：“首都的气派也不过如此，这儿有什么好的？”走进教授公寓以后，佩桃变得更加挑剔，她试图在丁问渔的卧室里，搜出其他女人的痕迹。丁问渔意识到佩桃这次来南京，显然经过了精心的准备，她显然不仅仅是来找不痛快的。

年轻的女佣在佩桃不怀好意的注视下，感到局促不安。吃晚饭时，佩桃对女佣做的菜肴评价极低，她问丁问渔为什么不换一个做菜手艺更好的女佣。“不过，我想你恐怕舍不得她，”她意味深长地说着，刚说完立刻把话题转移开，“我在想，这次我得在你这儿长住下去。”丁问渔情不自禁地哆嗦了一下。佩桃看在眼里，冷笑说：

“我知道你不喜欢我，可谁叫我还是你没离婚的老婆呢?”她对女佣做的菜不满意，胃口却极好，慢腾腾地吃着，一边吃，一边找出不同的话来向丁问渔挑衅。

学校里知道丁问渔的太太来了，派代表前来慰问。外文系的系主任太太和佩桃是小学的校友，知道她来了，一定要郑重其事地请丁问渔夫妇吃一顿。这顿饭有许多教授及夫人作陪，于是一顿饭，吃出了一连串的饭局。佩桃在南京的那半个月里，几乎天天被请或者请别人。在公开场合，佩桃处处表现出一种有教养的大家闺秀的样子，她给人留下贤惠和大方的印象。人们对丁问渔打算离婚的想法已有耳闻，这次看到丁太太，嘴上不便说什么，只好变着法子对丁问渔夸奖佩桃，没完没了地说着讨好女主人的话。他们开玩笑地说丁问渔这人不知好歹，说丁问渔在国外待的年头太多了，待糊涂了。

“不知好歹的是我，”佩桃不动声色地说着，“丁先生要和我离婚，我却厚着脸皮追到南京来了。”

佩桃总是在适当的时机，把丁问渔要和自己离婚的事，用一种开玩笑的口吻挑明。她揭开了蒙着的那层薄纸，让丁问渔以及所有在席位上的人都感到很尴尬。她这一招非常厉害，人们听她的口吻，仿佛他们夫妇之间的感情危机已经渡过去了。所有的人对佩桃都有一个良好的印象，这就是她是个很宽容的女人，一次次地忍受着丈夫的风流却不知道嫉妒。佩桃很轻易把宴请变成了一次次声势浩大的社交活动，她如鱼得水地周旋在上流社会中，而且积极捐款赞助流亡的东北大学生，赞助在绥远作战中负伤的前方将士。丁问渔很快就明白佩桃所有的抛头露面都是故意的，她是个出色的演员，在公共场合，谁都会觉得她是个难得的好妻子，故意处处显示出她由婚姻做盾牌的合法性，显示她的大度和教养，但是和丁问渔单独相对的时候，就完全成为另一个人，成为一个让人恐怖的女人。

在晚上，他们睡在同一张床上，这时候他们成为真正的敌人。他们同床异梦，各人想着各人的心思。丁问渔曾经想到过自己是否应该继续履行“种人”的义务，但是佩桃总是在他有些把持不住的关键时刻，冷冰冰地警告他，如果他还是个有一点点志气的男人，请他自重一些，别爬到一个对他深恶痛绝的女人身上去，他不愿意尊重自己，但是起码应该知道怎样尊重别人。她的话让丁问渔整个地泄了气，而且羞愧难当无地自容。丁问渔在给雨媛的信中，非常沮丧地承认，自己仅仅是不爱佩桃，并不恨她。佩桃则不一样，她不仅是不爱，对丁问渔还有一种刻骨的仇恨。

佩桃终于以自己特有的敏感，嗅到了丁问渔疯狂的爱情所在。她读到了丁问渔藏着的尚未来得及写完的情书，并且翻到了雨媛的住址。那天她第一次和女佣失态地大发雷霆，用非常尖刻的话请女佣立刻滚蛋。她咬牙切齿地将客厅里的花瓶摔在地上，然后又去撕挂在墙上的一幅山水画。发泄完了一通小姐脾气以后，佩桃立刻精心化妆打扮，然后要了辆车直奔陆军司令部。一路上，她盘算着见了雨媛应该说些什么，什么该说，什么不该说，比较着不同方案的优劣。都已经到达了目的地，佩桃仍然没有打定主意。她不知道自己是理智地和雨媛谈一次话更好，还是索性大打出手，让雨媛狠狠地出一次丑。

陆军司令部正在召开高级军事干部会议。佩桃被阻挡在了门外，无论她如何解释，守门的卫兵坚决不为她捎信进去。这一天的高级干部会议由何应钦亲自主持召开，大家都认识到中日之战不可避免，因此对即将开始的战斗形势进行研究。在这次会议上，抗日必败的阴影笼罩在许多人的心头，悲观主义的论点显然占了上风。经过对中日现有军事力量进行比较，得出的结论是，一旦战争打响，局面将不可收拾。国军调整步兵师和日本步兵师的火力对比，精确计算后制成的表格显示，日军水平火力和曲射火力是国军步兵师的三点零七倍。日军步兵师中，普遍配有二十公厘战炮八十九门，三十七公厘速射炮二十七门，掷弹筒四百个，而所有这些火力配备对于国军来说都是零。国军唯一能和日军炮火相媲美的是山炮，每个师配有山炮十二门，日军则配备山炮三十六门。此外，日军的重机枪和轻机枪也分别比国军多一倍。

这种对比，还是拿装备精良的中央军和日军做比较，假如是地方部队杂牌军，由于连年内战的消耗，劣势将更为严重。许多地方部队使用的都是一些老掉牙的旧枪，其枪支的口径也不统一，作战时的弹药配给会成为非常严重的问题。然而，虽然处于绝对的劣势，虽然悲观主义的观点占着上风，大多数将领仍然赞成与日寇一战。养兵千日，用兵一时。夫战，勇气也，中国人并不怕打仗，日本人既然已经把中国人逼到了这一步，刀架在了脖子上，打一仗出口恶气也没什么不好。军事会议对中国军队的士气，做了最充分的分析。何应钦指出，作为高级军事将领，对于敌方的优势，必须了然于心，但是作为高度军事机密，我方的劣势暂时还不能公布，否则于军心不利。根据获得的情报分析，日本军方未来的作战目标，主要还不是针对中国，日本陆军希望和苏联进行决战，而海军要想在太平洋取得霸主地位，不可回避地必须和美国争雄。日本的如意算盘，是用不多的军事压力，迫使中国屈从，通过蚕食的办法，一步步地使中国分化瓦解。而国民政府最担心的，就是这种没完没了的蚕食和瓦解，所谓“不怕鲸吞，只怕蚕食”，中国地大物博人口众多，日本再强大，也不可能被它一口吞掉。谁要想把中国一口吞下非噎死不可。

一九三七年的国策是，中国已经无路可退。日本人把中国放在了砧板上，中国只有奋起反抗这一条路。打破日本沿着华北逐步“蚕食”的唯一办法，是在适当的时机，在上海开辟第二战线，迫使日军首尾不能相顾。当高级军事会议正在就这一问题进行深入探讨时，佩桃在陆军司令部门口的胡搅蛮缠，竟然发展到想硬闯进去。卫兵打电话进去，喊出来了保卫人员，根本不听佩桃所作的任何解释，立刻将她视作是试图混入军事机关刺探情报拘留起来。佩桃一直被拘留到天黑，才由宪兵押着送回教授公寓。如果不是因为佩桃大声报出了某要人的名字，她很可能被拘留几天，宪兵打电话给某要人，某要人听了，下令立刻释放佩桃。

宪兵向丁问渔表示了歉意扬长而去。丁问渔立刻感到事情很严重，不是因为佩桃被拘留了一天，也不是因为自己爱着雨媛的秘密已经暴露。当他听说佩桃并没能见到雨媛时，顿时有一种石头落地的感觉。丁问渔首先想到的，是雨媛可能受到的委屈，这是他最担心的一件事。雨媛是神圣不可侵犯的，因此他一见到佩桃，不是心怀鬼胎地安慰她，也不是向她解释，而是大声责怪她根本没有权利这么做。她这样让人厌恶的女人，根本不配和雨媛说话，根本不配用她肮脏的语言去污染雨媛的耳朵。丁问渔从来没有动手打过一个女人，这是他第一次产生了要对一个女人动武的念头。他才不管她受了什么委屈，暴跳如雷，让她立刻滚回上海去。

不甘示弱的佩桃就自己有没有权利，进行了最简短最有力的辩护。她在丁问渔尚未动手之际，先狠狠地给了他一个耳光。丁问渔被打蒙了，他捂着脸站在那儿，不仅忘了还手，而且也不想还手。他用佩桃听不懂的外国语言恶狠狠地咒骂着她，轮番使用那些只有在底层社会才流行的俚语脏话。

佩桃说："我知道你在国外待过，少在我面前卖弄你的鸟语！"

丁问渔突然感到自己黔驴技穷，明白自己远不是她的对手。他想象不出用什么办法，才能让佩桃取消和雨媛见面的企图。他预感到这是一个不达目的绝不罢休的女人，一想到雨媛可能会受到的羞辱，丁问渔便感到心口隐隐作痛。佩桃这样的女人，自然是不会相信他对雨媛的精神恋爱，她不可能相信雨媛的无辜。可是丁问渔又没有别的更好的办法，他拿出了自己给雨媛的情书底稿，从中间随便抽出几封，把可以证明雨媛从未回信的词句读给佩桃听。他向佩桃起誓，雨媛绝对是一个信得过的清白女人，不仅无辜，而且无懈可击。他以抒情的句子，对佩桃大唱雨媛的赞美诗，越说越动情，越说越情不自禁。佩桃不动声色地听着，有一段时间，仿佛已经被丁问渔的花言巧语所打动。丁问渔忘乎所以地说着，佩桃从他手上拿过情书底稿，假装要看的样子，突然把它撕成了碎片，大吃一惊的丁问渔连忙去抢，佩桃又一把抢过放在床头柜上的那一大叠情书，拼命地撕，撕不开，用力往空中一抛，散落的信撒得满房间都是。

6

雨媛最初知道丁问渔的妻子要找自己兴师问罪的时候，她首先的想法，是来得正好，她正好可以理直气壮把话说说清楚。身正不怕影子歪，白天没做亏心事，半夜就不怕鬼敲门，她可以理直气壮地告诉丁问渔的太太，是她的男人死皮赖脸地盯着别人不放，是丁问渔一封接着一封写那些肉麻无耻的信，佩桃如果真要找人算账，还是和自己的男人算吧。她可以理直气壮地请佩桃管好自己的男人，请她琢磨琢磨为什么吸引不了自己的丈夫。雨媛已经做好了应战的准备，虽然这是一件令人难堪的事情，很可能让雨媛在大庭广众下出丑，但是问心无愧的雨媛并不怕。

丁问渔在给雨媛的信中，诚惶诚恐地致以歉意。他为自己给雨媛带来的麻烦，感到深深的内疚。在信中，丁问渔没有对自己的妻子佩桃进行一个字的谴责，他只是不停地自责，那种害怕雨媛受到伤害的心情跃然纸上。佩桃显然是不肯放弃和雨媛见面，既然躲不过去，丁问渔在信中向雨媛建议，是否可以像上次在玄武湖见面一样，她带几个女伴做保镖，大家找个馆子吃一顿饭，草草地见一面，事情也许就算结束了。这是个十分荒唐的建议，雨媛觉得自己根本不会考虑同意。丁问渔的话似乎有些矛盾，既怕自己凶悍的太太会伤害雨媛，又想出了公开见面的馊主意。在下一封信中，丁问渔自说自话地已经约好了地方，地点是夫子庙的六华春，所以选中这地方，是因为任伯晋老人做寿时，丁问渔为了雨媛喝醉了酒。尽管雨媛从来不给他回信，但是丁问渔坚信她读到了他的每一封信。他不知道雨媛是否赴宴，说自己将连续三天，都带着自己的太太在那里恭候她。

没办法形容雨媛的生气，丁问渔真是岂有此理，她产生的第一个最强烈的冲动，就是能当面狠狠地教训一下丁问渔。他根本就没有权利作出这样无礼的邀请。她想告诉他，第一，他有什么理由认为自己收到了他的信，而且还读了这些信。第二，她并不害怕去参加这次无聊的会面，她不去的原因，不是不敢去，是不想去。然而，如果她贸然去参加这次宴请，并且向丁问渔提出质问，就等于是说明第一个问题已经不用回答，而她如果不去赴宴，却又说明她是因为心虚，不敢前去面对丁太太的问话。丁问渔在无形中，把无辜的雨媛置于一个进退两难的境地。

雨媛开始产生了一种玩火的念头，她没有找同伴做保镖，保镖有时候反而会坏事。住宿舍的孤寂使她感到自己需要找些有刺激的事解解闷。雨媛属于那种敢于迎接挑战的女子，她并不觉得见见面，对方就能把她怎么样。也许最合适的陪同对象，是带着她的丈夫余克润。雨媛想象着不同的会面场面，想到丁问渔的太太如果见到自己英俊的丈夫，一定会自惭形秽，一定会明白自己吃醋吃错了地方。丁太太的丈夫并不是什么人见人爱的宝贝，世界上比他强的男人多的是。丁问渔充其量只是一个在爱情上不顾一切的疯子。雨媛比较着丁问渔和余克润，在许多方面，余克润都占着绝对的优势。即使让自己重新选择，雨媛想自己肯定会毫不犹豫地重新选择余克润。在一九三七年的南京，像余克润这样出色的飞行员，是许多女孩子心目中的白马王子，丁问渔怎么能和他相提并论。

雨媛忽视了一个重要的细节，这就是正像丁问渔的太太想见她一样，她也想看看对方究竟是一个什么样的角色。这是一种很奇怪的按捺不住的好奇心。从丁问渔的来信中，雨媛对佩桃已有一个大致的了解，她知道这位骄纵的钢铁大王的女儿，既不是一个绝色的美人儿，也不是一个贤惠的妻子，丁问渔要和她离婚，绝不是嫌她不够漂亮，也不是像社会上流行的那样要抛弃糟糠之妻，丁问渔要离婚，仅仅是因为没有爱情。从理论上说，结束没有爱情的婚姻应该是一件好事。正像丁问渔在信中一再强调的那样，雨媛并不是什么离婚的罪魁祸首，她只是一种势在必然的化学反应的催化剂。她没有对他们的婚姻发表过任何意见，甚至都没有和丁问渔面对面地谈过几句话。雨媛想自己无非是像个信箱那样，无动于衷地收到了丁问渔的一大叠信。佩桃根本就没有理由指责她，她是完全无辜的，清白的，经得起任何挑剔。

雨媛忽视了一个重要细节，这就是她除了想冒险见见佩桃，也想和丁问渔见上一面。虽然她相信自己始终是无动于衷，但是在收到了丁问渔无数封情真意切的来信以后，雨媛没有意识到自己正在起着潜移默化的改变。事实上，丁问渔充满了肉麻字眼的来信，已经成了她现实生活的一部分，虽然不是不可缺乏的一部分，然而起码是非常有趣的一部分。雨媛谈不上被丁问渔的花言巧语所打动，又不能不承认，晚上睡觉前，坐在被窝里读他的信却是一种享受。丁问渔的信仿佛一面镜子，雨媛从这面镜子里欣赏着自己的魅力所在。女人都喜欢听男人的恭维，女人生来就是被男人所爱的，女人只有活在男人爱慕的眼光里才有趣，才有意义。

雨媛在丁问渔约定见面的第三天，才单刀赴会为她摆下的鸿门宴。她不是犹豫，而是故意试一试丁问渔夫妇能否在六华春连等她三天。这是一个荒唐的约定，开始就荒唐，结果也荒唐。因为在约定的三天里，丁问渔正为和尚一案的调查，弄得情绪很坏。报纸上老话重提，再次披露了他由和尚领着四处寻花问柳的旧闻，佩桃因此又和他大吵了一通。丁问渔在约定的最后一天，对雨媛前来赴宴已经不存希望，而佩桃对他的单相思总算明白了一个大概，她陪着他在六华春等雨媛，与其说是在等人，还不如说是在看着丁问渔出洋相。丁问渔焦急地站在大门口，像个花痴一样注意着每一位经过的年轻女人。

雨媛的突然出现，让丁问渔和佩桃都大吃一惊。这是一个高度戏剧性的场面，丁问渔痴痴地看着雨媛，充满了感激之情。他忘了向佩桃做介绍，也忘了和雨媛打个招呼，结果是把等着他发话的两位女人都晾在那里，弄得佩桃和雨媛都很尴尬。一时间，两位女人都不明白自己干什么才好，还是佩桃先缓过气来，她十分高傲地说着：“站着干什么，坐下来吃饭吧。”

丁问渔如从梦中惊醒过来，这才想到连连招呼雨媛坐下，他过分地殷勤和胆颤心惊，那种害怕雨媛会受委屈的惊慌模样，让佩桃感到很嫉妒，让雨媛感到非常狼狈。既然丁问渔如此慌张，就根本不应该安排这样针锋相对的见面。也许他在约雨媛见面的时候，完全忘记了这次见面可能会有的结局，他只是太想见雨媛了，于是就不顾一切。也许他潜意识中没料到雨媛真的会来，他根本就没有雨媛会来的心理准备。丁问渔傻呵呵地不开口，像个局外人一样东张西望，他的样子十分滑稽，仿佛只是想听听两位女士在今天有什么话要说。雨媛人来了，想后悔已来不及，她突然意识到自己今天的冒险有些莫名其妙。

唯一不乱分寸的显然是佩桃，她从内心承认雨媛是一个美丽的女孩子，但是并不觉得她有什么其他出色的地方。由于雨媛身着军装，佩桃更觉得可笑，天知道丁问渔吃错了什么药，一个大名鼎鼎的教授竟然会看重一个女兵，看重一个乳臭未干的女机要员。像这样的女孩子，如果丁问渔想娶作妾的话，佩桃甚至都不会反对，尽管国民政府已经不许娶妾，但是佩桃想到丁问渔为了她，要和自己离婚，实在是昏了头。

“任小姐对于我和问渔的离婚，有何见教？”佩桃在敬过酒以后，微笑着看着雨媛，直截了当地说。

雨媛脸上的红尚未褪尽，立刻又红起来。她并不是就他们夫妇的离婚来发表意见的，在没来之前，她充满了好奇心，现在却有些手足无措。佩桃的心情突然好起来，她很冷淡地说："我这就去医院检查，如果我是怀孕的话，这就和问渔离婚。好吧，说句老实话，我很愿意成全你们。"丁问渔和雨媛脸上都流露出不同程度的吃惊，丁问渔很意外地看着佩桃。佩桃扫了他一眼，把目光转向雨媛："任小姐，我们离了婚，你真准备和问渔结婚吗？"

丁问渔在一旁结结巴巴地插嘴："我们从来就没有谈到过要结婚。"

佩桃摆摆手，让丁问渔别插话。她像个高傲的公主一样，以不屑一顾的神情，在等待着雨媛的回答。雨媛请佩桃不要误会，她郑重地声明，自己和丁问渔之间没有任何关系。她告诉佩桃，自己今天前来的目的非常简单，无非是为了发表此项声明。佩桃对雨媛的声明不感兴趣，她坚持要雨媛立刻回答是否嫁给丁问渔这一实质性的问题，嫁或者是不嫁。雨媛笑着说这问题根本就不值得回答。佩桃问为什么，雨媛说："这太简单，我有丈夫，而且我还爱他。"

这时候，轮到佩桃感到吃惊了。她从来没听说过雨媛也有丈夫，丁问渔从未对她说起过这件事。她没想到自己的丈夫竟然爱上一个有夫之妇。

第六章

1

为佩桃做出怀孕诊断的是鼓楼医院的威尔逊医生，威尔逊是美国人，这位大鼻子蓝眼睛的外国人，不仅认识丁问渔的父亲，也知道作为钢铁大王的佩桃父亲。丁问渔不明白为什么佩桃非要挑一名男的洋医生为她做检查，而且一定要他陪着去。尽管在前一天已经约好了时间，但是他们去病房的时候，威尔逊正忙得不可开交。产科病房看上去大得像座敞开大门的礼堂，近四十张床位分成两排，靠墙竖放着，这时候正好是查房的时间，所有的产妇都被护士掀开了盖着的被子，赤条条地露出了下体。威尔逊给了丁问渔一件白大褂，这样，他看上去就像是个医生。去威尔逊的办公室，必须从礼堂似的病房穿过，丁问渔一路走，一路忍不住好奇地东张西望。威尔逊医生不时地停下来，检查一下他的病人，他的表情十分严肃，用不是很熟练的中国话，向产妇频频提问。

一名年轻的母亲喊住了威尔逊医生，她的骨盆太窄小，因此不得不施行剖腹产。威尔逊检查了她的伤口，对她的恢复情况感到很满意，他告诉她应该注意的事项，建议她可以下床进行稍稍的走动。丁问渔注意到这位年轻的母亲很漂亮，她毫无羞涩地袒露着她的下身，丝毫也没有意识到丁问渔只是一位冒充的医生。丁问渔用英语和威尔逊医生咕噜了一句，威尔逊医生只顾做他的检查，没在意他说什么。站在一旁的佩桃板着脸，一声不吭，她的眼睛转向别处，当她意识到丁问渔的眼神有些太不像话的时候，便忍不住狠狠地拉了拉他的衣服，丁问渔以为她是要和自己说什么，但是她根本连看他一眼都不肯。

终于轮到佩桃脱去衣服，躺下来让威尔逊医生检查，这是一个滑稽的场面，佩桃像一条放在砧板上准备去鳞的鱼，她的皮肤很白，威尔逊的戴着橡皮手套的手指，不带任何感情色彩地在佩桃的秘密处探寻着，他用一个仪器差不多的小玩意，塞进了佩桃的身体里。丁问渔站在白色的屏风边上，脑子里忽然产生一个念头，就是威尔逊医生这么做，是否符合于道德。他仿佛只有到了这时候，才意识到躺在那里的女人，是自己的妻子，是自己打算与之离婚而且没有爱情的妻子，他觉得一种说不出的别扭。佩桃不时地轻哼一声，显然是威尔逊医生弄疼她了，丁问渔不想再观看下去，他离开了检查台，走到办公室的另一头，那里放着一张办公桌，桌上一个玻璃瓶里插着两枝刚剪下来的月季花。一名护士匆匆走了进来，从办公桌上拿了一份病历，又匆匆奔出去，临出去，有些好奇地看了看丁问渔。丁问渔对她似笑非笑。

当威尔逊医生向佩桃表示祝贺的时候，佩桃苦笑起来，她的眼圈红了，一边坐起来，系着衣服，一边低声地向威尔逊医生致谢，然后在威尔逊医生不理解的目光下，默默地走到丁问渔身边，招呼他离开这里。威尔逊医生在水池子那边脱橡皮手套，用肥皂洗手，丁问渔想向他打听检查结果，佩桃十分不讲理地打断了他，拉着他就走。于是丁问渔只好匆匆向威尔逊表示谢意，然后跟着佩桃重新从病房里穿过，来到外面的走道上。在空荡荡的街道上，他迫切地追问着，问医生是不是说她已经怀孕了。佩桃恶狠狠瞪了他一眼，不说是，也不说不是，悠悠地反问说："你听见医生说我怀孕了？"从医院回去，一直到晚上睡觉，佩桃闭口不谈医生的诊断，丁问渔几次开口问她，她只当作没听见。半夜里，佩桃突然把困意朦胧的丁问渔拽了起来，她拎着他的耳朵，问他是不是铁了心，一定要离婚。

"这么说你已经怀孕了？"丁问渔没睡醒的脸上露出喜悦的神情。

佩桃让丁问渔首先回答她的问题。她想知道他是否还坚持离婚，坚持一旦她为丁家生下继承人以后，就和她分道扬镳。她想明确地知道，她的怀孕是否意味着他们的缘分已到尽头。丁问渔觉得这个问题不需要回答，他当然是这么认为的，而且就等着这一天。毫无疑问，这不会是个愉快的话题，但是令人最担心的一幕似乎已经过去了，佩桃已和雨媛见过面，没有大吵大闹，没有令人难堪的下不了台。平静的场面甚至让丁问渔都感到意外，他注意到在见面的时候，佩桃并没有对雨媛流露出太大的敌意。

“不错，我是真的怀孕了。”佩桃看出丁问渔满脸的喜色，并不是由于要做父亲，而是因为别的什么，因为能摆脱婚姻的约束，因为有了可以遗弃她的借口，一股仇恨油然而起。离婚竟然能给丁问渔带来如此的快乐，佩桃恨得咬牙切齿，恨得万念俱灰。她目不转睛地看着丁问渔，冷冰冰地说：“不过我现在已经改变了主意。告诉你丁问渔，不要想得美，我不会让你称心的。”丁问渔脸上露出疑惑的神情，佩桃把眼睛转向别处，向丁问渔宣布她的最新决定：“我不能让这么个不起眼的小丫头，那么轻易地就把我的位置给占了。”

怀孕没有使佩桃变得温柔，恰恰相反，她变得更加肆无忌惮，变得更让人难以忍受。面对丁问渔的惊愕和沉默，她开始用最恶毒的语言，对丁问渔进行整整一夜的狂轰滥炸，她轮番地讥讽嘲笑和诅咒丁问渔与雨媛。这一夜，她简直就成了一尊凶神恶煞，这一夜，她把丁问渔因为她已经怀孕，可能产生的一点点柔情，一点点歉意，全都化为了乌有。这是佩桃最失去理智的一夜，她处于一种极度的亢奋状态中，丁问渔对雨媛疯狂的恋情，被她怒斥为无耻的偷鸡摸狗，怒斥为不要脸的寻花问柳。什么样的下流话都说出口了，这些话丁问渔在妓院里也不曾听到过，她没有任何顾忌，不知道疲倦，一次次把试图合上眼睛的丁问渔，从瞌睡中惊醒过来，她拉他的耳朵，扯他的头发，想尽了一切办法不让他睡觉。到快天亮的时候，丁问渔已经分辨不清佩桃正在对自己说什么，他瞌睡极了，虚着眼睛看着她，随时随地就能睡着。

第二天，丁问渔还有课。他打着哈欠来到课堂上，第一句话就是自己昨天晚上没有睡好，被尚未离婚的太太恶狠狠地骂了一夜。学生们哄堂大笑，有的女学生把眼泪都笑出来了。丁问渔于是想到自己若不是为了躲避佩桃，今天肯定不会再来上课。他来上课，最直接的目的，是不想再见佩桃板着的那张脸。上课时，丁问渔忍不住一次次打哈欠，他是那种有名士气的人，既然要打哈欠，就绝不马虎，要打就打个淋漓尽致，要打就打个酣畅透彻。他的嘴不时地尽情张大，夸张的哈欠一个接着一个。他想到同样一夜没睡的佩桃，这时候一定在床上呼呼大睡，正在养精蓄锐，为新的没完没了的战斗做准备。一想到这一点，他不禁又恨又怕。他知道佩桃不会轻易饶了自己。

下课后，丁问渔直接去了报社。他跑到广告部，要求立刻刊登一则离婚启事。这一招他已经反复想过多次，措辞也早就拟定，现在该是实施的时候了。他跟报社的人要了纸和笔，伏在广告部负责人的办公桌上，将要登的内容写了出来，并强调一定要用最大号的黑体字登出。

丁问渔紧急启事：问渔与郝佩桃女士因意志不合，破镜已难重圆，为避免今后更大痛苦，特登报脱离婚姻关系，以后问渔一切与郝女士均无干涉，特此郑重声明。

登完了启事，丁问渔感到一阵轻松，人顿时有了精神，也不瞌睡了。他想立刻去找雨媛，把这事告诉她，但是又希望启事登出来以后，最好是让雨媛自己看到。他想象着雨媛可能会有的不同反应，一边想，一边暗笑，心里一阵阵得意。一路上，他也想到是否也应该告诉佩桃，从情理上来说，似乎应该和她打个招呼，免得她看到时吓一跳。佩桃无疑会暴跳如雷，丁问渔觉得自己的耳朵边，仿佛已经响起了她的咆哮。她一定会指着他的鼻子跳脚大骂，不管佩桃会怎么想，也不管登广告离婚的做法是不是合法，丁问渔认定自己和佩桃从此就没什么关系。他们共同的生活，糊里糊涂开始的，也让它糊里糊涂结束算了。

丁问渔没想到佩桃已经回了上海。他回到公寓，满脑子都在想如何对付佩桃的唠叨。已经做好了挨骂准备的丁问渔，因为佩桃的不告而别，感到一种说不出的惆怅，少了一顿骂反而让他觉得一种欠账的不实在。佩桃的离去当然是件好事，虽然肚子很饿，但是丁问渔仍然决定先睡一觉，补补欠缺的睡眠。他脱了鞋，往床上一倒，便呼呼大睡，一直睡到太阳快要下山。醒来后，喝了一杯牛奶，吃了几块面包，又去电话局请接线员往上海挂长途电话。他没有往自己家里挂，而是径直挂到了《申报》的广告部，口述启事全文，要他们尽快登出。三天以后，京沪几家主要的报纸都登出了丁问渔的离婚启事，有一家报纸还错了一个很不应该错的字，把佩桃写成了佩稻。丁问渔立刻想到佩桃见到后可能会有的愤怒。

启事登出以后，并未像丁问渔预料的那样，很快引起什么轩然大波。任何事都得有个过程。报纸上经常会登这类启事广告，人们看报纸时对它们通常都是不屑一顾。况且丁问渔闹离婚也不是一天的事，因此最先感受到压力的，不是丁问渔，而是他在上海的父亲。佩桃逼着老公公对丁问渔的启事做出有关的解释，她有恃无恐地挥舞着报纸，对着老人大喊大叫，歇斯底里地用死亡来威胁他。丁问渔的父亲还没有从儿媳终于怀孕的喜悦中缓过气来，便被佩桃的吵闹弄昏了头。这位钢铁大王的千金小姐此时再也不顾什么面子，她寻死觅活，扬言要从中国银行的大楼上跳下去。

“你们丁家不断子绝孙，还有谁家会断子绝孙！”性情刚烈的佩桃一怒之下，搬回娘家去住了，临走前，她恶狠狠地对丁问渔的父亲诅咒着。

丁问渔的父亲又一次血压增高，不过这一次不仅仅是为了自己不像话的宝贝儿子，他实在也被佩桃气得够呛。没有人敢用这样恶劣的口吻和他说话，老头子被气得浑身哆嗦，佩桃扬长而去以后，他乒乒乓乓地在房间里乱砸东西撒气。三位姨太太惊恐不安，都想劝劝他，却又不知说什么好。姨太太们知道，老头子每一次生儿子气的时候，实际上也是在生她们的气。他恨她们光开花不结果，恨她们是一片荒芜的土地，无论他怎么辛勤耕作，都不能为他生下可以代替丁问渔的继承人。

“我前世里作了什么孽。”丁问渔的父亲像小孩子一样号啕大哭，他把登有丁问渔启事的报纸撕成碎片，然后让一位姨太太将碎片扔进壁炉里，划着火柴烧掉。他似乎突然想明白了，儿子既然要胡闹，就让他胡闹好了，自己已经是半截子入土的人，一闭眼，万事休，犯不着再去为万贯家产的继承人的事操心。是福不用躲，是祸躲不过，如果佩桃真像她所说的那样，已经怀了身孕，那么儿子登报和她脱离关系，也不能算是违约。事到如今，最好的办法，就是听其自然发展。他们想怎么闹就怎么闹，爱如何吵就如何吵，丁问渔的父亲决定从此不再过问儿子的事。

2

丁问渔在启事登出的几天里，感到一种无所事事的恐慌。他觉得应该有一些事情发生，但是风平浪静，完全出乎他的预料。学校里的学生上课时窃窃私语，丁问渔以为他们是在谈论他的离婚启事，结果却发现大家只是在议论日本兵在青岛的演习。抗日的气氛继续高涨，一向有亲日嫌疑的汪精卫，在最近的一次公开集会上，表明了中国政府对日的强硬态度，他强调中国对日是抗日，而不是排日。抗和排一字之差，有着原则性的区别。中国政府已经做出了最大的让步，面对日本势力一步步的压迫，面对在华日军一次次肆无忌惮的挑衅，中国政府不能不坚定地表明抗日的态度。抗的实质就是抵抗，就是对抗，中国人不会心甘情愿地让自己成为日本人砧板上的鱼肉。

最让丁问渔忐忑不安的，是他无法知道雨媛见到启事后的态度。天正在逐渐变热，首都南京的抗日情绪，也随着气候的变化不断升温，市防空协会放映防毒教育影片，组织各式各样的防空演讲。马市长在电台里做了有关市民防空的专题演讲，防空协会的工作人员深入到街道居民点进行宣传，学校里也把防空知识列为童子军学习的必修课程。电影院在放映正式的电影前夕，都一律加映有关防空知识的幻灯片。售价十元左右的防毒面具由市防空协会直接经销，有消息说，借抗日为题大发其财的商人正在剧增。丁问渔不知道自己是否应该去见一次雨媛，他继续给她写信，越来越感受到一种得不到消息反馈的压抑。刚开始的时候，仅仅是写信，丁问渔就感到深深的满足，后来又盼望雨媛能收下这些信，能读这些信。人心事实上永远也不会满足的，丁问渔现在迫切地想知道雨媛的态度。

丁问渔接二连三地给雨媛写信，要求和她面谈，想向她解释自己为什么会登这么一则启事。他一次次地注明约会的时间和地点，但是雨媛从不赴约。所有的去信都仿佛石沉大海。终于有一天，丁问渔收到一封来自任伯晋老人的短信，老人约他面谈一次，信写得很简单，丁问渔看不出是祸是福。他毫不犹豫地赴约了，因为他知道此行至少可以了解到一些雨媛的消息。尽管他非常想见到雨媛，但是一种不祥的预感在他的心头荡漾。他意识到此行不可能见到雨媛，意识到此行将会有一次没有雨媛参加，可是注定会让他感到难堪的谈话。

去任府那天正好下着雨，很大的一场雨，这不是一个好预兆。任府里的人显然都不欢迎他，他笑着走进去，脸上的笑容立刻就僵住了。没人对他报以笑脸，就连一向和蔼可亲的美京子夫人也板着脸。由于丁问渔狂热地追求雨媛，在任府早就是一个公开的秘密，因此上上下下见到他，故意不打招呼，眼睛里却都藏着话。丁问渔被带进了任伯晋老人的书房，老人放下手中的古书，看着他，沉默了半天，用手指了指一张空椅子，示意他坐下。

丁问渔突然想到自己还没有向老人请安。他很尴尬地请了安，任伯晋叹了口气，十分严肃地开门见山：“问渔，你在国外待过许多年，是个知书达理的人，我今天请你来，想和你好好地谈一次。”

丁问渔做出敬听教诲的样子。

任伯晋说：“小女已经嫁人，你也是有家室的人。丁家和任家乃是世交，我想你不应该再这么一味胡闹下去。令尊大人已为你的胡闹伤透脑筋，国难当头，你也是有一肚子学问的人，何苦在儿女私情上浪费宝贵的精力。什么登报纸解除婚约，这是搞的什么名堂，婚姻大事，岂可儿戏，你们新派的人，脑筋再新，总不能老是胡闹吧。”

一直到退出任伯晋的书房，丁问渔都没有做任何辩解。他知道不合时宜的辩解，反而会把事情搞糟。不应战往往是最有效的防御。任家的人都觉得他有些神经兮兮，他不说话，别人拿他也没办法。雨媛的大姐雨婵又一次随丈夫赴任去了美国，因此作为家庭代表，和丁问渔进行谈话的是雨媛的三姐雨姣。她看着垂头丧气的丁问渔，又好气又好笑，说当年他发了疯一样地追求她的大姐雨婵，现在又吃错了药一样地追求她的小妹，那么他以后又想追求谁呢。

丁问渔十分诚恳地解释自己对雨媛姐妹的追求，是两种性质完全不同的追求。“从表面上看，它们好像是一回事，但是事情截然不同，”丁问渔像探讨什么严肃的学术问题一样，又仿佛是在课堂上开导学生，一本正经地对雨姣说着，“我爱你大姐时，还不知道什么叫爱，可是我爱雨媛，恰恰是知道了什么叫爱！”

雨姣摇着脑袋说：“喂，有一个词你知道不知道？”

丁问渔看着雨姣，等她的下文。

雨姣说：“这个词就叫无耻，在你的脑袋里，是不是没这个词？”

心直口快的雨姣把丁问渔好一顿教训。这一幕似乎早就酝酿好的，雨姣振振有词，对丁问渔的行为大加指责。她站在一种很奇怪的立场上，十分进入角色地痛斥丁问渔。她首先不近情理地指出，他如果真像自己所说的那样，是那么肉麻地爱雨媛的话，他就不应该迫不及待地结婚，而且也不应该等雨媛结了婚以后，才死皮赖脸地来纠缠别人。雨姣的指责不分青红皂白，她很激动，但并不是真的义愤填膺。对丁问渔说什么都是白说，他的脸皮实在太厚了，在男女问题上总是有些神经搭错。他从来就不是个正常人，就知道无耻地追求着别人的老婆，丝毫不考虑现实不现实。丁问渔只是个神经失常的爱情狂人，他自己早就毁了，却还想把别人也一起毁了。

丁问渔忍受着雨姣的指责，他顽固地觉得自己还没有毁。爱是一种拯救，爱不可能把一个人给毁了。被毁坏的只有爱，被伤害的也只有爱。当雨姣对他痛加指责之际，丁问渔目不转睛地盯着她看，他想在她的脸上，看出雨媛的影子来。任家姐妹都是绝色佳人。他情不自禁地想着，如果站在自己面前的不是雨姣，而是雨媛的话多好。如果雨媛能这么近距离地挨着自己，那将是一件多么奇妙的事情。一想到雨媛，丁问渔的心头便充满了柔情蜜意。只要是能和雨媛在一起，哪怕没完没了地挨骂也心甘情愿。只要是能和雨媛在一起，让丁问渔上刀山下火海绝没问题。一时间，雨媛的光辉形象，占据了丁问渔心灵中所有的空间。一时间，雨媛仿佛无所不在。

从雨姣喋喋不休的指责中，丁问渔终于意识到一些小差错，他终于意识到自己给雨媛带来了不少的麻烦。除了他和雨媛自己心里明白之外，没有人相信他们之间的关系，仍然还十分清白的神话。甚至任家上上下下也吃不准他们究竟到了哪一步，丁问渔对雨媛死皮赖脸的追求，已经变成一件真正的丑闻。丁问渔的确想过，自己可能会给雨媛带来一些小麻烦，但是他绝没想到会那么严重。他不愿意在这个问题上深思下去。

“你说过，爱不可能毁了人，也不可能伤害人，但是事实是，雨媛已经受到了伤害，”雨姣提醒丁问渔注意，因为他的介入，新婚的雨媛夫妇实际上已经分居，“你应该不应该好好地想一想，自己究竟是起了什么坏作用?”

“我起了什么坏作用?”丁问渔不服气地嘀咕着。他嘴上不服，心里却明白雨姣说的是对的。他的心突然感到很沉重，想到雨媛正在为自己受委屈，一股深深的歉意油然而生。虽然丁问渔是如此疯狂地爱着雨媛，时时刻刻都在想念着她，但是他仍然从心底里希望雨媛夫妇相爱。他真切地希望雨媛的婚姻能够幸福，对于丁问渔来说，只要允许他爱就已经足够了。丁问渔追求的完全是一种精神上的恋爱，精神不死，这种爱也就不会死。爱有许多种方式，爱并不意味着肉体上的占有。真正的爱从来就是为了付出，而不是为了得到。只有付出的爱才是真正的爱。

这天丁问渔还是被留在任府吃了饭。留饭并不在计划之中，由于他迟迟没有告辞，美京子夫人不过是随口客气了一声，丁问渔于是立刻老脸厚皮地抓住机会，答应留下来吃饭。尽管大家并不欢迎他，可是丁问渔一想到雨媛是在这个家庭里长大的，这里的一切都和雨媛有关，一草一木都保留着雨媛的气息，他便感到一阵阵说不出的温馨。任府的人只是不欢迎他，却没有丝毫真正的敌意。在大家的眼里，丁问渔的神经有些不正常，人们不可能真正地恨他，只是觉得他太可笑。

吃饭时，任伯晋以长者的身份，一边喝酒，一边对丁问渔大谈时局的严重性。老人对中日是否会开战一直密切注意。根据他的判断，中日冲突已到了前所未有的紧张状态。日本亡我之心不死，一场大战已到了一触即发之际。老人已经闻到了战争的火药味，已经听到战争机器咔咔作响的金属声音。他感到遗憾的是，丁问渔虽然已经年近四十，仍然还像小孩子一样不懂事。国难当头，匹夫有责，丁问渔满脑子儿女私情，实在不成体统。如今连小孩子都在高喊抗日救国的口号，万众一心，上至达官贵人，下到贩夫走卒，无一不想着抗日和救亡，只有他丁问渔还在做着不切实际的白日梦。国将不国，何以家为，他丁问渔难道不应该感到内心有愧。

丁问渔在席间，逮着一个机会，也不管合适不合适，非常笨拙地为雨媛开脱。他给人的感觉，是在把一切过错都往自己身上揽。他希望自己的一番话，能打动任府所有的人，而事实上，他模棱两可的话，反而把大家进一步搞糊涂了。他想申明自己和雨媛之间并没有发生什么，但是他笨拙的开脱，却仿佛想要故意掩饰什么。这很有些贼喊捉贼的味道，美京子夫人十分吃惊地瞪大了眼睛，她是雨媛的母亲，知女莫如母，美京子夫人知道女儿并不是像丁问渔所说的那样，对他根本无动于衷，也不完全相信丁问渔仅仅是单相思。形势显然正在发生变化，雨媛提起丁问渔时，既不像过去那样直截了当，毫无隐瞒，也不像过去那样一说到他就反感，一说到就把他当作是个小丑。雨媛如今只是在别人的追问下，才会遮遮掩掩地说一点他的事。情况显然已经发生了变化。美京子夫人觉得丁问渔过分的辩解，反而显得十分做作。她不明白为什么事情已经到了这一步，丁问渔又在这里掩饰起来。她不相信丁问渔说的是真话，觉得丁问渔现在这么说，完全是因为突然胆怯了。

美京子夫人说："既然只是追求精神的恋爱，干吗非要和你太太离婚呢?”

丁问渔的解释，笨拙得连他自己都很难相信。他吞吞吐吐，说不清楚。这话永远也说不清楚。

雨婈笑着把话说穿了:“你这是什么，这叫掩耳盗铃，你真愚蠢!”

3

丁问渔干的更愚蠢的一件事，是亲自去向余克润说清楚。他想说清楚一件根本不可能说清楚的事情。他的荒唐举动纯属是个笑话，开始时就很荒唐，结束时仍然荒唐。当他和余克润面对面的时候，余克润产生的第一个印象就是，站在自己面前的是一个欠揍的小丑。丁问渔理直气壮地向一个男人表示，他无耻地爱着他的妻子，却没有一点邪念。他十分肉麻地大唱别人妻子的赞美诗，用最美好华丽的词句来形容别人的老婆。他非常坦然地扮演着一个无辜者的角色，好像到目前为止，所有的过错都在余克润自己身上。丁问渔竟然向余克润发出警告，如果他要对雨媛有什么误会，有什么不好的话，他将要对他不客气。

“有了一个这么好的女人，要是不知道对她好一些，那你就是个混蛋!”丁问渔挥动着他的手杖，绅士气十足地仿佛一个局外人。

余克润不敢相信自己的耳朵。这次荒唐的见面既带有很大的偶然性，也意味着一种必然性。丁问渔盼着见余克润已有很长时间，这样的见面显然是演习过无数次了，他已经准备好的一大堆话要说。见面的地点是在人头攒动的省立公共体育场，丁问渔和余克润不期而遇，一场篮球比赛正在激烈地进行，丁问渔不管三七二十一，很严肃地把余克润从看球的热闹场面中招呼到一旁，进行了这场即兴的，同时又是早有预谋的完全不合时宜的谈话。位于通济门外的省立体育场呼声雷动，由于场上的局势突然出现一面倒，大家都在为处于劣势的队呐喊助威。和余克润一起前来看球的同伴远远地注视着他们，看着丁问渔神气活现地挥舞着他的手杖。同伴中有男有女，他们似乎已经知道丁问渔是什么人。余克润感到非常的恼火，他板着脸，问他们能不能换个地方进行这场该死的谈话。

在一九三七年的首都南京，篮球赛事是一场最热门的体育运动。一场重要的比赛开始前后，南京的大街小巷都在谈论。当时南京有两支篮球劲旅，一支是中央军官学校的篮球队，另一支是国立体专篮球队。中央军官学校是篮坛的老牌盟主，纵横南京，所向无敌，已经成为南京老百姓心目中的偶像。国立体专篮球队却是刚杀出来的新秀，队中的主力是一对叫张长清和张长江的兄弟，初生牛犊不怕虎，在上一次的联赛中，竟然出其不意地把中央军官学校的篮球队打败了。于是两支篮球队成了不共戴天的仇敌，他们之间的比赛便成了南京观众心目中的大事。两强相遇，必有好戏，为了在新的一轮赛事中的决战，这两支劲旅纷纷招兵买马，都做了最充分的准备。

国立体专的同学还专门组织了啦啦队，校长张之江亲临观阵，身着黑背心白裤的国立体专篮球队这次比赛势在卫冕，而中央军官学校篮球队为报一箭之仇，早就憋足了一股劲。中央军官学校虽然没有啦啦队，但是学校的教育总长张治中兴致勃勃地赶来督阵。三个月以后，淞沪“八·一三”战事将全面展开，张治中是这场战役的总指挥。但是在此时，身着将军服的张治中俨然一副儒将风范，毕恭毕敬地坐在那里，每一个手势中都显露出了一种潇洒。身着白背心白裤的中央军官学校篮球队，一律剃着光头，一举一动都显示其作风非常严肃的一面。比赛一开始，双方都是全力以赴，不敢有半点松懈。比分交错上升，渐渐地，国立体专篮球队似乎占了上风，人们呼声雷动，纷纷为中央军官学校篮球队加油鼓劲。

丁问渔就是在这个节骨眼上，把余克润拉到一旁的。为了观看这场精彩的球赛，余克润和他的飞行员伙伴，早在比赛开始前的一个半小时，就来到了已经挤满球迷的看台上。陪余克润他们来观球的两位小姐，是金陵女子大学的学生，其中那位对余克润颇有好感的曲蔓丽小姐，是国民政府某要员的外甥女。曲蔓丽小姐在大学里念的家政系，她对余克润一见倾心，明知道余克润已经是有家眷的人，仍然向他发出频繁的进攻。余克润对曲蔓丽小姐的好意无意拒绝，但是他不想让丁问渔追求自己老婆的笑话传出去，尤其是不想在今天这样的场合里，他尽量克制住自己不耐烦的情绪，希望丁问渔立刻从他眼皮底下滚开。

赛场上的呼声一阵高过一阵，余克润突然压低声音，恶狠狠地威胁丁问渔。他警告他，如果他打算继续勾引雨媛的话，将吃不了兜着走，还警告他，自己可不是什么好惹的人，他如果继续执迷不悟，将绝对轻饶不了他；又说丁问渔应该撒一泡尿照照自己的嘴脸，他应该明白自己是癞蛤蟆想吃天鹅肉。余克润的眼光不住地扫向赛场，曲蔓丽小姐正急切地等着他去。“今天我不想跟你多费口舌，我只是告诉你，你是在玩火，是活腻了。”余克润转身想走，但是丁问渔又一次拦住了他，说自己还没有把话和他说清楚。他一本正经的样子让余克润感到忍无可忍，余克润紧握拳头，看着丁问渔的鼻子，恨不得猛揍他一拳。

余克润强压着怒火，问：“你还想说什么？”

丁问渔说：“我并没有勾引你老婆。我承认我是单相思，我爱雨媛，但是我并没有打算勾引她。”

余克润意识到丁问渔神经兮兮的表白，正在引起别人的注意。天已经很热了，西装笔挺的丁问渔看上去显得非常古怪，系着花哨的领带，所有能扣的纽扣都紧紧地扣着，人却像一只虾一样哈着腰。

他不停地挥着手杖，仿佛拿着的不是手杖，而是一把指挥刀。丁问渔并不觉得自己的形象滑稽，滑稽这一形象通常是在别人的眼睛里，才能够体现出来。余克润意识到和这个小丑一般的人物站在一起，自己也正在变得滑稽可笑。球赛正在激烈地进行，在这样的关键时刻，他们僵持在看台的一角，置身在众人的呐喊助威声中，谈着一个非常不愉快的话题，真是再荒唐不过了。

余克润说："你别逼着我揍你。"

丁问渔突然变得英勇无比，他瞪着眼睛说："你揍我，好吧，你试试！"

余克润感到哭笑不得，在今天这样的场合里，当然不适合动武。自己作为一名现役军人，年轻力壮，大庭广众之下，动手揍丁问渔这样的书呆子，将立刻变为众人怒责的对象，而且他这么做，在一起来的同伴面前也不好交代。曲蔓丽已屡屡在远处向他示意，让他赶快结束这场无聊的谈话。但是丁问渔却不依不饶地向他提出了更进一步的挑战，他仿佛成为一名中世纪决心为名誉而战的骑士，用手杖指着余克润，十分庄严地要求和他决斗。"你选个好的地点，我们可以用手枪来决定胜负，我希望你能有一个好运气，我希望你能赢。"丁问渔用一种近乎滑稽的表情看着余克润，看得出，他说这话绝不是在开玩笑。

在余克润尚未做出反应的时候，丁问渔像一个胜利者那样，意气风发地离开了体育场。比赛还在进行，并且进入了高潮，中央军官学校篮球队已经稳住阵脚，逐渐占了上风。这场比赛的结局，中央军官学校大获全胜，然而丁问渔对这结局已经毫无兴趣。和余克润决斗的念头纠缠着他，他想象中的自己正在变得越来越英勇。他想象自己拎着枪管正在冒烟的手枪，勇敢地向余克润走去，他大踏步地走着，昂头挺胸高歌爱情。在一场注定自己要输的决斗中，丁问渔义无反顾地走向了死亡。他不相信自己会赢，也不希望自己能赢。余克润对他举起了手枪，像一个熟练的枪手那样潇洒地扣动了扳机。丁问渔在关键的时刻没有开枪，他是存心不开枪的，这是一个最美满的结局，这个结局将让大家都感到满意。子弹旋转着向他飞过来，丁问渔终于看到雨媛的脸上为他露出了悲伤的愁容。想到自己能为雨媛去死，想到雨媛的脸上为他露出愁容，丁问渔立刻感到心满意足。

为了能够得到一把手枪，丁问渔在脑海里搜索着能为他提供武器的人选。在南京的商店里是买不到手枪的，丁问渔想起自己在美国留学时，一位来自哥伦比亚的混血儿，曾送过一把袖珍的镀镍小手枪给他。这位流亡的混血儿据说是有三条人命在手上，他一度和丁问渔成为无话不说的好朋友。混血儿告诉丁问渔，决斗的最大诀窍，就在于你要敢藐视死亡。死神在更多的情况下将青睐胆怯者，决斗的胜负无关紧要，关键是你要表现出你的勇气来。没有什么比决斗中的怯弱更可耻的事情。哥伦比亚的混血儿告诉丁问渔，当你举起手枪，扣动扳机，结果却没有打中对方，原因并不是因为你的枪法不准，唯一的解释是因为你突然感到了害怕。百发百中的神枪手只有在电影上才存在，就是职业杀手也有惊慌的时候，也可能在几步之内把子弹打飞了。

那把袖珍小手枪被海关没收了。一段时间里，丁问渔曾经一直把手枪带在身边，不是为了防身，而仅仅是作为卧室里的装饰品。现在，丁问渔不知道从什么地方才能弄到一支枪。在一九三七年的首都南京，非法携带武器也是一种罪名。热爱和平的南京人从来不以家里藏着一把短枪为时髦，而所谓用手枪决斗，更是一种闻所未闻的笑话。丁问渔意识到自己可能会成为真正的新闻人物，因为报纸上通常见到的血腥事件，都是简单的被杀或者谋杀，决斗将会成为一个全新的时髦字眼，反复出现在报纸的新闻版上。丁问渔的传奇故事将被人们变了形地反复传播。等到这一切都变为乌有的时候，丁问渔仿佛看到了黯自神伤的雨媛，正坐在窗前，因为怀念他而流泪。

丁问渔给余克润写了一封不长不短的信。在信中，他向他再次表明了自己不辞一死的决心。丁问渔声称自己决心以一死来证明雨媛的清白。真正意义的爱从来就不会破坏什么，爱永远是一块不会被玷污的白玉。丁问渔为自己弄不到武器感到深深的遗憾，考虑到余克润是军方成员，丁问渔把获得手枪的希望寄托在他身上。他希望余克润能够提前把决斗的时间和地点都告诉自己，以便他有一定的时间为自己的后事做好充分准备。通往死亡的大门已经打开，丁问渔将毫不犹豫地伸开手臂去迎接死神。

4

丁问渔的离婚启事在报纸上登出来以后，雨媛没有感到丝毫的惊奇。早在启事还没有登出来之前，她从丁问渔的来信中，就已经知道这件荒唐的事情即将发生。由于她从来不给丁问渔回信，因此她根本不可能写信去阻止他。即使想阻止也已经来不及，等到雨媛接到丁问渔那封通报消息的信，离婚启事已经发排制版，送到工厂印刷去了。丁问渔曾经无数次提到将对自己的婚姻采取断然措施，他自说自话地向她宣布自己将如何如何。他根本就不在乎她做出什么样的反应，当然也没办法知道她会有什么样的反应。丁问渔显得孤立无援，雨媛仿佛只是一个替他保管信件的邮筒，只是一个听他唠唠叨叨地倾诉、看他无法无天地表演的并不存在的无形偶像。他所做的一切好像和她真的没有什么实际的关系。

雨媛清楚地明白，正在发生的一切，不可能和她没有关系。就像丁问渔在启事初登出来的时候，感到无所事事的恐慌一样，雨媛同样感到一种不正常的风平浪静。她在等待人们的讯问，等待人们的指责，这样她可以做出相应的有力解释，但是就像什么也没发生一样，除了丁问渔的来信中谈起之外，没有任何人主动向雨媛打听过这件事。人们要么是对此事真的一无所知，要么是在有意地回避这一问题。雨媛常常看见她的同伴眉飞色舞地说着什么，一意识到她的存在，立刻紧缄其口，在一阵令雨媛非常难堪的沉默以后，会出现一个完全不搭界的新话题，这显然只是一种掩饰。雨媛很快发现自己在这样的场合里显得多余。

雨媛恨不能跑到大街上去大喊自己无辜。她需要一个解释的机会，希望有人能听听她的声音。她在无望地等待着，越等待越窝火，越等待越不耐烦。终于有同伴偷偷地约雨媛谈话，雨媛以为她要和自己谈谈丁问渔登启事的事，她已经准备好了词汇，打算把丁问渔好一阵指责，打算好好地诉说一下自己的无辜，然而同伴神秘兮兮告诉她的内容却是，她的丈夫余克润现在正和一个叫曲蔓丽的女孩子打得火热。同伴为雨媛至今还蒙在鼓里感到吃惊，她把自己探听到的有关曲蔓丽的情报，添油加醋地统统说给雨媛听。雨媛于是恍然大悟，立刻想明白自己的丈夫余克润为什么会对报纸上的启事无动于衷。

“你那位余克润，可不会太老实，”同伴向雨媛发出了善意的警告，“对这样的人，你可要防着一点，他恨不得你有什么把柄落在他的手里。”

雨媛知道同伴说的把柄是什么。丁问渔疯狂地追求自己，早就是她和同伴之间共同享有的秘密。刚开始，这秘密只是女人之间的一场游戏，她们只是想看看一个男人在爱情上，究竟能发疯到什么地步。她们和雨媛共同参与了这个有趣的玩笑，而这个玩笑因为开得有些过头，正在走火入魔，正在变得不可收拾。她们最初只是想在丁问渔的身上找点乐趣，却突然发现在雨媛的后院，已经燃起火来。当新婚的雨媛重新搬回宿舍住的时候，这些曾经推波助澜的同伴们，立刻就觉得事情的苗头有些不太对。虽然雨媛从来不和同伴叙述她和余克润之间发生的不愉快，但是同伴们能感觉出他们之间已经稍稍地出了些问题。分居使得雨媛和余克润的婚姻关系名存实亡，根本就见不到新婚小夫妻的那种甜蜜，雨媛的同伴们注意到，他们两个人像朋友一样客气，很难得见到余克润来看雨媛，即使来了，也没什么喜气洋洋的神情，有时候坐一会儿就走，有时候将雨媛带出去开旅馆，有时候，十分委屈地在宿舍里留一夜，神不知鬼不晓地又没了影子。

时局不安定成了余克润不考虑建筑小巢的最好借口。不是没这样的机会，经济上也没有太大的问题，有人愿意以极优惠的价格，让一块地皮给他们盖房子，双方的亲戚都说好拿出钱来，但是余克润一笑了之，根本就不把建筑小巢的事放在心上。他对现状不是太满意，也谈不上太不满意。余克润不是那种有家庭观念的男人，人虽然已经结了婚，性情仍然像单身汉时一样潇洒自由，他来无影去无踪，孩子气地喜怒无常。当他高兴时，会以非常大度的姿态询问雨媛，他问她那个姓丁的书呆子是不是还继续给她写情书，是不是继续吃错药似的死缠着她不放。如果他不高兴，即使在说好的日子里，也会突然改变主意不来看望雨媛。他会连续几周都不露面，到重新露面的时候，也绝对不会想到要做解释。

“我们可以考虑租一个公寓。”有一次，余克润的心情似乎不错，完全是出于讨好，心不在焉地对雨媛这么说着。类似的话，余克润已不知随口说了多少遍，每次都没有结果，每次都是说了就算。每当他来看望雨媛，感到种种不方便的时候，他便会从不同的角度，来讨论如何建筑他们小巢的问题。余克润知道雨媛对宿舍的生活已经厌倦，他知道她渴望着有一个属于自己的小家。在宿舍里接待余克润常常会有一些预想不到的尴尬，虽然同宿舍的人已经知趣地退避三舍，但是雨媛和余克润多多少少地总得保持着一定的戒心。谁知道什么时候就有人会闯进来，没有自己的房子使得一切都不正常。

有时候，雨媛会无意地从余克润口袋里，发现一块女人的绣花手绢，发现一块女人爱吃的水果糖。他衣服上常常留有不曾擦干净的女人的口红印子，身上常常散发出只有女人才会抹的那种雪花膏香味。雨媛有一种感觉，那就是余克润有意无意地，会像展示战利品一样，流露出和其他女人打交道的痕迹。他们之间仿佛总是缺少一种共同感兴趣的话题。他要么沉默不语，要么便喋喋不休地讲述他的飞行员同伴的艳遇，讲述那些天真的女孩子和年轻的妇人，如何恬不知耻地乐意向飞行员献身。自从和余克润认识以后，他总是情不自禁地卖弄他的优越感，卖弄自己作为大众情人的特殊魅力，当他意识到自己的话题可能引起了雨媛的反感，他便把话题转向同伴。他不说自己怎么样，却一个劲地说自己同伴如何如何。他用与其说是责备，还不如说是赞赏的口吻，大谈年轻的飞行员们如何在女色的包围中不知所措。

余克润对自己的未来一直没有什么固定的想法。他有时候会觉得自己将在仕途上大展鸿图，因此便为雨媛的前途做出相应的安排。他觉得雨媛应该脱离陆军司令部，回家当太太。女机要员的身份似乎和他不般配。在一九三七年这个特定的年代里，在抗日救亡的口号鼓动下，许多年轻女孩子都抱着报效祖国的信念，投身到军队的怀抱中，这种一时的爱国热情无可厚非，但是长此以往，总不是件事。像雨媛这样的漂亮女孩子更像是陆军司令部的花瓶，余克润为此一直有种说不出的别扭。有一次，余克润陪着雨媛，从戒备森严的陆军司令部的主干道上走过，一路遇上各种头衔的军事长官。这些一本正经的军事长官们，眼睛不怀好意地在雨媛身上瞟来瞟去。

“我知道中国陆军为什么不行的一个重要原因，”余克润跟雨媛开玩笑，宣布他的重大发现，“因为在你们军事长官的眼皮底下，漂亮的女孩子太多了。”余克润不仅对雨媛这么说，而且还说给雨媛的同伴听。雨媛不知道余克润在外面如何和女人打交道，她只能通过观察他如何逗自己的女伴发笑，来推断他在外面是怎么和女人调情的。毫无疑问，余克润是那种能讨女孩子喜欢的男人。他的言谈之中总是带着一股傲气。

既然余克润对丁问渔在报上刊登启事，没有任何反应，雨媛决定迫使他做出应有的反应来。他不应该无动于衷。雨媛在余克润毫无准备的前提下，突然向他提出曲蔓丽的名字。这一次，雨媛一反常态，再也不做出无所谓的样子，而是直截了当地问他和曲蔓丽小姐的关系，已经到了哪一步。“像你这样吃香的帅小伙子，根本就不应该迫不及待地娶我，你应该再等一等，天知道有多少痴心的女孩子在等着嫁给你呢！”雨媛身上的涵养功夫不知到哪儿去了，她醋意十足地看着大出意外的余克润，愤怒的程度不仅超出了余克润的预料，甚至也超出自己的想象。

“我们只是非常一般的关系。”余克润掩饰地说。他对于自己和别的女孩子的关系，通常不加什么掩饰，一掩饰，反而露出了心虚的一面。事实是他和曲蔓丽的关系已经非同一般，他们之间已经有了实质性的进展。

雨媛得理不饶人地追问：“什么叫非常一般的关系？”

余克润脸上露出明显的不高兴。他突然想到了丁问渔，想到了发生在前一天的他和自己的那次谈话，余克润产生的第一个反应，是丁问渔泄露了他和曲蔓丽在一起的秘密。但是，他想不明白丁问渔是如何知道曲蔓丽这个名字的。在雨媛的追问下，余克润没有什么内疚感，恰恰相反，他的强烈反应则是恼羞成怒。如果是别人泄露了这个秘密，或许还情有可原，余克润一想到丁问渔这混账出卖了自己，怒气便不止从一处冒出来。他不屑于把丁问渔作为对手，以丁问渔这样的呆子为对手，有失他的身份。余克润想丁问渔为了讨雨媛的好，不知怎么胡乱编派自己。

余克润说："看来你和那个整天为你写情书的人，见过面了。"

雨媛知道他是在转移话题。她不知道自己是应该揪住他和曲蔓丽的把柄不放，还是任由他把话题过渡到丁问渔的身上。余克润现在的态度，他那种既恼怒又惊慌的表情，证明他和那个叫曲蔓丽的女学生之间的关系，已经让人难以想象。雨媛感到心里面酸酸的，她为了气余克润，紧接着他的话茬，谎称自己确实是和丁问渔见过面了。她决定学着他的样子，也好好地气气他。一时间，雨媛突然有些后悔自己没有真的去和丁问渔见面。

余克润说："怎么样，我就知道你和那家伙见过面了。"

雨媛不说话。

余克润又说："我都知道你们是什么时候见的面。"

雨媛等着余克润的下文，但是余克润似乎已把要说的话说完了。他的话到此为止。一场酝酿已久的谈话仿佛已经结束，余克润既不和她谈第一个问题，也不愿在第二个问题上继续深入。这是雨媛最不愿意看到的一个局面，余克润不仅狡猾地保护了自己，回避开了他和曲蔓丽的关系，又在丁问渔的问题上，恰到好处地显示出自己的宽宏大量。这种宽宏大量，不是意味着他信任别人，而是在于他的过分自我感觉良好。余克润并不担心雨媛会背叛自己，他太相信自己的魅力。飞行员的优越感让余克润坚信雨媛不可能看上丁问渔。事实上，如果雨媛真被丁问渔这个怪物所打动，那将是一个天大的笑话。

“丁问渔已经登报和他的太太离婚，这你知道不知道?”雨媛决心使这场快结束的谈话继续下去，她看着瞪着大眼睛的余克润，“你是真的不知道，还是故意装着不知道?”

余克润确实不知道，他根本没时间看报，就算是偶尔翻一翻报纸，他也绝不会想到去注意那些登启事广告的栏目。余克润唯一留神的是报纸上的电影预告，是那些女电影明星。他有些想不明白，前一天见面的时候，丁问渔还信誓旦旦为雨媛洗刷，喋喋不休地证明着雨媛的清白。他向余克润肉麻当有趣地大谈精神恋爱，大谈自己如何不会妨碍别人的家庭幸福。在这次谈话中，丁问渔并没有向余克润提到登报离婚的事，他把自己的私事捂得严严实实。也正是在这次谈话中，丁问渔只是向他流露出看上去很崇高的一面，他让余克润对雨媛好一些，尽可能地好一些。他告诉余克润，雨媛是块无价之宝，他必须懂得珍惜她，像爱护生命一样地爱护她。

雨媛说："难道你就真的一点也不在乎？"

余克润说："我不在乎什么？"

雨媛说："你根本就不在乎我。"

余克润说："什么叫在乎，什么叫不在乎？"

5

曲蔓丽和班上许多漂亮的女大学生一样，对挑选自己未来的丈夫，都有着两种截然不同的标准。家政系毕业的女孩子，似乎注定日后要当阔太太的，因此她们上课期间，所花的大部分精力，都在于学会如何获得称心的丈夫，以及将来如何驾驭自己的丈夫。一九三七年南京最畅销的读物，是蒋介石的《西安半月记》，书出版不久，便销售了四十三万册。报纸上的广告用最煽情的文字，为这本书做着肉麻的宣传。社会局发出行政公告，令在校学生务必人手一册，当作课外读物，一时间，欲明白领袖革命奋斗之经历，欲崇拜领袖人格之伟大，欲知道领袖图存救亡之方略，不可不看《西安半月记》。学校里天真的女学生，以崇拜女杰的心理出发，尤其喜欢翻阅附在书中一起出版的《西安事变回忆录》，这篇由蒋夫人亲自撰写的文章，深深地打动了女学生的芳心。

蒋夫人宋美龄是许多女大学生崇拜的偶像，女孩子嫁一个年龄比自己大出很多的男人，这在当时已经成了一种十分时髦的风气。男人官场得意了，休去前妻，找一个年轻的女学生做续弦，也因此没任何障碍。漂亮的女孩子和成功的男人是天作之合，双方都做好了心理准备，老夫少妻成了上流社会的美谈，娶一位年轻的太太是男人成功的标志，也是女人认可和肯定男人事业的一种方式。漂亮的曲蔓丽小姐，不能免俗地也希望自己能找到一位成功的男人。男人的成功同样意味着女人的成功。但是成功的男人毕竟是少数，在数量上和源源不断的年轻女孩子不成比例，而且这些成功者的年龄太大了，大得不仅可以做父亲，有的甚至都能当祖父。男人总是太早地就把太太娶了，就连余克润这样年轻的帅小伙子，也一样的迫不及待。曲蔓丽在学校里如何当太太的知识学得越多，她越发现找一个称心的男人不容易。

曲蔓丽知道要想获得称心的丈夫，就必须充分地和男人接触。只有接触才能知道男人是怎么一回事，只有接触才能获得经验，光靠等待是不会有多少机会的。她必须找些男人练练兵，在这些男人中，余克润既不是第一个，也不是最后一个。早在向蒋委员长祝寿献飞机的庆祝活动中，曲蔓丽就知道了余克润的名字。余克润在这次活动中大出风头，让许多天真的女孩子为之倾倒。她们私下议论，都以日后能嫁像他那样的飞行员为幸福。可是这些飞行员的缺点是太年轻，等到他们功成名就，女学生们都快成老太婆了。为了使自己将来不会成为被休去的牺牲品，曲蔓丽在和同学们议论时，老气横秋地给自己定下了原则，这就是可以和余克润这样的小伙子调调情，嫁给他们做老婆则坚决不行。

余克润是在一次联欢会上见到曲蔓丽的。在各式各样的联欢会上，余克润经常可以见到一些漂亮的女孩子。这些女孩子对他充满了好感，她们众星拱月地围绕在他周围，似乎都愿意嫁给他，然而一旦知道他已经结了婚，热情顿时大打折扣。惟有曲蔓丽是个例外，当她听说余克润已经有了一位年轻漂亮的妻子以后，反而变得更加主动。她几乎立刻产生了一个古怪的念头，这就是要在余克润身上，试试自己的魅力。她想证明，自己要比余克润年轻漂亮的妻子更出色。余克润这样刚结婚的帅小伙子如果都能被她弄得神魂颠倒，要想征服别的男人应该易如反掌。

曲蔓丽发现自己很快就莫名其妙地吃了亏。余克润并没有被她弄得神魂颠倒，她却随随便便地在他的引诱下失了身。余克润有过许多和女人打交道的机会，真正陪他上床的并不多，因为调情是一回事，上床做爱又是另一回事。曲蔓丽很轻易地便给了余克润机会，余克润拒之不恭，照收不误。当然也无所谓谁吃亏谁占便宜，这是一场没有任何结果的游戏，曲蔓丽不甘心，余克润不动心，两人各怀鬼胎，好一阵又坏一阵，就像演戏一样。他们频频在公开场合亮相，相互为对方做招牌做广告，都以对方青睐自己来展示各自的魅力。由于曲蔓丽的舅舅是国民政府中的要员，余克润能有这样一位名媛陪在身边，说不上荣耀，多少也有些不同寻常。他当然是那种有向上爬野心的男人，他知道自己不可能老是在天上飞，最辉煌的前途还是在地面上做官。航校副校长的头衔有传闻说早应该是他的，但是正式的任命迟迟不下来，理由很简单，那就是他的后台还不过硬。他还需要像曲蔓丽舅舅这样的人给予提携。

余克润在曲蔓丽的陪同下，终于去她的舅舅家吃了一顿饭。他们已经见过好几次面，就差迈出实质性的这一步。这一步似乎还有些小小的障碍。曲蔓丽的舅舅家在城北，余克润那天开着车子去金陵女大接曲蔓丽，然后沿着宁海路一直往北开。城北和城南相比，荒芜得多，到处都是黄黄绿绿的菜地，到处都是杨柳林和小竹林。山西路一带是新开发的官僚住宅区，余克润的哥哥余克侠就住在这里。余克润的车子从哥哥家的小楼前面走过，和周围各式各样的高档小洋楼相比，新建的余克侠的小楼显得有些寒碜。当余克润一边打着方向盘，一边向曲蔓丽介绍自己的哥哥余克侠的时候，曲蔓丽有些看不上眼，老气横秋地说："你哥哥总是在教育界混，能有什么前途？"

余克润向她解释自己哥哥不是不想离开教育界，可是像他这样学教育出身的，不搞教育还能搞什么。曲蔓丽笑着说，这年头，还有什么比当官更容易，你哥哥好歹也是留过洋的，什么样的肥缺不能放。余克润说他哥哥也许是不想当官，曲蔓丽笑得更厉害，说从来只有当不上官，根本就没什么不想当官的，不想当官通常是因为当不了官，要不就是嫌能让他当的那个官太小。两人一路这么说笑着，曲蔓丽向余克润大谈当今官场的一些趣闻和小道消息，余克润没想到一个女大学生，对官场积习竟然如此熟悉，说起来如数家珍。说着说着，车子驶过一条新开的马路，离开了新住宅区，沿着一条黄泥路往深处开，仿佛是要开到乡下去了，远远看见一片碧绿的池塘边上，一排田园风格的房子，白墙黑瓦，掩映在成片的竹林中间。这就是曲蔓丽舅舅的住处。

曲蔓丽的舅舅年龄已经不小了，余克润后来才知道，这舅舅也不是什么嫡亲的，拐了好几道弯。舅母年纪还轻，徐娘半老风韵犹存，她本来就和曲蔓丽沾着一些亲，嫁给她舅舅以后，是所谓亲上加亲。曲蔓丽的舅舅已经听外甥女说起过余克润，现在既然见了面，总得热情敷衍几句。他在北方做过许多年京官，一口带着京味的官腔，言谈之中，处处显露出是见过大世面的人，对余克润不外乎是说些勉励之类的客套话。他对余克润并没有什么好感，看得出来，邀请他前来做客，完全是曲蔓丽舅母的意思。老头子在客厅里陪余克润坐了没一会儿，曲蔓丽的舅妈便过来强迫他去休息。“昨天中常委会议上，老头子动了些肝火，多说了几句话，因此一夜都没睡好。”曲蔓丽的舅母向余克润随口解释着。她把曲蔓丽的舅舅打发休息了以后，又兴致勃勃地过来陪余克润说话。她对曲蔓丽显然很宠爱，和余克润谈到曲蔓丽的时候，一口一个我们蔓丽如何如何。曲蔓丽也处处有意表现出自己是这家的宠儿，她对比她大不了许多岁的舅母发嗲，又为一件很小的事情，把女仆狠狠地熊了一顿。

余克润在曲蔓丽的带领下，参观了这座外表看上去十分简朴，内部装潢极考究的住宅。国民政府定都南京以后，在僻静的郊区，有许多座这样高级的住宅。有一个很大的院子，养着两条狼狗，用皮带拴着，见了生人便龇牙咧嘴。到处花香鸟语，围墙正好砌到碧绿的池塘边为止，池塘里，三三两两的鸭子正在树荫下戏水。池塘外面是耕作的菜农，空地上有几只鸡在捉小虫子。余克润和曲蔓丽在池塘边的秋千架上坐了一会儿，不外乎是调情，继续说些不关痛痒的话。余克润意识到这里的气氛，恰如居停主人的性格，貌似清淡，内心深处却隐藏着惊涛骇浪。虽然没有谈上几句话，虽然曲蔓丽的舅舅言必称归隐田园，余克润本能地觉得，已经步入老年的曲蔓丽的舅舅，并不像他自称的那样无意官场。恰恰相反，他是人老心不老，仍然不安分地盘算着能当更大的官儿。一动不如一静，这里的一草一木，都有些藏龙卧虎的味道。带着隐居色彩的田园风味，在中国的历史上，向来意味着沽名钓誉，这叫作以退为进，这叫作以静制动。曲蔓丽的舅舅早在清政府的时候，就是一个不大不小的官了，袁世凯复辟，二次革命，北洋政府屡次改组，一直到国民革命政府，他老人家都是官运不改。他老人家在官场上见多识广，他老人家是官场上的百科全书，他老人家是官场上的一只老狐狸。

“我要是想做官，如今早就不会还在这个位置上了，”吃饭的时候，曲蔓丽的舅舅兴致颇好，用小酒盅一杯接一杯喝着黄酒，谈到自己经历，不无感叹地说，“不过，官场犹如战场，进则死敌，退则死法，惟有不进不退，听天由命，才是上上策。”

余克润不太明白老人家的意思，曲蔓丽便向他讲述她舅舅在官场上最得意的一笔。民国十五年，正是军阀混战最激烈的年头，当时国民政府挥师北伐，张作霖当了大元帅，孙传芳吴佩孚各占一方宝地。曲蔓丽的舅舅在一周内，接连收到三份任命，都是请他出任邮电总长。天下居然有这样的巧事，仿佛中国之大，除了他，便没有别的人适合当邮电总长了。他老人家却不急不慢，把三份任命都搁在桌子上，干脆称病闭门谢客。当时的天下大势，谁也看不出鹿死谁手，老人家躲在家里，由各方你死我活地去斗。终于斗出结果了，他于是正式出山，到南京来捞一个不大不小的现成官做。

“我舅舅当时人在北京，他如果想当国民政府的邮政总长，北洋政府饶不了他，他当了北洋政府的邮政总长，又怎么会有今天。”曲蔓丽没在意余克润脸上不快的表情，很天真地说着。余克润没想到这家人会如此俗气，会如此赤裸裸地谈论官场，原先有的一份敬仰心情顿时无影无踪。他属于年轻有为的少壮派，一想到自己竟然希望得到这种老朽的提携，立刻有些不痛快。老奸巨猾的曲蔓丽舅舅，和报纸上称道的那位敦厚长者，根本就是不相干的两个人。在余克润面前，这只是一个除了想当官，还是想当官的傀儡和木偶。国民政府中这样的人太多了，首都南京就是一个大官场，在这个官场里，如鱼得水的恰恰就是这些没有任何朝气的世故老头子。

吃过饭以后，余克润开车送曲蔓丽去学校，两人一路无话，曲蔓丽起了几次头，谈话仍然没法深入下去。她不知道他为什么不高兴，也赌气不说话。到了学校门口，余克润停车让曲蔓丽下去，曲蔓丽感到一阵无名的委屈，让他把话说说清楚，干吗紧绷着脸。余克润意识到自己冷落了曲蔓丽，突然有了主意，他觉得今天不能就这么白白地浪费了，因此不急不慢地说，自己不高兴，是因为想到和她马上就要分开，一个人太寂寞。

曲蔓丽说："寂寞什么，你可以去找你太太嘛。"

余克润说："我今天想和你在一起。"

曲蔓丽说："这叫什么话，你这人真坏，我再不理你了。"

余克润在等曲蔓丽下车，他想她如果真不下车就好了，现在不下车就有好戏。曲蔓丽捋了捋披肩的长头发，转过脸来，就着刚亮起来的路灯，看着余克润说："我知道你们这些干飞行员的，都特别的坏！"坏这个字眼，此时是一个非常丰富的词，可以从多方面理解，余克润注意到曲蔓丽的眼光闪闪发亮，不敢盯着久看，于是接着这话说下去："我现在是一肚子的坏念头，你再不下车，后果就严重了。"曲蔓丽又说了一声"你真坏"，好像是故意赌气不肯下车，又好像是有意找借口留在车子上。反正余克润不愿意多想了，他不怀好意地突然一踩油门，车子冲了出去。曲蔓丽惊叫起来，她知道他此时的用心，对着他握方向盘的手腕轻轻地敲了一记。这时候她想下车也来不及了，况且她也没准备下车。余克润将车子径直往前开，开到自己熟悉的一家旅馆里，十分潇洒地请她下车。曲蔓丽有些不甘心，但是她还是挺着胸膛，大大方方地和他一起走进旅馆的房间。

6

丁问渔在一九三七年的六月底，才和太太佩桃正式在沪签字离婚。尽管他在此之前，已经在京沪的报纸上自说自话地登了启事，但是双方的大人都咨询过律师，知道这样的启事只是自欺欺人，并不具备法律效应。既然大家都是上等人，既然婚姻破裂已不可避免，双方律师经过几番讨价还价，终于让丁问渔和佩桃心平气和地同坐在一张桌子前，在一份正式的离婚文件上签字。在签字前，法官要丁问渔将离婚文件仔细地再阅读一遍，丁问渔拒绝了，他带着一些喜悦地看了佩桃一眼。佩桃似乎又一次被他激怒，要过离婚文件，故意慢腾腾地一个字一个字地看。她故意拖延着时间，其他人都在等着她，她知道大家在等，故意让别人揣摩不透她的心思。

“你不是就等着我签字吗，”佩桃毫无表情地说，“要是我不签，你又能拿我怎么样?”

丁问渔以为喜怒无常的佩桃又要变卦，她已经变了无数次卦，然而这次她突然拿起笔，在文件上飞快地签了字，签好了这份，又急着在丁问渔的那份文件上签字。丁问渔相形之下，反而有些显得没主意，他也在文件上签自己的名字，签完了以后，他呆呆地看着佩桃，不知道自己是否应该和她握手作别。没想到佩桃众目睽睽之下，很大方地伸出手来，笑着说：“我们都犯了一个不小的错误，你不应该娶我，我呢，更不应该嫁给你。”说着说着，眼睛红了，脸上的笑容依然还在，语调却变了：“你比我想的还要坏，你知道不知道，你真不是个东西!”

旁边的人连忙把他们分开来。丁问渔早就领教过她的厉害，以为她又会在大庭广众说出更难听的话来，但是佩桃仿佛把该说的都说了，已经不想再说什么。她扭转过身体，向电梯间走过去。在上海的几天里，丁问渔的脸皮也已经厚了，虽然也是近四十岁的人，他整天像一个淘气的大孩子那样，到处忍气吞声地接受别人的教训。谁都有权利教训他，他的父亲，他的老丈人，他的即将离婚的妻子，以及他的三位继母，都对他没完没了地唠叨。说得昏天黑地，说得丁问渔眼前直冒金星，说得丁问渔一见着别人嘴皮在嚅动，便想到这又是在说自己。

天气开始热起来了，时间才是六月底，却完全是炎热的夏天了。时髦的上海女郎，一个个旗袍裙越穿越短，胳膊和大腿越露越多，结果大街上到处都流露着肉的气息。一位来自埃及的预言大师，此时正在上海接受记者的采访，就世界政情进行大胆的预测。这位周游了世界的预言大师骇人听闻地宣布，在一九三八年，世界将不可避免地爆发大规模的恶战，人类将陷于从未有过的灾难之中。当记者问起中国和某方是否会一战的时候，埃及的预言大师立刻肯定地说，这场战争的时间也是在一九三八年。报纸上的某方显然是指的日本，事实是，十天以后，中国和日本的战斗，就在卢沟桥打响了。不到两个月的时间，上海已成为了炮火连绵的战场。

在正式的离婚文件上签了字以后，丁家和郝家在一家著名的大饭店，办了几桌规格极高的宴席，其目的在于向大家宣布，这两个显赫的家族的联姻虽然已经不复存在，但是银行巨头和钢铁大王之间的联盟依然如故。被邀请的都是上海生意场上的大亨，有好友也有对头，有外国公司的买办，有交易所的董事长，有帮会的老大，有得志或失意的政客，有社会贤达，有军界的要员。在宴会期间，丁问渔的父亲走到佩桃面前，向她敬酒，希望她不负重任，为丁家生一个出色的继承人出来：

“我们丁家的希望，就都寄托在你身上了。”

这是丁问渔最后一次见到佩桃。佩桃此时刚怀孕三个月，还看不出身体的异样。几个月以后，上海失守前夕，丁问渔收到父亲的一封信，说佩桃的身孕看上去已经蛮像一回事。当时，战斗正进行得十分激烈，父亲让儿子迅速离开南京，立刻随政府迁往内地。值此动乱之际，丁问渔的父亲对前程已经毫无信心，他一方面盼着佩桃能平安地为丁氏家族添丁，同时依然十分关心丁问渔的安危。由于形势急转直下，他老人家根本没想到战争会真的成为事实，他成了一个十足的悲观主义者，和几个月前宴会上判若两人。丁问渔的父亲在那天宴会上十分洒脱，他频频向别人敬酒，唯一没有得到他敬酒的，是他那不争气的宝贝儿子。丁问渔实在太让父亲失望了，但是他毕竟是他唯一的儿子，他不想让儿子在大庭广众下不了台。宴会以后，丁问渔将连夜赶回南京，然而他那天仍然是不知忧愁的样子，岂止是不知忧愁，完全是一种不加掩饰的喜形于色。在他坐的那桌上，有一个日本人，丁问渔以一种闲聊的口吻，请毕恭毕敬坐着的日本人，就报纸上所载的中日将在一九三八年会有一战的预言，畅所欲言发表评论。

日本人用流利的中国话说："难道中日之间惟有一战？"

在座的中国人都一怔，不说话，既惊异他的中国话说得流畅，也觉得这回答的含义，不是一点没道理。丁问渔想了想，用日文反过来诘问。他从来不愿意放弃卖弄异国语言的机会，大家在一旁抗议，希望丁问渔能使用别人都听得懂的中国话来对话。丁问渔想到报纸上常见的一句话，便用这句话质问那个日本人："都到了今天这地步，中国人不奋起抵抗，难道还有别的路可以走？"

日本人说："为什么中国和日本就不能很好地联起手来，大东亚共荣，这前景有什么不好？"

于是一片哗然，大家恨日本人太放肆，太自以为是，立刻拍案而起群起攻之。这毕竟还是在中国人的地盘上，有理不在声高，但是又不可能不声高，大家七嘴八舌，争论中国和日本谁更好战。酒过三巡，日本人息事宁人地说，自从甲午海战，中国惨败给日本以后，就老想着报仇雪耻，其实日本根本就不想打仗，而且日本就算想打仗，主要的对手也不会是中国人。日本陆军假想中的敌人是苏俄，而海军的假想敌，却是美国，中国的军队根本不堪一击。他的这种不把中国人放在眼里的态度，又一次使在场的中国人心里极不舒服。坐在丁问渔身边的人提醒感觉良好的日本人注意，日本现在虽然比中国强大，但是中国的人口和地盘，毕竟是日本的许多倍，真打起仗来，累也要把日本累死。

在返回南京的夜行列车上，丁问渔为了解闷，揣了一大堆报纸在包里，有中文的，也有外文的。他平时很少看报，因此现在就算是过了期的报纸，一样看得津津有味。每看完一张，便扔到车窗外去，一路看，一路扔，直到把这一大堆报纸全部看完扔完，他喜欢听报纸被风卷走时的呼哨声。自从陷入对雨媛的爱情之后，丁问渔对和爱情无关的事情，根本懒得去过问。周围世界上所发生的一切，仿佛和他没有什么联系。列车在快到苏州站的地方，无缘无故临时停了很长时间，车厢顿时非常闷。丁问渔打开车窗，把头探出去，他注意到列车像一条僵硬的大虫子似的，静静地卧在车轨上。没有人过来解释为什么会停车，一名铁路工人手中拿着一个小锤，从那头过来，一路走，一路随手敲着车轮。铁路工人手上还提着一盏风灯，一圈黄黄的灯影随着他的移动而摇晃。当灯影晃到不远的墙上时，丁问渔突然注意到画在墙上的广告，那是一幅巨大的日本仁丹广告，在中国的城市中，到处可以见到这种两撇胡子向上翘的广告画面。

虽然因抗日情绪的高涨，人们都在自发地抵制日货，但是日货仍然无孔不入地在向中国的市场渗透。丁问渔刚在报纸上读过的一篇文章，便是呼吁全面抵制日货，可是在同一天报纸上，他又见到了日本大阪森下仁丹株式会社的“酬报仁丹用户”的大幅广告。一直到七月七日，卢沟桥的战斗已经打响了，上海的《申报》仍然在为森下仁丹株式会社接二连三地做广告。迎面一盏刺眼的灯光直逼过来，紧接着轰隆隆的声音擦边而过，原来丁问渔他们正在等这趟车过去。果然车子过去不久，丁问渔坐的那趟车也开始动了起来。这一天是一九三七年六月三十日，准确地说，再过几分钟，就是七月一日了。对于中国的历史来说，一九三七年的七月意义非同一般。坐在夜行列车里的丁问渔毫无困意，他对即将到来的战争仍然没有察觉。此时此刻，他不可遏制地思念起雨媛，一想到雨媛，丁问渔的心中充满了柔情蜜意，学校很快就要放假了，丁问渔心猿意马地盘算着，在即将到来的假期中，一定要找个机会约雨媛出去玩一次。

第七章

1

丁问渔急于赶回南京的原因，是他的学生在七月二日要进行期末考试。考试之后，学校就要放暑假了。时局紧张，变化莫测，在校学生根本就没心思读书，校方不得不以抓考试来稳定人心和严肃纪律。一年一度的新生入学考试就要开始了，从报名的情况来看，人数要大大地多于往年，这起码说明，一方面学生没有心思读书，另一方面，从学生到学生的家长，还是希望在这乱世里，能有机会进大学继续深造。万般皆下品，惟有读书高，大学仍然是年轻人向往的好地方，课堂仍然是一方净土。由于考试总是必要的，校方不仅要严肃学生的考场纪律，而且对教师也提出相应的要求。校委会为此专门组织了一个检查小组，像巡警缉拿小偷似的在考场上转来转去。

丁问渔对于学生的考试一向很马虎，许多学生选他的课，就是冲着不用认真考试。丁问渔从来不认真批改考卷，他用排列组合的办法给学生胡乱打分。通常最高分是九十分，最低分七十，排在第一位的自然是九十，然后以两分之差递减，一直减到七十分，再重新开始循环。他的荒唐的打分法一直是学校里的笑话，然而丁问渔并不在乎别人会怎么想，会怎么笑。他的观点是，考试既然不是目的，也就不应该用来当作手段。考试成绩绝对代替不了学生的真实水平，由于他是大名鼎鼎的教授，校方拿他也没什么好办法。在考试期间，考试纪律检查小组来到考场缉拿作弊的考生，本来这只是针对学生的，丁问渔一怒之下，挥起手杖，责令检查人员立刻离开考场。检查人员搬出了校长的命令，丁问渔说："少拿校长的命令吓唬人，天这么热，我出张卷子，你让他来试试看。"

校长知道丁问渔的倔脾气，也不和他计较。名教授是学校的招牌，校长爱惜人才，对丁问渔只好睁只眼闭只眼。国民政府根据蒋介石的提议，将在庐山召开大规模的谈话会，邀请各界名流对国事进行畅谈，丁问渔作为名教授也被列入邀请的名单。能够列入这一名单，绝对是学校的光荣，各大学纷纷以本校能参加谈话会的人数多少，来炫耀自己学校的声誉。暑假里能去庐山避暑从来就是一件让人羡慕的事情，国民政府定都南京以后，每年七月间，似乎已经形成了规矩，因为南京夏季酷热，各政府机关都将迁往避暑胜地庐山办公，庐山成为南京政府的行宫。届时，各部门的头面人物，纷纷像候鸟一样，借助着不同的交通工具，从水路陆路以及空中争先恐后赶往庐山。一九三七年七月五日，各部会的临时办公处，正式在庐山开始办公。行政院在庐山举行了首次纪念周活动，蒋介石主持了会议并作了题为《中国教育问题》的演讲。

丁问渔是在七月九日那天，登上开往九江的直达轮船。同船有许多人都是去参加庐山谈话会的，有几位和丁问渔认识，一见面便喋喋不休。两天前发生在卢沟桥的中日冲突，即著名的“七七”事变，大家虽然已有所闻，但是都还没想到这件事情的严重性，更没想到这次冲突意味着长达八年之久的全面抗战，至此正式拉开序幕。自从一九三一年的“九一八”事变以后，日本人的挑衅就没断过，大家的感觉器官已经麻木，只是感到愤怒，感到这么发展下去，一场大战恶战迟早会发生。人们最初普遍都不把“七七”事变当件大事，见了面以后，许多人甚至都懒得议论这一话题。有关卢沟桥事变的报道，直到七月九日才在报纸上披露出来，很多人连这张报纸也没见到。

恰巧南京这几天开始酷热，大家直到上了船，才感觉到有一丝江风。轮船停泊在江边，那江风有一阵无一阵地吹在身上，也仍然是热的。此时正是下午一点多钟，太阳炽热，那船已经暴晒了许久，刚登上轮船时，就仿佛是钻进了蒸汽锅，又热又闷。船舱里自然是待不住的，大家都涌到了甲板上，迫不及待看着手表，希望那船能快些开。开船的时间已经过了，那船的发动机也早就启动，轰隆隆响着，但是偏偏不见动弹，等开船的人越等越不耐烦，逮着是船上的船员就一通埋怨。甲板上也不是好场所，全露天的地方有太阳晒，能避太阳的地方又太闷热。一船的人都觉得苦不堪言，都是有些来头的人，平时没受过这份罪，这时候一个个教养全无，不顾斯文地脱去长衫，像劳动人民那样一身短打，或者干脆就赤膊上阵，立在甲板上，顾不上问价钱，招呼小贩迅速将兜售的芭蕉扇递过来。女眷们也热得吃不消了，香汗淋漓，化的妆全都惨不忍睹，小小的花手绢很快就湿透。大家叫苦不迭，像没头苍蝇似的到处乱转，仿佛到了世界末日，丁问渔身上的衣服也湿得能挤出水，他穿着长裤、长袖的白绸衬衫，心烦意乱，手上一把黑颜色的折扇，像乌鸦扑打着翅膀一样不停地扇着。

船迟迟不能开的原因，终于一传十,十传百，在甲板上传开了。原来是某位大员说好要搭乘这条船去九江，可是开船的时间早到了，大员的车子仍不见过来。有人传说这位大员是行政院长汪精卫，又有人说是何应钦，还有人说顾祝同，于是为究竟是谁争得不可开交。谁也不愿意让别人觉得自己没见识，这条船上并不缺乏那种消息灵通人士，立刻有人大声宣布他们正在等的大员不可能是汪精卫，因为他有确凿的证据，能证明汪精卫已经在前几天，偕夫人陈璧君还有褚民谊与曾仲鸣乘建国轮离南京去了九江。是何应钦或者顾祝同的说法也遭到否定，理由是这两位军界的显赫人物，才不会受罪坐这种慢腾腾的轮船。他们要去庐山，自然是应该和蒋委员长一样坐飞机去。

船足足等了三个半小时，那要员的黑色轿车总算出现在码头上，因为有人急猴猴地打着遮阳伞，人们远远地只能看见穿着黑裤子的要员，一条又短又粗的肥腿慢腾腾地从小汽车里跨出来。那打伞的人是瘦高个，一路像只虾一样地哈着腰，生怕别人一睹要人的芳容。要人始终把脸躲在了伞后面，直到他登上甲板，大家仍然没看出他是谁。自然也有一两个人看到了几眼，别人问他们，却说不出看到的是谁，这说明看到的人少见识，同时也说明这要员或许不算太著名。首都南京显赫的官员实在太多了，要能一一都认识也不是件容易的事。一船的人都有些怨恨，就因为这躲在伞后面的家伙，大家在铁甲板上受了三个多小时的罪。

“做官的人，怎么可能关心老百姓的疾苦，今天这事就足以说明问题。”有人就此发出深深的感叹。这条船上绝大多数都是有头有脸的人，和这姗姗来迟的要员一样，也是上庐山参加谈话会，心里颇有些愤愤不平。

“难道这家伙今天不来，我们这些人就应该在这船上，像烤鸭一般被活活烤熟了不成?”

一旦船开起来，江风扑面，热浪顿时减弱许多。人们如蒙大赦，赶紧进舱擦头洗脸换衣服。虽然船上有好几间浴室，但是禁不住大家一窝蜂地拥进去，顿时客满为患。好在船上有用不完的热水，有人匆匆冲了一把就出来，待人少一些再进去重新洗澡。丁问渔不知道出了几身汗，知道身上已经臭不可闻，将就着去洗澡，在浴室里和别人光着屁股挤来挤去，说不出的别扭。有一个人洗好澡穿衣服，发现自己的新汗衫被别人穿走了，急得哇哇直叫。他一叫，引得大家纷纷过去看自己的衣服是否也被人穿错。丢衣服的不肯善罢甘休，用很难听的话大声叫骂起来，他这一骂，外面不洗澡的人也赶进来看。浴室的大门因此敞开了，丁问渔无意中回头，发现他们几位正洗澡的，已成了众目睽睽的中心。远远的还有几位女眷，扭扭捏捏地也把头掉过来对这面望。

“一件汗衫，准是穿错了，谁还会偷件汗衫。”

这场风波终于平息了，被人拿走汗衫的那位老兄，只好重新穿上应该换洗的此时已经湿漉漉的脏衣服，骂骂咧咧离开浴室。丁问渔也马马虎虎算是洗好了，船舱里依然还有些热，他换了一身衣服，再一次来到甲板上。因为船正开足马力地西行，江风呼呼地吹过来，已让热浪折腾得有些稀里糊涂的丁问渔，这时候开始重新缓过气来。在上甲板的时候，丁问渔注意到女浴室里同样一片混乱，弹簧门不停地打开关上，隐隐约约能看到女浴室有肉乎乎的胳膊挥过来挥过去。一个小孩子洗好了澡兀自先走出来，她让弹簧门大开，用力抵住了不让它合拢，奶声奶气地对浴室里喊着什么。浴室里传来女人的一片惊叫，那小孩子不知出了什么差错地僵在那里。

人们都拥在船的后甲板上，太阳快落山了，夏日的余威还在。宽阔的江面上，夕阳一片血红。丁问渔已经做好了观赏落日的准备，他戴上了一副小黑眼镜，神气活现地立在船舷的栏杆边。不时地有小木船沿着江岸驶过来，轮船开过时引起的巨浪，将小木船一下子托得很高，然后又低下去，小木船上的船夫害怕船被波澜掀翻，手忙脚乱地扳动着舵。所有的小船，都是这么有惊无险地从丁问渔的视线中过去了，丁问渔注意到这些小船大多是渔船，因为小船上架着网，船头上还歇着黑颜色的鱼鹰。

轮船经过一片裸露的沙滩，沙滩上稀稀疏疏地竟然有几棵杨柳树，杨柳树下有七八头大小不等的水牛，几只小鸟和一群乌鸦在沙滩上随着轮船的汽笛声起落。丁问渔正在想这荒凉的江滩上会不会有人，突然看见两个穿着红褂子的农家小女孩，躺在杨柳树的阴影里小憩，要不是那显眼的红颜色，丁问渔根本就不可能发现她们。这一片沙滩很长，丁问渔注意到沙滩和江岸渐渐已经不连在一起，因为他突然发现那中间有了一条窄窄的河道，一艘小船在江水冲开的河道上行着。沙滩尽头的江边是一个小村庄，一大群光屁股的小男孩，正在浑浊的江水里洗着澡，一边洗，一边闹，有的是泡在水里，有的却站在岸上，十分徒劳地对着轮船扔石头。不远处有一个很大的石码头，码头上一群大姑娘小媳妇在洗着蚕匾，裤腿卷得极高，人就站在水里面。轮船开过时掀起的巨浪，使得大姑娘小媳妇慌忙往岸上跑。

夏日的黄昏显得十分平静，张牙舞爪的酷热此时已不再肆虐。到处一派和平的景象，正在北方发生的“七七”卢沟桥事变，与这里暂时还没有什么关系。轮船沿着主航道走着，忽左忽右，总是在离江岸不远的地方行驶。丁问渔被两岸的景色所吸引，良辰美景，突然情不自禁地想到了雨媛。思念雨媛的情绪突然之间是那么强烈，以至于除了满脑子雨媛之外，他竟不能再去想别的什么事。此次去庐山，要是能有雨媛做伴多好，要是能在这种寂寞的旅途中，和雨媛说说话多好。这不切实际的想法，让丁问渔深深地叹了口气，一阵惆怅油然而生。要不是觉得肚子饿了，他也许会在甲板上一直惆怅下去。夜幕就要降临，甲板上的人换了一批又一批，他想到应该去餐厅吃点东西。就在掉转身体，走向扶梯的时候，他猛地发现有一个人的身影极像雨媛。他的心不由地拎紧了，但是立刻意识到自己一定是认错人了，因为他知道这绝不可能。世界上没有那么多称心的事情，这种巨大的幸福不可能属于他。他呆呆地看着那个人，不敢相信自己的眼睛，真的不敢相信。有时候，奇迹真的也会发生，有时候，奇迹就是奇迹。在离他不远的地方，确确实实的就是雨媛，毫无疑问的就是雨媛。丁问渔完全傻了，他完全被这料想不到的奇迹弄傻了。雨媛站在不远处，默默地看着他，仿佛正等待着他去打招呼。

2

雨媛早就发现丁问渔了，还是在没开船以前，从拥挤在甲板上的人流中，她一眼就看到了行为举止都特别突出的丁问渔。雨媛立刻就意识到这次陪父亲去庐山开会，会闹出一些不同寻常的笑话。和丁问渔一样，她没想到他们会在同一条船上。现在的问题是明摆着的，既然上了同一条船，那就一定会发生一些什么事。雨媛知道丁问渔是不会轻易放过这个机会的。丁问渔已经给她写了那么多的信，他那么死皮赖脸地追求着她，她尽管毫不动心，但是已知道他不是那种轻易就能拒绝的男人。当丁问渔注意到她，站在那里目瞪口呆的时候，雨媛没有小家子气地做出要逃走的样子。她只是不愿意自己先打招呼，既然遇上了，也没有必要躲起来。她大大方方地站在黄昏时分的甲板上，江风吹着她的头发和裙子，尽量做出只是刚发现丁问渔也在船上的样子在最初的一刹那间，感到局促不安的竟然是丁问渔。过分的惊喜使得他忘乎所以，他呆在那里迟迟不打招呼，结果在等他先打招呼的雨媛也变得局促起来。

丁问渔喃喃地说：“我都不敢相信这是真的。”

面对这样不伦不类的招呼，雨媛不知道说什么好。她既害怕他太神经，又觉得他神经兮兮的样子很有趣。丁问渔在雨媛的印象中，从来就不是一个现实世界中的人物。他的样子十分滑稽，瞪大着眼睛，说不出话来。丁问渔到了这时候，还有些怀疑眼前的一切是否真实，明知道不可能再错了，他还是有些犹豫。他走到雨媛面前，十分冒昧地要和雨媛握手，雨媛笑着看了看他伸过来的手，不予理睬。

丁问渔终于缓过劲来了，他掉转头，对四处看了看，说：“老天爷竟然会赐给我如此美妙的见面机会，任小姐，天下怎么会有这等好事的！”

雨媛不想听他说疯话，说：“丁先生这也是上庐山去参加谈话会？”

丁问渔感叹说：“我差一点犯了大罪，最早通知我开会的时候，我还想到不去。真要是如此，岂不是大错特错了。”

一九三七年的庐山谈话会规模空前，各界名流学者纷纷被政府邀请到山上做客，就当前形势畅所欲言抒发个人意见。丁问渔和由雨媛陪着上庐山的任伯晋老人，只是被邀请的人物中间最普通的成员。休假期限尚未结束的蒋介石，早在这一年的五月二十七日，就率先抵达庐山，在庐山的第三天，他正式销假视事。到六月四日，西安事变的关键人物之一杨虎城上山见蒋介石，同日上山的还有中共代表团团长周恩来。一个月以后的七月四日，庐山暑假训练团第一期正式开始，集中军训的中学校长及教育局长，各方行政人员共两千九百余人，经过两星期的训练，然后由委员长亲授结业文凭。在毕业典礼仪式上，参加谈话会的部分名流学者目睹了这一场面，蒋介石在强烈的日光下，做了《建国主要工作》的演讲。刚刚发生过的“七七”卢沟桥事变，大大增加了大家的抗战决心，所谓最后关头已经到了，蒋介石情绪激昂，就卢沟桥事件的严重性进行了阐明。

烈日炎炎之下，站在台下听演讲的人中间，有数名学员晕倒了。丁问渔和部分参加谈话会的名流，应邀站在露天的讲台上面，也感到有些难以支持，幸好他紧靠着墙壁，有了支撑，虽然感到疲倦，眼前发昏不能见物，仿佛喝醉了酒一样，总算还不至于摔倒。让丁问渔感到钦佩的是，同样处于日光暴晒下的蒋介石，用宁波官话大声演讲着，精神出奇的好。他频频挥动着胳膊，越说越激动。丁问渔丝毫也没有意识到中日之间的大战，已经因为卢沟桥事变，就要不可避免地全面展开了。由于这次庐山之行有雨媛做伴，丁问渔脑子里除了儿女私情，根本就不会把国家大事放在心上。自从那天在船上遇到雨媛，他时时刻刻想着能和雨媛在一起，结果连续几天都是睡眠严重不足。别人在船上睡不着，是因为机器嗡嗡作响，他却是因为想到雨媛和自己同在一条船上，激动得久久不能入眠。

丁问渔这次有机会和雨媛在一起待了十二天，这十二天使他们两人之间的关系，很迅速地向前迈了一大步。看来老天爷这一次真是有心成全丁问渔。在这之前，他们很少有见面的机会，虽然丁问渔已经给雨媛写了无数封信，虽然这些信一封不少地已落入雨媛手中，但是两人仍然有着很大的隔阂。他们只是纸上谈兵，丁问渔更多的只是在信中苦苦追求，而雨媛对于那些来自字面上的炽烈词语，已经见多不怪，不当一回事。两人面对面短兵相接，情况立刻就发生了变化，一切都变得直截了当，一切都变得难以回避。雨媛有些担心丁问渔会出格，又不知道他究竟会如何出格。在船上，丁问渔完全是出于礼貌，主动提出来要去拜访任伯晋老人，老人没想到他也会在船上，很是吃惊，加上他是由女儿雨媛陪进来的，一时竟不知对他说什么好。拜访结束以后，丁问渔又由雨媛送出船舱，他有些依依不舍，不肯告别，但是雨媛掉头就走了。

第二天一大早，丁问渔便在过道里等候雨媛。因为他昨天临别时，和雨媛说好，早上一起起来看日出。一直到太阳升起来，雨媛还没有露面，他心急如焚，又不敢冒昧进舱喊她。这期间，看见任伯晋老人出来过一次，大约是去餐厅，丁问渔做贼心虚，不敢打招呼，连忙躲避。待老人重新回舱好半天，雨媛终于露面了，他迫不及待地迎了上去，也不敢向她抱怨，只是一味地傻笑。雨媛好像已经知道他早就等着了，说你这人真死心，我昨天又没答应你早上一定起得来，又问他吃没吃早饭。她还没有梳洗过，完全是刚睡醒的样子，丁问渔看着感到十分的亲切，因为他觉得这样离雨媛更近更真实。雨媛回房间收拾了一下，出来说她父亲已吃过了，于是他们两人一起去餐厅。早餐是咖啡牛奶和面包，雨媛有些吃不惯，笑着问丁问渔在国外留学期间，是不是天天吃这玩意。

雨媛的表现，要比丁问渔想象的大方得多。过去她只是不想被他纠缠，现在既然已经躲不掉了，她索性大大方方地和他交往。餐厅里的电风扇呼呼地吹着，把雨媛身上新抹的花露水香味，一阵阵地往丁问渔的鼻子里送。丁问渔情不自禁，疯话又流露了出来。雨媛很严肃地说，要是他不老实，再胡说八道，她就要不理他。她似乎并不反对和他在一起，但是她并不喜欢那些赤裸裸的调情。她警告丁问渔，如果他想继续和她保持友好的关系，他必须克制自己的行为。对于丁问渔来说，这已经是天大的面子。以后的几天里，丁问渔果然像个绅士一样，紧跟在雨媛身后，殷勤讨好，没完没了地拍马屁，却小心翼翼不敢过分造次，就怕做出什么让雨媛不高兴的事。上了庐山，两人住的地方也不远，都是住在一所美国人办的学校里，推开丁问渔住处的前窗，便能看见雨媛父女住的那幢小楼。雨媛此行的任务是照顾老父亲，任伯晋上山以后，拜访他的人多，雨媛闲着没事，禁不住丁问渔的一再邀请，便和他一起出去散步游玩。庐山的风景名胜很快让他们访遍，丁问渔去当地的图书馆借了几本有关庐山的书，领着雨媛按图索骥，玩了个不亦乐乎。山高水远，丁问渔累得够呛，雨媛也屡屡喊吃不消。

只要是能逃的会，丁问渔一定找各种借口逃脱。好在这种谈话会，绝不会像大学里蹩脚老师授课那样要点名，加上卢沟桥事变的突然发生，原定的谈话会虽然没有因此中断，但是也能看出来，高级领导人的心思，此时已不在谈话会上。七月十一日，军政部长何应钦宣布一切军事已经进入战时状态。大战恶战迫在眉睫，一触即发。一向委曲求全的国民政府，已对或和或战做好了两手准备，万不得已时，将不辞一战，用生命和热血来维护祖国的尊严。许多人都在为国家的前途和命运担心，谈话会谈着谈着，话题便自然而然地就转移方向，转移到了如何对日作战这一目前最迫切的问题上。大家议论纷纷，各抒己见，教育界人士坚持认为，战争即使发生，学校也不应停办，而其他各界代表，有的要求立刻宣战，有的主张冷静处理。虽然国民政府表达了从未有过的强硬态度，大家对大战是不是真的就算是开始了，仍存在疑问。

丁问渔和雨媛就像一对逃学的小学生。他们也谈卢沟桥事变，也议论中日之间会不会真的打起来，然而他们只是在游山玩水之际随口谈谈的。庐山周围的风景区，有许多前来游玩的大学生，男男女女健康活泼，大家在一起休息的时候，很严肃地谈论起国家大事来。几乎所有的青年人都赞成立刻对日作战，就连他们雇的轿夫也觉得应该和日本打一仗。人们一提到日本人在中国北方的暴行，便感到义愤填膺，便感到应该好好地教训一下日本人。东北已经丢了，华北又危在旦夕，中国再不抵抗就没日子了。有两个学生曾经在课堂上听过丁问渔的课，他们盯着丁问渔和雨媛的背影看，一边看，一边小声地议论。丁问渔和雨媛都有些忘乎所以，特别是雨媛，她虽然不断地提醒自己在和丁问渔的交往中，要保持适当的距离，但是实际行动却有些身不由己。她知道那些学生在议论什么。

雨媛从没有这么长时间地单独和一个异性在一起游玩过。她和余克润的婚事太匆忙了，一想到就有些后悔，就有些不甘心。结婚前，余克润难得有机会和她出去玩，雨媛总是拉着女伴一起去，到什么地方都是集体活动。结了婚，余克润反正用不着再哄她了，他的心思似乎也不在她身上，他要出去玩，总是偷偷带着别的女孩子去。雨媛见到过许多余克润为别的女孩子拍的照片，他有一架德国的照相机，而且摄影技术很不错。在让雨媛欣赏他的摄影作品时，他总是说什么时候为你也拍一些照片，可是这种许诺从来就不曾真正兑现过。人们对很容易得到的东西向来不知道珍惜，雨媛早就意识到余克润从一开始，就觉得他们的婚姻有些草率。他显然不是那种应该接受婚姻约束的男人。他人是和她结了婚的，可是心却没有。

结婚没有使他们走近，恰恰相反，反而使他们隔得更远了。

雨媛知道自己的行为有些过分，她有许多次拒绝丁问渔的机会，但是她没有拒绝。不仅没有拒绝，事实上她和丁问渔在一起玩得津津有味，乐不思蜀忘乎所以。她仿佛又回到了天真的少女时代，有说有笑，敢说敢笑，早把种种顾忌摔到脑后去了。爬山太吃力，丁问渔为她雇了顶轿子，轿夫以为她是丁问渔的家眷，吱吱咔咔地抬着，口口声声说着“太太你坐好了”。雨媛也不恼，暗暗好笑，倒是害得丁问渔有些担心，怕她因此会不高兴，一赌气，不再和他一起游山玩水。两人尽情尽兴地玩着，雨媛的玩心重，是地方就想去，丁问渔屁颠颠地陪着，十分得意。到了后来，两人索性一人一顶轿子，由轿夫抬着，马不停蹄地到各风景点去报到。丁问渔逃会逃得实在有些不像话，有些会议不得不去参加，不得不去说几句可说可不说的话，雨媛一人闲着无事可干，困在房间里想睡觉又睡不着，想看书却又看不进去，回想自己几天来的行为，既感到荒唐，又感到兴奋。

3

那个没完没了地给雨媛写情书的丁问渔，和现实世界中的丁问渔，仿佛是两个毫不相干的人。那个充满激情神经兮兮的丁问渔，在现实生活中，对雨媛体贴入微，关怀备至。雨媛第一次感受到那种来自男人的熨帖关怀，它是那么的实在，那么的具体，那么很轻易地就能感受到，以至于她突然发现自己原来很需要这种关怀。女人总是希望能得到男人的关怀和爱护，结了婚的女人尤其是这样。结过婚的女人，往往更容易感受到被冷落的孤寂，这就好比有钱人比穷人更感到没钱的日子难过。雨媛似乎有意无意地在追求一种补偿。和丁问渔在一起显然是很危险的玩火，但是玩火本身就是一种有趣的游戏，越是危险的游戏越有趣。

有一天，两人在明亮的月亮下散步，丁问渔颇有感慨地说，如果他们早一些认识，不知道会不会是另一个结局。对于这样具有挑逗性的问题，雨媛已经习惯避而不答。她知道应该用沉默来对付丁问渔，沉默是最好最有效的武器。不过这话不可能不往她的心头去，不可能没有触动。事实上，她自己就不止一次想过种种可能性。雨媛对自己最想不明白的一点，就是她怎么也恨不起丁问渔来。不仅是她，任家上上下下无论怎么谴责他，却也是从来就不觉得他是个坏人。雨媛的大姐雨婵提到丁问渔就会脸红，她总是情不自禁地要为他辩护，为他说好话遮丑。丁问渔不顾一切地追求雨媛姐妹在任府引起一片哗然，人们都觉得这有些出格，但是更多的是觉得有些滑稽。

雨媛说："有一天，你会不会像忘掉我大姐一样，把我也忘了？"

丁问渔面对这样的问题有些措手不及。他确实已经忘了雨婵这个人，经雨媛一提醒，那个早已逝去的幼稚少年丁问渔，仿佛又一次浮现在他的面前。可是这时候他的内心深处无动于衷。那个陌生的少年丁问渔已不复存在，如今的丁问渔是一个成熟的男人，他对雨媛的爱同样也是成熟的。他不明白雨媛为什么要在这时候，提这样不合时宜的问题。雨媛见他不吭声，知道他有些不高兴，于是替他打圆场说："没关系，到时候你把我忘了，我也绝不会怪罪你的。"

丁问渔十分动情地说："你已经融化在我的血液里，我即使忘了我自己是谁，也不会忘了你。"

这话听上去很肉麻，但是雨媛听了，竟然有些感动。她知道丁问渔是真的喜欢她。肉麻的话，她已经在信上见过太多，从他嘴里直接说出来，毕竟不一样。她难免又要拿他和余克润做比较，虽然这不太合适，可是忍不住就要这样做。感觉良好的余克润心里除了自己，永远也不会有别人，他只知道要别人喜欢他，却从来不知道应该怎么去喜欢别人。丁问渔不一样。别人是不是真喜欢他已经不重要，重要的是，他非常清楚地知道自己喜欢什么。他认准了雨媛，不考虑一切后果地穷追不放。和丁问渔在一起，雨媛有一种置身于世外桃源的感觉，随便什么样的话题，经过丁问渔的叙述，立刻又有了一种全新的趣味。丁问渔见多识广，让她知道了许多她前所未闻的事情。外面的世界太大了，而她知道的事又太少了。军营枯燥的生活，早就让雨媛感到腻味，她忽然想到自己最好的选择，还是重新去大学里读书。当兵显然是一个错误的选择，一个年轻人假如想报效国家，不一定非要去当兵，像她这样的女机要员，本来就是可有可无。她的想法刚流露出来，立刻得到丁问渔的赞同。

“任小姐如果愿意，你可以出国去留学，我陪你去。”丁问渔十分诚恳地说着，他的话里面，并没有占雨媛便宜的意思。

“出国留学?”

“对，我在外边待过许多年，国外当然也没什么好，但是和国内的情形比起来，还是出国的好，以任小姐的条件，最好是去欧洲，不过欧洲可能也要打仗，那么这样好了，你就去美国。”丁问渔的口气，好像事情就这么已经说定了，他打算回南京便往美国的朋友处去信。

雨媛立刻想到这事只能是说着玩玩，真要出国留学，事情绝不会那么简单。首先余克润就不会答应，除非他们离婚，否则他绝不会放她出国。余克润的理想总是有些游移不决，他有时候希望雨媛是新式的妇女，有自己的职业，自己能养活自己；有时候又希望她在家里当家庭主妇，是沙龙的女主人，在高朋满座的时候大出风头。像余克润那样的人，注定对什么样的女人都不会特别满意。任家上上下下也不会赞同雨媛出国留学，他们不会放心她一个人到国外去闯。雨媛当然不会和丁问渔一起出国，她从来也没有想过这种可能性。在庐山只是短短的几天，雨媛发现自己对丁问渔已经充满好感，真要是和他一起出国，朝夕相处，她怕是真会抵挡不住他的进攻。

第二天是返回南京的日子，丁问渔的一位熟人拉他一起坐飞机走，这位熟人和军方关系非同一般，因为在当时，只有很高层的人，才会有机会坐飞机。丁问渔能和雨媛在一起，不用说是坐飞机，送一架飞机给他也不会要。他谢绝了熟人的关心，只想着与雨媛同船而行。偏偏在安排回程的船票时出了差错，丁问渔和任伯晋父女被安排在两个不同的班次，丁问渔乘的那条船要迟六个小时才能开，他顿时急成了热锅上的蚂蚁，到处找人换票。雨媛也感到一种说不出的遗憾，早知道这样，还不如动员他乘飞机回去的好。没人愿意和丁问渔换票，何况他也找不出什么一定要换票的借口。既然他说不出理由，别人自然不愿意成全他。

结果送任伯晋父女上船，丁问渔的心情沉重得仿佛是生离死别。雨媛尽量做出满不在乎的样子，尽管她知道一路上，假如能有丁问渔陪在身边，枯燥的旅途生活将有趣得多。她不想让他觉得自己也和他一样感到沮丧。任伯晋看看手表，让丁问渔赶快下船，丁问渔闷闷不乐地向他们父女告别，然后耷拉着脑袋往舱外走。雨媛要送他，他拦住了不让送，说你这一送我，我心里更难过。雨媛被他神经兮兮的样子逗得笑起来，坚持一定要送他下船。两人来到甲板上，早已升火待发的船做着离港的准备，一名船员在解缆绳。丁问渔十分绝望地走到甲板那里，回头看了看雨媛，突然打定了主意不下船。他的行李还寄存在九江的一家旅馆里，这时候也顾不上了，雨媛急得哇哇直叫，丁问渔孩子气地说："你不要撵我走了，我现在就是跳江里去，也不上岸。"

早在上船的好几个钟点前，丁问渔就来码头试图补过票，但是工作人员一口咬定这是包的船，空位一个也没有。那船说开就开了，因为是逆水停泊在那里的，拉响了汽笛开始掉头，雨媛看丁问渔真的不愿下船，也不好死逼他，只问他留在旅馆里的行李怎么办。丁问渔说："只要能和你在一起，行李又能算什么。"雨媛听了，脸顿时红起来。这些天来，类似的话，她已经不是第一次听到，可是此时此刻，雨媛的心头不由地哆嗦了一下。

丁问渔看着那船离岸边越来越远，心头也越来越得意。他奇怪自己怎么早没想到这一手的。既然船已开了，补票也不成什么问题，总不能逼他跳到江里去吧。反正他的要求也不高，到晚上睡觉时，只要有张躺椅就行了。雨媛忽然担心这事让父亲知道了不好，因为任伯晋老人以为他已经下船了，这时候他如果又出现在他面前，老人一定会以为他们是串好着骗他的。丁问渔觉得此事好办，老人待在房间里不动弹，他只要躲着不见任伯晋就行了。可是随着时间的推移，事情反而变得更被动。雨媛动不动就往舱外跑，老人不疑心也会疑心，等到这事瞒不下去的时候，任伯晋也没多问，只是板着脸，点到为止地问了一句：“你们搞什么鬼名堂？”事情一旦揭穿，雨媛便留在舱里陪父亲。任伯晋看她三心二意的样子，想对她说，你们都是结了婚的人，应该注意影响，可是话到嘴边，却又没说。任伯晋对小女儿向来溺爱，他知道女儿不可能做出什么出格的事情。而且他对丁问渔也不是真正的反感，他印象中，丁问渔这人永远也长不大。卢沟桥事变的严重性，使得老人对中国的命运充满了担忧，他老人家感到不能理解的，是国家存亡之际，这些年轻人怎么会一点也不往心上去。

丁问渔没头苍蝇似的，在离雨媛舱门口不远的地方转来转去。因为与雨媛有约，他不敢贸然闯进去，但是他形迹可疑的样子，自然引起了其他人的注意。有认识他的，和他大声打招呼，这一招呼，便暴露了他的所在。还有人已看出了问题所在，存心和他开一回玩笑，站在雨媛的舱门口，大声说：“任小姐，丁先生在外面等着你呢！”丁问渔听了，逃走不是，不逃走也不是。任伯晋没办法，皱着眉头对女儿说：“你去吧，别让那小子出洋相了。”

于是两个人索性公开地大大方方往来。他们有说有笑，形影不离，别人爱怎么说就怎么说，爱怎么想就怎么想。吃晚饭时，丁问渔点了许多菜，请任伯晋父女一起用餐。船上居然有德国啤酒，任伯晋早年在日本学军事的时候，就知道世界上德国啤酒最好喝，船上有些热，那啤酒正好用来解渴去暑。这位一辈子都在纸上谈兵的老军人，一边喝德国啤酒，一边大谈可能爆发的中日大战的前景。类似的话题任伯晋永远也说不完，知道听者未必会耐烦，说着说着，很沮丧地补了一句："国家兴亡，匹夫有责，年轻人都像你们这样，又怎么得了？"丁问渔连忙声明自己已不是年轻人，说着看雨媛一眼，雨媛正很妩媚地笑着。丁问渔又说："像雨媛这样可爱的女孩子，让她们去和日本人作战，这难道不是有些暴殄天物。"说完，怕任伯晋会不高兴，偷偷地看了他一眼。雨媛也示意他别瞎说，任伯晋看丁问渔和女儿眉来眼去，只好装着没看见。

船过马当要塞，已经驶进安徽的地界。丁问渔的心境开始变得沉重起来，他真希望这船能没完没了地开下去。雨媛不知道他为什么突然不高兴，以为自己说什么话得罪了他。丁问渔说："相见时难别亦难，这诗句如今读起来，别有一番滋味在心头。"雨媛让他这么一说，也有了一些感叹，立刻觉得有些把持不住自己。丁问渔起码是一个很有趣的旅伴，她意识到这一路上，自己的行为已经大大地出了格。不要说她已经是结了婚的少妇，就是没结婚，和丁问渔这么疯疯癫癫地在一起，也有些太过分。她从来没有这么长时间和一个几乎陌生的男人待在一起过。想都不敢想的事情，竟然就这么自然而且不顾后果地做了，以后想起来都会后怕。雨媛想自己若是把这一路的经历，说给同伴听，保证吓得她们目瞪口呆。

船快到南京的时候，雨媛和丁问渔约法三章，说好到南京以后，一切恢复正常，他可以继续写信，但是再也不要见面了。雨媛在无意中，不仅承认了自己接到了丁问渔一封接一封的来信，而且熟读了这些信的内容。但是此时的丁问渔，已经不可能因为雨媛接受了他的信就心满意足。由于分别在即，丁问渔如丧考妣，一脸的痛苦和绝望。他不肯善罢甘休地说："我们为什么不能再见面。"雨媛知道他死皮赖脸的脾气，不给他任何商量的余地。丁问渔不依不饶地说，他知道她是讨厌他了，又说知道自己生来就讨人厌。雨媛笑着说，既然是知道自己讨人厌，就不要再胡搅蛮缠。她说这话的口气，并不是真的十分严厉，丁问渔变得就像一个大孩子，死盯住雨媛不放。

雨媛说："我们应该至此为止，我们之间不可能有任何结果。"

丁问渔非常认真地说："我不需要任何结果。"

4

从避暑胜地庐山，回到酷暑下的南京，丁问渔有一种从天堂跌入地狱的感觉。南京的夏天向来是热的，一年里总有几天，会热得人死去活来。一九三七年的夏天尤其热，整座城市成了一个正在燃烧的大火炉，都说这是兵戈之象凶险之年。报纸上连篇累牍地报道着发生在北方的战事。和平解决卢沟桥事变，仿佛还没有失去最后的希望。蒋介石已于七月二十日，也就是第一期谈话会结束那天，乘飞机从庐山匆匆返回南京。报纸称委员长精神焕发，态度安闲，对时事的发展似乎做好了充分的准备。他分别接见了美国大使、德国大使和法国大使，就东亚局势已进入最后关头，做了必要的解释说明，并请大使们转告其代表的政府注意，中国政府抗日的决心已定。如果日本继续其侵略政策，中国政府将不得不以武力抵抗，战斗到最后一兵一卒。

卢沟桥事变发生以后，各界人士无不义愤填膺，发指眦裂。位于冲突地点的二十九军官兵，赢得了一片慰劳声，各团体纷纷致电宋哲元及守卫将士，向他们表示亲切的慰问，并请其继续为了国家奋勇抗战，电文像雪片一样飞去。暑期留在首都的学生又一次走上街头，就形势危机发表激烈的演说，为慰劳前方将士募款。上至达官贵人阔太太，下至乞丐车夫女佣，多多少少地都掏些钱出来以示慰问。学生们还组成了暑期村头剧团，现编了抗战剧目，到村间巡回演出。一时间，抗战成了最重要的主旋律。卢沟桥事变正在发展变化中，一个以事变为主题，取名为《卢沟桥事变》的剧本，由当时大名鼎鼎的剧作家田汉领衔，和一批著名的演艺界人士联合编剧，以最快的速度赶了出来。首都的报人也组织了一个剧团，在公余社排戏，准备劳军公演《卢沟桥事变》。

回到首都南京的丁问渔，对是战是和还有些吃不准。事实上，谁也不知道这次的结果会怎么样。政府的口号虽然是强硬了许多，形势如此，似乎只有打一下才能出口鸟气，然而中国人说到底还是热爱和平的。卢沟桥那边，只要日本人不是逼得很紧，和平空气便立刻笼罩。明知道日本人是缓兵之计，明知道日本人正在调兵遣将，只要前线暂时没有仗打，大家的热情便立刻冷淡了许多。丁问渔回南京的时候，正是大家的抗战情绪，处于高潮中的低潮时期，人们普遍都在怀疑，这场战争是否真的会打起来。对于真正的打仗，并没有做好踏实的心理准备。

南京的几个中学生，发起了一场捐献五万条毛巾运动。雷声很大，各新闻媒界纷纷做了报道。由于局势一张一弛，抗战的主旋律受到严重干扰，各种各样的劳军运动的热烈情绪，也变得虎头蛇尾，不了了之。声势浩大的五万条毛巾运动，结果仅收到了四十九条毛巾，离原订的目标相差太远，于是报纸不得不做出紧急呼吁，希望首都同胞踊跃捐送毛巾，以便转送到前方战士的手中，毛巾事小，激励士气事大。市党部召开紧急扩大会议，演讲施行兵役法要义，其目的，是为了打消已经深入民心的“好铁不打钉，好人不当兵”的陋习。民族欲求平等，必须首先求得能够自卫，市党部希望广大市民，不仅要在钱财和精神上，支持对日的军事作战，还应该排除恐惧心理踊跃应征。偌大的一个首都南京，适合被征条件的民众，仅占该市人口的百分之八，而被征以后经过抽签，每百人中间，实际上只有一人入伍。兵役法显然没有得到应有的欢迎，大家都对抽签的做法普遍感到不满。热血青年恨不得立刻冲到前方去杀敌，而一般市民抱着明哲保身的心理，害怕自己真的被征去当兵。

丁问渔回南京的第二天，没想到余克侠会神秘兮兮地跑来找他。当时他整个身心仿佛还留在庐山，仿佛雨媛就在自己周围，显得无精打采，不知道找点什么事干才好。余克侠来找丁问渔的时候，他正在浴室里冲凉水澡。余克侠连声地招呼，让丁问渔心里一惊，担心他是为了这次庐山之行，自己和雨媛之间的关系过于暧昧，特地赶来兴师问罪。自从知道丁问渔对雨媛有了追求之心以后，已经和老朋友绝交的余克侠，这是第一次来见他。丁问渔赖在浴室里不肯出来，余克侠隔着浴室的门，宣布了自己的来意。原来他找丁问渔的目的，竟然是要和他合伙做生意。

“我绝不会让你上当的，”余克侠开门见山，用一种丁问渔完全陌生的口吻，像个生意场上的老手说着，“我们这叫作爱国和赚钱两不耽误。”

丁问渔一时摸不着头脑，不知道对方是在说什么。原来余克侠担当秘书长的备战协会，想做一种“保安袋”的生意。所谓保安袋，也就是一种简单的配有外伤急救药的小包。丁问渔赤条条地从浴室里走了出来，忙不迭地穿衣服。余克侠待他将衣服穿好，一本正经地递给丁问渔一份宣传材料，那是为报社拟的广告词，丁问渔抓在手上看了，差点笑出声来。满纸都是十分精彩的警句：譬如“非常时期，非常准备”，“临乱切忌慌张，应变尤须镇静”，“慰劳前方将士莫妙于捐赠保安袋，保重自己性命莫佳于预置保安袋”。在纸的下方，用小一号的字体写着：“保安袋为使人人能买，人人得用，本共赴国难精神，销售非常特价，每袋国币五角，每箱一百袋国币四十五元，六袋以内只收寄费二角，输送前方慰劳寄费奉赠。”余克侠见丁问渔把纸上的字看得那么认真，随手捞了一把芭蕉扇在手上，一边使劲摇着，一边笑着说做这笔生意绝对不会蚀本，不狠狠地赚一把除非是遇到了鬼。

丁问渔想不明白余克侠要自己如何合伙，他想着纸条上的广告词，忍不住笑起来。既爱国又赚钱，仿佛竖了牌坊当婊子，真是绝妙的好主意。天气实在太热了，刚洗了澡，汗又在冒出来。丁问渔也找了把扇子在手上，哗啦哗啦地扇着。备战协会平时总是说些空话，现在终于想到要办些实事了，而余克侠要丁问渔做的事很简单，这就是通过他父亲的银行，贷一笔款子。生产厂家已经联系好了，就等着钱去买原料。那备战协会只是个空架子，枉有了一班挂名的名人，真想干什么实事连最起码的经费都没有。丁问渔告诉余克侠，说自己为了离婚，已经和父亲闹僵了，再去找他贷款，怕是不行。余克侠笑着说，天下无不是的父母，老头子就他这么一个宝贝儿子，不可能把他拒之门外。再说，丁问渔的父亲是银行家，投资什么能赚钱，心里再清楚不过，像这种稳赚的生意一定肯做的，银行绝不会因为自己有了钱就不想再赚钱。

丁问渔胡乱地答应了。胡乱答应是将余克侠迅速打发走的唯一好办法，丁问渔已经想好了对策，日后余克侠再来纠缠，他只要告诉他自己父亲不想干，谅他也没什么办法。余克侠若是不相信，他总不能亲自赶到上海去核实。在给雨媛写的第二封信中，丁问渔把余克侠找他的事，从头至尾描述了一番，甚至他从浴室里赤条条出来见余克侠这一细节都没放过。经过庐山之行，丁问渔给雨媛写信时的语气，稍稍发生了一些变化，诗意的浪漫减弱了一些，遣词造句也变得实在了不少。他唠唠叨叨地向她叙述着发生在身边的琐事，同时又在想象她可能正在干什么。他抱怨他们不该过早地离开庐山，南京太热了，热得让人感到恐怖，热得让人觉得自己始终是待在蒸汽笼子里。如果此时此刻，还能像在庐山一样朝夕相处多好。虽然是刚刚分别，丁问渔却好像和雨媛已经分别了很久，他对她总是有太多的话要说。

报纸上说南京市内目前最好的避暑场所，在城南，是夫子庙的秦淮河，国难当头，卢沟桥那边国军正浴血奋战，秦淮画舫却不受任何影响。商女不知亡国恨，有生意做就是好事，有钱赚就是节日。自入夏以来，因为天气炎热，秦淮河上的生意，无不利市百倍，一般低级歌女及私娼，在河中极为活跃，趁机大把地捞钱，丝竹歌声，彻夜不绝，吵得周围的住户都没办法睡觉，一个个叫苦不迭。结果警察厅不得不出面干涉，先礼后兵，贴了布告出去，晓以大义，然后再派警艇数艘，往来梭巡，于是秦淮河上叱燕惊莺，一次捕获陪客游船的歌女及形态猥亵之女性，计达四十名之多。

城北避暑的好地方是玄武湖公园，管理部门为了让大家有个夏夜纳凉的好去处，玄武门城门大开，于是整个公园便成了欢声笑语鼎沸的不夜城。南京的市民，夏天照例是干不了什么正经事的，衣服都是少到不能再少，也顾不上什么有关风化，男人纷纷赤膊上阵，女人小衣短衫，正如一位诗人在报上形容的那样，南京的夏季里，永远充满了诗的肉感气息。南京人白天能睡则睡，到晚上借纳凉都成了夜猫子。一吹牛就是大半夜，谈论的话题海阔天空，和时事有关的，又不外乎中日是否真的会打起来，仁者见仁，智者见智，都认为自己说得对，都笑对方没见识。悲观主义者相信只要一打仗，中国就会完蛋，乐观主义者的态度却是，日本人其实不是真的想和中国人打，日本兵虽然武器好，其战斗力并不一定就比中国强。中国的军队因为连年内战，这就好比一把刀老是在磨，越磨越快，越战越勇，一个个都已是老兵油条，不像日本兵平时只知道训练演习，弄点新式武器吓唬吓唬人。

一九三七年七月到八月之间，国家大事是发生在北方的卢沟桥事变，对于首都的市政当局来说，让他们感到尴尬的一件事，是粪便统一管理的措施，遇到了极大的麻烦。鉴于市区内没有多少公共厕所，一般居民图省事，随便挖个坑埋上口缸，然后由郊区的农民定时进城取肥。为了公共卫生的缘故，市政当局在夏季开始的时候，对全市的粪坑进行了统一管理，私人所挖的粪坑一律强行填埋，结果粪坑是填了，粪便的出处却发生了大问题。天气热，为数不多的公共厕所里，无论人员还是秽物都爆满，老百姓因为酷暑，火气本来就旺，这一来更是怨声载道，牢骚满腹，国家大事固然重要，个人小事也不能忽略，一时间，对粪便统一管理的不满，仿佛对日本人的不满一样强烈。市政当局不得不紧急组织清洁队，设法增建公共厕所，并以最快的速度，与众粪头制订承销粪便的标准价目。然而远水毕竟不救近火，亡羊补牢，原有的秩序已经乱了，凡是人烟略少的地方，便臭烘烘的，那都是不负责任的人干的坏事。

5

七月七日的卢沟桥事变，在历史书上意味着中日之间大战正式开始，然而在当时很多人的脑子里，都不这么认为。对于大多数的南京人来说，卢沟桥事变最初不过是一场发生在报纸上的战争。报纸上用许多篇幅报道着发生在北方的战事，同时也为这一年的大学招生大登广告。到了七月底，南京聚集了许多前来参加本年度高考的学子。和往年相比，这一年的报考人数有增无减，由此可见不管到了什么时候，中国人还是看重一纸文凭的。中央大学和武汉大学还有浙江大学，组成了声势浩大的联合招生委员会，报名参加考试的学生，共有八千六百人，主考场设在中央大学的体育馆里，各大学的名教授被邀请监考和改考卷，丁问渔也有幸忝列其间。约有八分之一的考生是女生，丁问渔在监考时，看着那些女学生一边考试，一边头上冒汗，忍不住想到，要是雨媛也能参加高考多好。经过在庐山的接触，丁问渔知道雨媛其实很想上大学。

丁问渔几次约雨媛见面都没成功。他并不知道她自从回南京，一直陷入在婚姻的危机之中。早在两个月之前，雨媛对余克润和曲蔓丽的关系已经非同一般的传闻就有所了解。从庐山回来以后，让雨媛感到十分震惊的，是余克润不仅没有中断和曲蔓丽的关系，反而变本加厉，两人竟然在城北找了一套房子秘密同居。谁也没有料到事情会发展到这一步，余克润不是一个有家庭观念的男人，他没想到曲蔓丽和别的女孩子不一样，沾上了就别想再甩掉。曲蔓丽并不一定真的想和余克润结婚，她选择秘密同居的目的，就是要用这个既定的事实，迫使余克润和雨媛离婚。她是个有心计的女孩子，知道如何有效地把余克润抓在手上不放。余克润突然发现自己要想不被搞臭，唯一的办法就是乖乖地和雨媛分手。

曲蔓丽带着余克润频繁出现在上流社会中，她带着他去见自己舅舅的得意门生，去拜访那些政界和军界的要人。和单纯的雨媛相比，曲蔓丽见多识广，周旋于达官贵人之间如鱼得水。余克润明白像曲蔓丽这样的女人，才是扶持自己在事业上能有一番作为的贵人。一位算命的曾对余克润说过，他日后想在事业上飞黄腾达，必须靠一位红颜知己相助才行。和雨媛结婚以后，他的心头一直隐隐约约有个遗憾，觉得她不能给自己带来好运气。他糊里糊涂地就和曲蔓丽同居了，而且糊里糊涂地认定曲蔓丽这样的女人有帮夫运。房子是曲蔓丽去找的，显然这位既任性又有心计的女学生，对住在学校的集体宿舍和舅舅家，都感到不满意。余克润只是她随手抓住的一个男人，她对他谈不上太满意，因此处处用自己的标准改造他。

曲蔓丽对余克润展开的第一个攻势，就是让他尽快和妻子离婚。既然余克润承认他和雨媛的婚事有些草率，那么他就应该快刀斩乱麻，结束这种草率的婚姻。余克润有些骑虎难下，他希望曲蔓丽和别的女孩子一样，大家交往一阵便毫无牵挂地分手。等曲蔓丽真把房子找好以后，几天不见面就到处打电话找他，余克润开始感到恐慌，爱情的游戏似乎已经出了格，他意识到自己落入到了陷阱之中。他是一双湿手沾上了干面粉，想干净也干净不了。曲蔓丽不像雨媛那样把很多不满都放在心里不说，她既能像新式妇女那样思想开放，把男女之间的性爱不当一回事，又可以像旧式妇女那样用寻死觅活吓唬男人。当她意识到余克润不能下决心和雨媛分手的时候，便在枕头底下放了一把剪刀，然后在做爱时，冷不丁地抽出来，迫使余克润答应她的要求，要不然，她就立刻死给他看。“我不能容忍我喜欢的男人，生活中还拥有那么一个不起眼的女人，”曲蔓丽动辄显得霸气十足，她要求余克润和雨媛分手的借口，不是因为她是自己有威胁的对手，恰恰相反，她觉得雨媛只是一个普通的女兵，根本不配成为自己的对手，“你完全可以找一个比她强得多的女人。”

曲蔓丽对雨媛的了解，都是从余克润那里间接得到的。一个傲气的女孩子总是天生地看不起别的女孩子。女人的傲气常常莫名其妙，女人的傲气常常有恃无恐。和所有喜欢寻花问柳的男人一样，余克润夸大了他和雨媛之间的不和谐，甚至编造了几个并不存在的小故事。这样的小聪明，余克润在和其他女人打交道的过程中屡试不爽，但是他忘记了另一个游戏规则，这就是一个聪明的男人，永远不应该在女人面前，过分地说另一个女人怎么好，同样，聪明的男人也不应该在女人面前，过分说另一个女人怎么不好。为了让曲蔓丽得到一种心理上的满足，余克润总是有意无意地贬低雨媛，等到他再想替雨媛挽回面子的时候，已经为时过晚。曲蔓丽对雨媛的印象已经定型，她把他的改口，看作是一种庸俗的良心不安，看作是一个没有勇气的男人，不敢和没有爱情的婚姻决裂。余克润下不了最后的决心，曲蔓丽决心越俎代庖帮他下。她自作主张地替余克润约雨媛谈了一次话，一直到见面的前夕，她才把这事告诉余克润。

余克润想退缩已经来不及。曲蔓丽的做法显然是太过分了，她安排了这次戏剧性的会面，而且始终在一旁监视着。她理直气壮地要亲眼看余克润会怎么做。很长时间里，大家都无话可说，雨媛不住地偷眼看曲蔓丽，曲蔓丽高昂着头，一副不屑于和雨媛对话的样子。余克润犹如芒刺在背，天气本来就热，初见面的短短几分钟里，已经流了好几身汗了。雨媛好不容易才弄明白这次见面的目的，她刚从庐山回来，和丁问渔之间的关系有些过热，因此对余克润还存着一些歉意，这样一来也好，大家都不欠对方什么，在一开始，她还不能明白为什么要安排这次滑稽的会面，曲蔓丽盛气凌人的态度让她感到很不高兴，余克润有话不说的样子，也让她受不了。她情不自禁地想起几个月前，另一次荒唐的戏剧性场面，情况有些相似，不过角色已经发生了变化，当时的第三者是她，而如今却是曲蔓丽。

临了，把话挑明的还是曲蔓丽。她以发难的方式，开始了这场让雨媛感到震惊的谈话。“余克润，现在是时候了，你不是要和这个女人解除没有爱情的婚姻吗?”曲蔓丽的口吻像是舞台上的道白，有板有眼，抑扬顿挫。雨媛惊得目瞪口呆，目光寻求答案地转向余克润，余克润的目光不敢对着雨媛看，他做出好像不在听曲蔓丽说话的样子。雨媛终于明白是怎么回事，她自然是十分愤怒，曲蔓丽的话也太岂有此理，这话轮不到她来说。

雨媛只用了一句话，便狠狠地煞住了曲蔓丽的傲气。她盯着她的脸，气愤地问着："你是什么人?"曲蔓丽一时语塞，雨媛又向余克润追问她的来头。

余克润摊开双手，支吾了半天，苦着脸说："雨媛，你听我解释。"

雨媛洗耳恭听。他的解释很无力，绕着圈子不着边际。雨媛觉得他根本用不到这么慌乱，男子汉大丈夫敢做敢当，曲蔓丽已经替他把该说的话说了出来，他何必再做多余的掩饰，他今天来找她，不就是为了解除她和他之间所谓没有爱情的婚姻吗。雨媛感到自己的心口，让小刀子给捅了一下，猛地疼了片刻，然后便是一片麻木。她从来没有想到过，自己和余克润之间的婚姻，究竟存在不存在爱情这一问题。雨媛相信自己是爱余克润的，而且她相信他也爱她。余克润避重就轻的态度，不仅让雨媛感到失望，同时也让她感到绝望。她的心灵从未受过这么严重的伤害。

余克润说："看来我们之间是出现了一些小问题。"

曲蔓丽在一旁很不满地说："怎么能说是小问题呢，你应该告诉她，你现在已经和谁住在一起!"

雨媛感到自己胸口闷得透不过气来。余克润变得非常狼狈，显然他也觉得曲蔓丽做得太过分了，但是看得出来，他拿她并没有办法。话既然已经说到了这个份上，余克润干脆装哑巴，让她们想怎么说就怎么说。事情反正是大大地出格了，曲蔓丽一不做，二不休，便把自己和余克润一起租了房子同居的事，倒竹筒似的统统说了出来。这是很毒的一招，雨媛和余克润结婚以后，一直想和他有一处自己的房子，没条件买的话，先租着住也不要紧，没想到余克润一直拖着不办，最后却和别的女人租房子同居。就冲这一点，雨媛想自己就永远也不会饶恕余克润。

余克润无事佬一样地站在一边不吭声，他的不吭声，实际上是默认曲蔓丽所说的都是事实。曲蔓丽现在已经处于上风，她注意到雨媛的脸红得血仿佛就快要涌出来，眼圈也有些红，索性乘胜追击，故意用她和余克润之间如何恩爱来刺激雨媛。女人往往知道怎么样才能真正伤害女人，女人对女人有一种天生的杀伤力。曲蔓丽不紧不慢地说："我就不相信，别以为自己有了一纸婚书，他就应该属于你。"

雨媛想事情都到了这一步，多说也没什么意思。她强忍着，不让自己的眼泪落下来。曲蔓丽咄咄逼人地还要说，余克润看不过去，让她别往下说了。曲蔓丽得理不饶人地说："我干吗不说，她也有嘴，她也可以说嘛。"雨媛对曲蔓丽说不出的厌恶，她不想和这个女人斗嘴，吵架不是她的特长。雨媛希望曲蔓丽能够走开，自己真有话要问，也是对余克润说。雨媛想听听余克润自己怎么说，事情有些太突然，她一时不能反应过来，不知道怎么才能应付目前的局面。余克润似乎不想和她单独相对，事情已经被曲蔓丽搞糟了，他觉得现在最好的办法，就是一走了之逃之夭夭。他不是个有心计的人，但是这时候不得不用一些心计。他既不想亲口对雨媛说要解除他们之间的婚姻关系，也不否认这次见面的目的，就是为了解除婚约。这是一个很滑头的办法，为了曲蔓丽这样的女人，就和雨媛分手实在有些不值得，但是事情已发展到了这一步，想不分手看来也不可能。就算是为了成全曲蔓丽，余克润知道自己想不离婚，也得乖乖地离婚。曲蔓丽和雨媛不一样，她什么不像话的事都能做出来，而余克润和雨媛共同的毛病，就是都太爱自己的脸面。

曲蔓丽果然对余克润老大的不满，特别是通过这次见面，她注意到雨媛的姿色，似乎还在自己之上，而余克润吞吞吐吐，想断又不敢断，分明是旧情不忘。她恨得咬牙切齿，抱定主意要和余克润大闹一场。余克润把她送到家，借口有事要溜。曲蔓丽知道他这一走，准保好几天又见不到影子。余克润逃避矛盾的办法永远是非常拙劣，永远是惹不起，躲得起，对付不了的时候，就藏着不露面。曲蔓丽吃准了他这一招，一把扯住了他的膀子，威胁说："今天这日子，你要是敢走，我们就算是到了尽头了。"余克润被她这一吓唬，立刻显得有些犹豫。曲蔓丽的威胁含有两层意思，一是表示他们的关系完了，另一层意思就是她不想活了，要死给余克润看。用自杀来威胁别人真算不了什么高招，但是余克润偏偏害怕这一招。他吃不准曲蔓丽是真是假，知道真出了什么事，他的前途也就完了。

余克润没办法，只好说："我又不是骗你，是真的有事。"

曲蔓丽说："今天这日子，天坍下来，你也不许走！"

余克润拗不过她，只好留下来和她一起吃饭。吃饭时，曲蔓丽悠悠地说，他要是真不想和雨媛离婚，就不离好了。余克润奇怪她怎么又这样说了，刚松了一口气，曲蔓丽的脸上已经乌云密布，眼睛瞪着他说："就知道你正等着我这句话，我告诉你，要是不想和你那位太太分手，也用不着勉强。你别指望离了婚，我就会嫁给你。"余克润心里想，既然不打算嫁给我，干吗还要逼我离婚，嘴上却说："难道我说过不和她分手的话？"曲蔓丽冷笑说这话用不着说出来，他脸上的意思都摆着的，再不会察言观色的人，都能知道他心里是怎么想。余克润说不过她，只好叹气。曲蔓丽又说："你叹什么气，我告诉你，别以为你那位太太是什么了不得的好东西，她娘不是个日本人吗，说不定她就是个日本间谍，陆军总部怎么会让她那种女人混进去的。"

在一九三七年的南京，最恶毒的骂人，就是说人是汉奸和间谍。余克润知道曲蔓丽不狠狠地糟蹋雨媛，绝不罢休，心里因此有些不痛快。曲蔓丽最大的本事，就是能把自己分明是没理的事情，说得理直气壮千真万确。几天前，余克润陪曲蔓丽去参加一个舞会，曲蔓丽年轻的舅母在和他一起跳舞的时候，很认真地问他什么时候和自己太太分手。"我们家蔓丽看上你，真是倒了大霉，你知道有多少当官的看中她，他们哪个不比你强？”曲蔓丽的舅母自己嫁了一个老头子，浑身的气力没地方使，到了舞场上就不肯歇着，她缠住了余克润不放，怕曲蔓丽吃醋多心，处处以长辈的口吻说话，她的话总是说得赤裸裸的，说到临了，竟然要给余克润下最后通牒。余克润心里有些烦，倒不是不想和雨媛分手，也不是担心雨媛不同意和自己分手，他感到不痛快的是曲蔓丽模棱两可的态度。无论是曲蔓丽的舅母，还是曲蔓丽本人，都是一个毛病，她们一个劲地逼他，都是只对余克润和自己的太太分手这事有兴趣，至于分手以后，曲蔓丽是不是真嫁给他，从来就没有一个肯定的说法。余克润的想法很简单，事情既然闹到了这一步，他若和雨媛离婚，当然就要娶曲蔓丽，否则离婚干什么。

曲蔓丽天生有一种驾驭男人的手段，她将余克润强留了下来，知道今天必须对他好一些，只有恩威并重，才可能把余克润牢牢地捏在手心里。就在余克润最担心她要继续攻击雨媛的时候，她突然停止在这个话题上纠缠下去。余克润立刻有一种如蒙大赦的感觉。吃完饭，女仆烧了一大锅洗澡水，一切都布置好了，曲蔓丽打发女仆去做别的事，她自己侍候余克润洗澡。天气热，余克润一边洗澡，一边出汗，曲蔓丽便在一旁十分耐心地替他打扇子。洗完了，又替他扑痱子粉，余克润受宠若惊，心里过意不去，也要替她打扇子，曲蔓丽和颜悦色地说：“你刚洗了澡，赶快到外面找个凉快的地方乘凉，要不然又是一身汗。”

过了一会儿，曲蔓丽也洗完了澡，香气扑人地来到余克润身边。由于他们找的房子是在郊外，门前有很大的一块空场地，再往前是一个池塘，两棵柳树，在空地上放一张大的竹榻，实在是夏夜纳凉的好场所。月亮已经升了起来，月光如洗，依稀还能见到几颗星星。余克润知道她肯定会唠叨白天和雨媛见面的事，一说又要吵架，没想到她避而不谈，偎在他身边海阔天空地和他说别的事，一边说，一边还替他打扇子。到了后来，余克润自己反而憋不住了，深深地叹了一口气，主动说起雨媛的事。刚说了一个头，曲蔓丽捂住他的嘴，不让他往下说。余克润拉开她的手，说："我也不是不想快刀斩乱麻，只是这事总得有个过程。老实说，她今天是一点准备也没有。”

曲蔓丽说："别光为她想，你为我想想，你不和她离婚，我算什么，难道永远当你的外室？”

6

丁问渔几次约雨媛出去玩都没有下文，他想她果然说话算话，从庐山回来分手时说好的，两人面对面的交往到此为止，说结束就真的结束了。丁问渔自然不肯死心，他觉得自己并没有太大的非分企图，只是觉得和雨媛在一起，那种快乐是无法用语言来形容。自从有了庐山的交往以后，丁问渔更觉得自己并非是真的一点机会也没有。在批改高考入学考卷的时候，每当批到一手绢字的卷子时，丁问渔便猜想那必定是出于一位美丽的女子之手，由此又联想到雨媛如果也能来大学读书，自己有机会天天见到她，真是太有趣了。爱屋及乌，丁问渔都不忍心在那些写着绢字的考卷上扣分。国难当头，要想安心读书实在太难了，这一年，参加高考的人数多，分数却不算高，平均分数达到七十分的，一共就只有三个人，这三个人，两位被中央大学录取了，一位录取浙江大学。平均六十分以上的也不多，还不到五十个人，其中一大半都被中央大学录取了。

阅卷结束，丁问渔一门心思又都回到了雨媛身上。信自然天天要写的，话永远说不完，刚寄出一封信，新的要说的话，像春风吹过之后的草地，又源源不断地冒出新的芽来。庐山朝夕相处的情景，时时再现，晚上睡觉，做梦便回到了庐山，不老实的念头有时候竟按捺不住，丁问渔因此明白，人原来是不会有满足之时的，人的心真满足了，也许就不是人了。他本来的希望并不高，雨媛只要能接受他的信，就是天大的面子，而他的本意，也不过是为了追求一种精神上的恋爱。看来精神恋爱难免自欺欺人，不过自从丁问渔追求雨媛以后，他的确崇高了不少，首先已经没有了寻花问柳的恶习，其次身上那种名士的古怪毛病也改了许多。恋爱前后，丁问渔已经判若两人。

丁问渔终于接到雨媛一封同意见面的短函，他欣喜若狂，不死的心立刻复苏，立刻蠢蠢欲动，恨不得立刻就赶去见雨媛。几天内，形势正在变得日益严重起来，卢沟桥事变的发展已不可收拾，和平的幻想连续破灭，日本军队占领了天津，又将北平死死地围住了，何时沦陷不过是迟早的事。国民政府这一次似乎下决心要真打大打，各地军政大员纷纷云集南京，共赴国难，共商抗日救亡大事。山西阎锡山，广东余汉谋，广西白崇禧，四川刘湘，湖南何健，云南龙云，以及共产党的代表朱德和叶剑英，都在短短的几天内，先后赶到南京，于是报纸上一片热闹，连篇累牍地做着跟踪报道，国民政府定都南京以后，还从未出现过如此团结一致万众一心的局面。丁问渔在德国留学期间，曾和朱德有过交往，这次朱德到京，在京的留德同学要做东请他吃饭，因为设宴招待朱德的达官贵人太多，留德同学竟然轮不到机会，结果大家只好忙里偷闲，在一起喝了次茶。

虽然中日间的军事对抗，到目前为止，仍然还发生在遥远的北方，但是首都南京的战争气氛，已经逐渐升温。军事当局正在考虑，令南京的居民迁移出城外，如不愿者则强迫迁出，使城内只留二十万留守人员。这一议案立刻遭到了反对，理由是如此的人口大迁移，必将引起人心动荡。事实上已经人心惶惶了，大家尽管都赞成抗日，一旦战争真的打响，很多人并不知道自己应该怎么办。国军将在上海和日军决一死战的传闻不胫而走，上海人纷纷往租界里搬。丁问渔参加了留德同学的茶会以后，在与雨媛见面之前还有些富裕时间，忽然想到可以先赶去电话局，给自己父亲挂个长途电话。电话局里拥挤异常，人们神色紧张地排着长队，好不容易轮到了，因为电话局里太吵闹，打电话时不得不使劲叫唤才行。

丁问渔在即将轮到自己的时候，放弃了打电话。与雨媛约好的时间就要到了，他不愿意让雨媛苦等自己，要了辆人力车直奔约会地点。雨媛果然已经在那里等他了，丁问渔惊恐不安地看了看手表，发现雨媛竟然提早到了，禁不住有些意外。他虽然不能算迟到，但还是觉得不能原谅自己，恨自己为什么不早些来。雨媛的脸色不好看，一眼就能看出她有心事，心里面不痛快。丁问渔以为她是嫌自己来迟了，正要道歉，没想到雨媛却向他道歉。雨媛告诉丁问渔，她因为陆军总司令部有一个重要的会议，今天和他在一起的时间不能太长，实在是来不及通知他了，要不然，她一定会取消这次约会的。丁问渔听了，心里一阵感激，雨媛真是太知他的心思了，如果今天她不来赴约，天知道他会傻等到什么时候。

雨媛在刚给丁问渔寄出那封短函后不久，便深深地后悔了。她约他见面的目的，是想找个人帮自己找到余克润。她需要丁问渔为自己当回信差。经过和曲蔓丽那次该死的会面，雨媛觉得自己必须找余克润认真地谈一次。丁问渔显然不是一个适合于商量的人选，可是陷于痛苦之中的雨媛，一时也想不出更合适的人选来。她不想让自己的女伴知道她的烦恼，也不想让家里人为她操心。由于一切来得都太突然，雨媛发现自己都不知道如何应付才好。她想找余克润谈话，但是余克润明摆着是在躲她。结婚以后，余克润和她见面，向来都是处于主动的地步，他总是来无影，去无踪，来时不打招呼，说走就走。老实说，雨媛现在就不知道应该到什么地方去找余克润。曲蔓丽说，她已经和余克润同居了，他们找了房子，就住在这个城市的某个角落里，偌大的南京城到哪里去找这样的角落。

丁问渔毫不犹豫地一口答应替雨媛去查找她那位负心的丈夫。既然雨媛是如此信任他，他理当竭尽全力效劳。雨媛欲哭无泪心事重重的痛苦模样，激起了丁问渔的无比愤怒，他想不明白余克润为什么要这么混账，该了这么一个好妻子，却不懂得珍惜。雨媛看看自己的手表，已经没什么说话的时间了，匆匆告别。丁问渔十分笨拙地安慰了她几句，替她要了辆人力车，答应一有消息就立刻向她汇报。雨媛十分勉强地笑了一笑，坐在了人力车上，回过头来，想对他说什么，话到嘴边，又不说了，只是对他摆摆手，算是作别。丁问渔跟在她后面，屁颠颠地跑了几步，见人力车越走越远，高声说："你放心，我饶不了那小子的。"

雨媛不愿意听到这句话，知道他是个书呆子，而且两人之间的距离，渐渐远得说话也听不太见，索性随他去，一转身，在人力车里坐踏实了。事情反正是已经弄僵了，再继续糟糕，又能糟糕到什么地方去。丁问渔看着雨媛远去的背影，心里对余克润越想越恨。随着战争的气氛越来越笼罩，中国人对日本军国主义的仇恨已经达到了最高点，而此时丁问渔对余克润的仇恨，却是有过之无不及。雨媛的指示就是命令，必须不折不扣地执行，但是他一时想不明白应该到什么地方去寻找余克润，余克润若是容易找，雨媛也就用不着麻烦他了。余克润的双重身份，使得他变成了一个神秘人物，因为他既是飞行员，又是航校的教官。没人弄得清他究竟在什么地方，大多数的时候，他都是在机场，这地方一般人根本进不去，尤其是目前大战一触即发之际，还未走近便会被执勤的卫兵撵走了。

丁问渔于是想到去金陵女大找那位和余克润同居的女学生曲蔓丽，他赶到学校，才意识到学校已经放假了。丁问渔曾在这所学校进行过讲座，反应异常热烈，听惯了枯燥课程的女学生们，都觉得他的演讲十分滑稽有趣。丁问渔找人心切，门卫拦着他不让进去，丁问渔不由大怒，举起手杖，气势汹汹地在空中乱舞，想硬往里面闯，门卫是个老实巴交的人，也有些发急，说你这位先生总不能一点道理也不讲。正巧有一位教音乐的教师路过，她是认识丁问渔的，连忙帮着打圆场。那门卫得理不饶人，喋喋不休地还要啰嗦，音乐教师厉声说："丁教授是本校的贵客，怎么可以如此怠慢。"门卫吓得不敢吭声，音乐教师又训了门卫几句，说自己的家就住在附近，学校已经放假，丁问渔干脆去她家做客算了。丁问渔想既然打听不到那个要找的女学生，还是告辞拉倒，天气热，站在那儿说话，也得流一身臭汗。女教师怕丁问渔不死心，领着他去女学生的宿舍，果然门窗都是锁着的。

接下来一步棋，便是去余克侠处打听。从内心来说，丁问渔极不想去见余克侠，害怕他又纠缠着自己谈投资保安袋的事。这些天来，丁问渔一直躲着不见他，现在却又要自投罗网地去见他。余克侠果然喜出望外，一路高声地迎出来，然后亲热地送至客厅，丁问渔被他的热烈情绪弄得很不好意思，只好王顾左右而言他，说些和来意丝毫不搭界的事。余克侠兴致勃勃，非常高兴地说："这仗总算是真要打起来了，想想也是，我们这么大的一个国家，怎么能老受小日本的气！"

丁问渔想今天这阵势，不敷衍一下是不行的，红着脸告诉余克侠，说贷款的事，已经和家父谈过，老头子要好好想一想，才能给予明确的答复。余克侠似乎已经从别的什么地方弄到了钱，突然变得牛气起来，连声说形势如此，钱自然是不会再成问题，很多有钱的阔佬都想在这件事上插一脚。"你想，我们有备战协会这块招牌，训练总监唐生智这个老家伙是名誉董事长，其他在协会里挂名的，哪个不是一流的人物。投资保安袋，既爱国又赚钱，那些唯利是图的商人当然乐意投资。问渔兄，你千万不要误会，令尊德高望重这一点，我是知道的，他老人家如能够玉成此事，我们当然再欢迎也不过了。”

两人话不投机地说了一通，丁问渔吞吞吐吐地提到了他的兄弟余克润，余克侠一怔，似乎突然想起眼前这位同学兄，与自己弟媳妇之间，有些关系微妙的地方。他盯着丁问渔的脸看，注意到他在躲避自己的目光。“你找克润有什么事？”余克侠带着疑问，丁问渔笑了笑，不置可否，因为无论怎么回答都麻烦，丁问渔最害怕余克侠不知深浅问下去，刨根问底。如果谎称没事，余克侠不会告诉他弟弟的下落，那么他今天就白来了，如果说有事，依余克侠的那烂脾气，不问个一五一十绝不会善罢甘休。

余克侠带有疑问的眼光很快就消失了，继续大谈备战协会在生产保安袋之外的事情。他向丁问渔抱怨自己这位秘书长是如何如何的繁忙，人在抱怨自己忙的时候，通常都有一种得意感，说穿了，这种抱怨其实都是在变着法子夸自己怎么能干，怎么少了自己不行。丁问渔心里暗暗叫苦，硬着头皮听他说，听他没完没了地表扬自己，没想到余克侠说着说着，话锋突然一转，说备战协会明日将在青年会大礼堂组织一次活动，举行防空演讲，报纸上广告已经全部出去了，不知道他看见没有，届时马市长将亲临会场讲话，余克润也被安排到会和听众见面，由他介绍日本飞机的种类和防范。丁问渔听了喜形于色，没料到想探听的消息得来全不费工夫，问清了明天开会的时间，也顾不上是不是扫余克侠的兴，说告辞就告辞，余克侠要留他吃饭也被他拒绝了。

第二天，丁问渔准时赶到青年会大礼堂，会场上空空的还没什么人。大礼堂里没有电风扇，就是已经先来的听众，也都在外面的树荫下聊天。因为到会者太少了，会议的主持者怕马市长来了不高兴，临时到处拉人。结果那会场里仍然是像老太婆的牙床，东缺一颗，西少一粒。马市长到会匆匆说了几句话就走了，主讲者是防空协会一位口齿不清的官员。防空协会要比备战协会的来头更大，因此那位官员说话时，根本就不把备战协会的人放在眼里，他的话又臭又长，海阔天空，从英吉利说到法兰西，又从古代的诸葛亮说到前清的太平天国，听的人愁眉苦脸，大倒胃口，说的人越说越有精神，因为汗出得多，一边说，一边拼命喝水。就听见会场里一片摇扇子的声音，要不就是交头接耳的说话声，丁问渔听了不一会儿，就独自一个人到树荫底下纳凉去了，他此行的目的是见余克润，对会场上所说的防空知识毫无兴趣。

姗姗来迟的余克润，直到会议快结束，才匆匆赶到。曲蔓丽自然是和他一起来的，由于时间紧迫，丁问渔想拦住他也来不及，余克润救火似的被送上主席台，在一片稀稀落落的掌声中，开始讲话。他并不善于说话，所以赶来出这个丑，完全是因为他哥哥余克侠的缘故。此外，曲蔓丽也起了推波助澜的作用，她天生喜欢一切可以在公众场合抛头露面的机会，余克润在主席台上说什么话并不重要，重要的是在这样的场合中，所有人的目光都会盯着他们看。余克润十分专业地谈着飞机的种类和性能，以及轰炸机通常会携带什么样的炸弹，这些炸弹可能会造成什么样的危害。他的讲话过于专业，听众听了不一会儿便不耐烦了。

丁问渔悄悄挨到曲蔓丽身边，十分唐突地问着："你就是和台上那小子非法同居的女人？"

曲蔓丽怔了一下，当她弄明白丁问渔说的话，立刻又羞又怒。这是她做梦也不会想到的羞辱，竟然有人敢如此无礼地和她说话，竟然有人会如此赤裸裸地羞辱她。会不温不火地开着，她不敢高声说话，压低着嗓子悻悻地问："你是什么人？"

丁问渔说："你不用管我是什么人，请先回答我的问题。"

曲蔓丽吃不准他的来头，说我为什么要回答你的问题，说着站起来，换了一个位子。丁问渔不顾后果地跟了过去，曲蔓丽见这个人这样脸皮厚，又换座位，这一次，她拣人多只有一个空位的地方坐下，丁问渔没有办法再跟过去骚扰她，于是只好站在一旁发怔。坐在台上正说着话的余克润，先不曾明白怎么回事，不明白曲蔓丽为什么要频繁换座位，一眼看见丁问渔像幽灵一样地钉在曲蔓丽身后，顿时怒火中烧，恶气不打一处出，思路立刻就乱了。台下的人听听不对劲，本来不怎么注意听他讲，他的言辞一乱，大家聚精会神起来。

余克润只好草草收场，从主席台上走下来，会场的前排替他留着座位，有人招呼他坐下。他坐下以后，回过身来，对曲蔓丽招招手，示意她坐到他身边去。曲蔓丽一肚子不痛快，狠狠地瞪了他一眼，不理睬他。余克润不知道丁问渔对她说了什么，把眼睛转向丁问渔，却看见他也正在对自己张望。大会说结束就结束，在一片热闹的掌声中，余克润来到曲蔓丽身边，伸出胳膊，让她挽着往会场外走。曲蔓丽伏在耳朵边十分委屈地说着什么，余克润心里似乎已经有数，他怔了一下，回过头来看着丁问渔。这时候，他们已来到军用吉普车边上，而丁问渔正跟在他们后面。

丁问渔突然加快了步伐，赶了上去，招呼说："你们两位慢走，我有几句话想和你们说说。"

余克润只当没听见他的话，招呼曲蔓丽上车，自己也坐到了驾驶座位上。丁问渔拦着吉普车不让他们走，余克润一边发动汽车，一边冷冷地说："你真有话说，上车好了，我们找个地方好好谈谈。"丁问渔听了这话，心里正求之不得，非常笨拙地往敞篷的吉普车上爬，还没坐稳，那车便呼啸着开了出去，丁问渔一屁股跌坐在后座上。坐在前排的曲蔓丽和余克润都不吭声，余克润只顾开车，曲蔓丽木木地看着车窗外的风景。丁问渔琢磨着应该如何开始这场谈话，喉咙口仿佛准备什么演说辞似的，不时地轻咳一声。余克润显然是在等他说话，终于有些不耐烦，对着反光镜里的他，恶狠狠地说：“喂，你有屁就快放！”

丁问渔于是开始谴责他不该像现在这样对待雨媛，他告诉他雨媛不仅仅是爱他，而且没有任何对不起他的地方。像雨媛那样天使一般的女孩子，作为男人，应该为她带来幸福，不应该为她增加烦恼。既然是说动了头，丁问渔好像是在讲台上演讲，口若悬河滔滔不绝。余克润无动于衷地开着车，他将车开出郊外，一直往远处开，最后将车子停在一个十分荒凉的地方，猛地踩了踩刹车，然后跳下车，拉开后座车门，板着脸说：“你给我快滚下来！”

丁问渔还没有从他的演说辞中清醒过来，他注意到余克润的两个眼睛，冒着怒火，那气势就像要一口吞掉他似的。“你这是干什么？”他好像还有些不明白余克润的意思，余克润这时候可不客气了，他指着丁问渔的鼻子说：“我警告过你，别让我看见你，现在这场羞辱是你自找的，你给我赶快滚下来。”丁问渔赖着不动弹，余克润一把抓住他胸前的衣服，像拎小鸡似的将他拎了下来。丁问渔气势汹汹，不甘示弱地说：“你敢打我？”说着，举起手杖，欲向余克润挥去，余克润头略低了一下，一伸手，抢过手杖往远处扔去，然后照他的鼻子上就是两拳。丁问渔顿时就给打蒙了。余克润说：“你这样的书呆子，根本就经不住我打。”曲蔓丽在一旁看着，唆使余克润索性好好地教训教训他。丁问渔缓过劲来，知道自己不是余克润的对手，又不肯认输，他从来没打过架，这时候，不计后果地扑向余克润，就像女人撒野似的，在余克润的脸上捞了一把，这一下正好给余克润提供了继续揍他的机会，于是余克润大打出手，拳足交加，不到一分钟，便把丁问渔揍趴下了。

余克润气吁吁地对趴在地上的丁问渔说："我告诉过你，你这是找死！"

曲蔓丽在一旁幸灾乐祸，她注意到余克润的手好像破了，正在流血，连忙掏出丝手绢替他包扎，却发现那原来是丁问渔脸上的血。丁问渔威风全无，痛苦地呻吟着，此时要多惨有多惨，要多狼狈有多狼狈。余克润意犹未尽，再次警告说，要不是看在他的年纪不小了，经不住打的分上，今天非把他往死里打不可。曲蔓丽扬眉吐气，有些想不明白地说："你算什么东西，要站出来为那个女人说话。"她并不知道丁问渔追求雨媛这件事，余克润这样自大的男人，绝不会把还有个男人看中自己太太这种丑事说出来。曲蔓丽非常气盛地让丁问渔给雨媛带个信，说有什么话，最好让她自己来说，用不到多此一举请他这种无用的说客。她注意到余克润的脸上飘过一阵阴云，似乎有些不快，便不往下说了。余克润重新发动吉普车，示意曲蔓丽赶快上车，一踩油门，扔下丁问渔扬长而去。

第八章

1

一九三七年七八月间能发生那么多的事，这是大家做梦也不曾想到的。一切都是来得非常突然，一切都是那么不可思议。八月十三号这一天，对于南京人来说，由于上海的对日作战打响，大家意识到战争是真的开始了。卢沟桥事变在人们的心目中，或多或少地还存在着和平的希望，上海抗战显然表明这种希望已经不复存在。对于陆军总司令部来说，战争机器早就启动了，随着卢沟桥事变向纵深发展，天津失陷，北平失陷，战争已无可避免。八月六日，日本政府下令撤退汉口租界的侨民，第二天，中国的警察开入租界时发现，日本人开的商店和住户门窗紧闭，已经空无一人。至八月十二日，日本人根据自己获得的谍报，也知道中国政府的决心不可更改，命令山东境内的日侨全部撤到青岛去，让苏州的日侨迅速转移上海。

国民政府的战争指导当局，计划在大战爆发前夕封锁长江，使得在长江里游弋的日军兵舰，变成瓮中之鳖。可惜由于潜伏在上层官僚中汉奸的告密，这一计划在制订的同时，便被泄露出去，结果手到擒来的日本兵舰，从我军封锁的炮台下面逃之夭夭。南京的老百姓群情激愤地观看新排演出来的《卢沟桥事变》的时候，中央军的精锐部队已经换上便衣，悄悄向上海附近开拔。上海虽然是中国的国土，但是根据以往签订的不平等条约，上海以及上海附近却不允许驻扎中国军队。蒋介石选择淞沪为中日军队决战战场的动机，是觉得上海周围有许多河湾港汊，一旦战争打响，能有效地阻碍装备精良的日军攻势。而中国军队却可能得到最好的后援，这里距中国的空军基地不远，在上海作战，处于劣势的中国空军起码可以和远道而来的日本空军打成平手。由于对日作战必须是全民族的抗战，蒋介石决定以自己的嫡系部队打头阵，其他地方诸侯将不得不被迫卷入。增援部队可以源源不断地从两广，从四川和湖南赶来，这些地方部队尤其适合在江南作战。上海是一座国际化的都市，中国军队奋勇抗战的精神必将影响到国际视听。

淞沪抗战在首都南京又一次掀起了抗日的热潮。报纸和号外成了大家抢购的东西，人们奔走相告，不住地传达着有关上海方面的最新消息。雨媛所在的陆军司令部，一片忙乱，完全进入了紧张的战时状态。各式各样的军事会议，一个接着一个开着，作为机要员的雨媛每天都在为准备不同的材料瞎忙。战争常常使许多私人的小事，变得微不足道，但是雨媛在忙乱的间歇中，却不能不想到丁问渔是否见到了余克润。邮路显然出了什么障碍，每天准时到达的丁问渔的信，竟然接连三天都没见到。雨媛不能不做种种设想，她设想丁问渔根本没有见到余克润，或者是找到了余克润，余克润压根就不愿意来见她。战争已经打响了，天知道余克润这时候会在什么地方，也许他已经去了前线，也许他根本就不在南京。

余克润是在日本飞机对南京进行首次空袭的第二天，赶到陆军司令部与雨媛见面的。当时正在开着会，雨媛已经知道余克润在外面等着她，然而不得不耐心等到会议结束，才能出去和他说话。会议开得时间很长，高级军事将领们为什么事争了起来，公说公有理，婆说婆有理，谁也不肯善罢甘休。等到会议结束的时候，天已经全黑了，余克润等得很不耐烦，看到雨媛后的第一句话就很冲，他告诉她自己时间紧迫，说完了几句话就走。雨媛本来就憋着一肚子恼火，内心里让他在会议室外久等的那点歉意，立刻没了踪影，她的脸上也露出不快之色。

余克润干脆就不对雨媛看，似乎并不在乎她高兴不高兴，像宣布什么重要决定似的说："我只有几句话要说。"

雨媛想听听他的那几句话，轻轻地咬着嘴唇，眼睛直直地看着他。偏偏余克润仿佛卖关子一样，不开口了，那意思是自己不说什么，对方也应该像他肚子里的蛔虫，明白他想说的话。两个人还没有开始正式的谈话，就已经陷入了僵局。既然余克润只准备说几句话，那么他显然不想就自己和曲蔓丽的事，多做解释。雨媛一想到结婚还不到一年的时间，他就公开地和别的女人同居，心口便一阵阵作疼。她觉得自己太委屈了，委屈得不明不白，委屈得莫名其妙。让她最气愤的，是就算到了现在这一刻，余克润仍然自以为是，仍然不把别人放在眼里。

僵持了好一会儿，余克润自嘲地说："其实这话不说也行。"

雨媛想挖苦他几句，一时找不到恶毒有力的话来刺他。余克润总是死要面子活受罪，他若真不准备对雨媛说什么，何苦要在会议室门口久等。余克润今天来找雨媛的目的，是想告诉她，自己请求去前线的要求已被批准，第二天将去浙江笕桥机场，执行飞行作战任务。对于分手，他们之间似乎到了不得不说说清楚的地步，曲蔓丽已经替他做好了所有的安排。她替他找了最好的律师办理协议离婚，既然两人之间不存在着什么财产纠葛，双方只要在离婚协议上签字就行。余克润知道雨媛心高气傲，绝对不会赖着不肯签字。雨媛不会像曲蔓丽那样难纠缠，不会像曲蔓丽那样口是心非，虽然口口声声说自己并不想嫁给余克润，事实上曲蔓丽正在为嫁给他悄悄地做着准备。曲蔓丽这样的女人，最大的特点就是，她说什么话办什么事，都可以理直气壮。为了解除他和雨媛的婚事，她全力以赴地工作着，其热心程度，远远超过了她所表白的那样没有私心。曲蔓丽坚持认为自己所以要他们离婚，只是要把余克润从一桩不幸的没有爱情的婚姻中，解救出来。

余克润想对雨媛说，他们的婚姻最后会出现这样的局面，并不能完全算作是他的过错。他想解释自己要和雨媛分手，不是因为不爱她，而是因为他实在不适合做别人的丈夫。婚姻对于他来说，也许永远是个错误。有一个小小的担心，他没有告诉雨媛，这就是他担心自己和曲蔓丽之间的结局，可能会更糟糕。事实上，余克润对自己目前的处境感到很烦，很无可奈何，他不是那种儿女情长的人，成天陷于爱情的纠葛中，让他感到十分无趣。匆匆和雨媛结婚显然是个错误，匆匆地要和雨媛分手，说不定也还是个错误。

谈话似乎无法进行下去，余克润虽然做了些准备，但是仍然表达不清楚自己的意思。他寻找不到一种最能表达自己心情的语言。不知不觉中，两个人来到一个荷花池边，往东南方向看，能看见挂在高楼大屋檐上的月亮。战争已经开始了，作为现役军人，他们都有太多的事要去做，现在却在花前月下，十分不融洽地讨论感情危机，这本身就有些荒诞。雨媛脑子里一片混乱，她不想让余克润觉得自己离不开他，也不想听他继续支支吾吾说下去。她知道自己不会原谅他的，永远不会，因此当余克润说到即将去前线的时候，雨媛做出的激烈反应，是问他打算要她什么时候去签字离婚。她故意做出无所谓的样子，不让余克润察觉到泪水正在她的眼眶里打转。

淞沪战场方面，国军倚仗着天时地利人和，最初的进展还算顺利。国军的三个精锐师，试图在来自日本本土的军队增援之前，一举歼灭盘踞在日租界里的日本海军陆战队。战斗进行得空前激烈，国军将领身先士卒，在第一天就牺牲了一位旅长。日军顽固抵抗。由于火力不足，国军虽然占领了敌人的外围阵地，并一度迫近其重要的军事据点汇山码头，最终还是功亏一篑。各报纸每天都要抢着出号外，总是报喜不报忧，屡屡登出“残敌已呈现动摇模样”，“我军大胜指日可待”的报道。捷报频传下的南京城群情激昂，尽管在八月十五日这一天，日本飞机就开始了对首都的轰炸，但是南京人似乎根本没有感到害怕。这座城市似乎早就料到有被轰炸的一天，它早就做好了足够的准备，并且有些等得不耐烦了。当日本飞机开始入侵南京上空的时候，许多拥有武器的军人愤怒地冲上街头，用手枪和步枪对敌机进行无意义的射击，结果蒋介石严令申儆，禁止非防空人员枪击敌机。

国民政府定都南京的十年内，一个破旧的古南京城完全改变了模样。新的林荫大道，无情地切开了破烂不堪的旧城区，结果空旷的道路和浓密的树荫，成为防空的最好庇护。新的建筑物在设计时就考虑到了防空需要，在中国的诸多城市中，只有南京真正在战前就做好了防空准备。街道上早在几年前，便到处张贴防空的宣传广告，而在一些空广场上，钢筋水泥做成的大炸弹模型被矗立在那里，形象地教育老百姓如何对付这些该死的玩意。首都南京为迎接大战的到来，有最好的高射炮，有训练有素的炮手，有高强度的探照灯。因此一旦真正的空袭开始了，穿着漂亮制服的警察和宪兵，经过反复训练的急救单位，都知道该怎么办。八月十五日日机首次轰炸南京以后，早已修建好的防空洞开始发挥作用，警报一响，几分钟之内，人员已被疏散了，老百姓纷纷钻进防空洞，汽车和卡车都停在马路两边浓密的树荫下。一切都是那么井然有序，战争虽然开始了，但是最初的一切并不是太可怕。南京实施了戒严令，严究造谣生事者，凡属汉奸卖国行为，一经查实，立刻从严究办。

源源不断的军队往上海方向调动，士气是那样的旺盛。许多民众自发赶到火车站，慰问那些路过的即将奔赴前线的士兵。士兵们的脸上喜气洋洋，全无惧色。南京城这些年来从未有过这样真正的热闹。余克润把自己能够驾机飞上天空，和敌寇做一番厮杀，看作是避开目前困境的最好选择。丁问渔给他提供了一次出气的机会，但是事过以后，他却感到若有所失。他知道丁问渔被自己揍得够呛，对一个手无缚鸡之力的书呆子，恃强欺弱地大打出手，实在算不得什么英雄好汉，余克润想雨媛一定会为这事深深地记恨自己。他并不是太把丁问渔追求雨媛这件事放在心上，一个看中了余克润的女人，不应该再看中丁问渔那样的书呆子。余克润深信丁问渔的单相思，最终不会有任何结果，雨媛绝对不会看中这位打扮滑稽，手上整天拿着一根手杖的小丑。

余克润和雨媛的谈话不了了之。由于实行战时灯火管制，整个南京城里十分黑暗。花牌楼等闹市区的霓虹灯都灭了，新街口中国银行大楼顶上的那两个宝葫芦状的广告牌也失去了往日的辉煌。这天余克润没有开吉普车，而是跟别人借了一辆自行车，和雨媛分手以后，他沿着大街从繁华的市区穿过。开着冷气的电影院里，仍然在放着电影，有钱人为了躲避南京八月的酷暑，一有机会便泡在电影院里。看电影和灯火管制竟然如此和谐，一点也不冲突，这不能不让余克润感到震惊。电影散场了，看电影的人非常有秩序地涌了出来，消失在黑暗中。官员们的小汽车照样在大街上开，车灯像剑光一样在黑暗中砍过来砍过去。余克润知道这时候如果敌机来犯，整个南京城里的警报便会响成一片，而这些在大街上行驶着的小汽车，就不得不熄了火，掩藏在树荫中。

战争刚刚开始，秩序井然的南京人，似乎还没想到结局会如何。报纸上的乐观态度使人们盲目轻信，很多人只是痴痴地想，要么把日寇从上海滩赶下海去，国军大获全胜，中国人从此再不受日本人的气，要么打不过日本人，继续签不平等的条约求和。余克润知道这两种可能性，实际上都不会存在。首先不可能把日本人赶下海，中国的陆军还没有到达无坚不摧的地步，一旦日本的援兵赶到，目前处于攻势的陆军，将不得不转向防守。其次，战争的机器既然发动，要想轻易地把它关上，谈何容易。国家兴亡，匹夫有责，作为一个职业军人，余克润想自己唯一的选择，便是投身到战场中去。养兵千日，用兵一时，他知道这是自己大显身手的时候。

余克润的名字几乎立刻就出现在报纸上，他又一次成为新闻记者们追踪报道的目标，成为大众心目中的明星。中国空军在整体上虽然不能和日本匹敌，但是因为离基地近，以逸待劳，在淞沪战役初期，空军的作战水平不仅和日本空军势均力敌，而且表现得十分出色。训练有素的余克润第一次参战，便率先击落敌机，以后几乎每次升空都有所获，他高超的飞行技术，使他很快又成为传奇一般的人物，并获得了“蓝天猎手”的美誉。一时间，大街小巷都在传颂着中国空军的光辉业绩，雨媛的女友们还不知道她和余克润之间，已经发生了不愉快的婚变事件，纷纷向她祝贺，言辞中充满了羡慕。雨媛满腹心事，一肚子不痛快，女友以为她是怀着醋意，故意和她闹着玩，拿她取笑。

2

余克润为国捐躯是在九月里，中国空军在数量上寡不敌众，随着战斗越来越激烈，中国的空军很快就处于劣势。余克润所率领的空军大队，马不停蹄地连日征战，每天都要升空好几次。随着余克润的名气增大，日本方面也开始盯着他了，在空战中，每次都会有几架飞机死死咬住他不放。中国空军虽然给了敌人沉重的打击，但是自己的损失也十分悲惨。余克润的座机就曾先后被打穿过好几个小窟窿，好在都不是要害部位，依然可以作战。中日之间的空中恶战，很快就出现一个危险的信号，这就是再这么一味拼下去，中国的空军就完了。在余克润英勇捐躯前，他率领的那个大队只剩下两架能飞的作战飞机。

整个淞沪战场上的形势，也不像报纸上报道的那么乐观。战争形势正朝着人们所不愿意看到的坏方向发展。余克润遇难以后，有关部门对后事如何操办非常犹豫。由于他的名气太大，影响非同一般，他的死就不可能是一件小事。余克润在报纸上已经被神化了，他一死也就意味着这种神话的破灭。两军对垒之际，任何不利于军心的举动，都必须小心翼翼地避免。但是余克润既然已经遇难，总不能像死了皇上一样，秘不发丧。小报记者抢新闻，顾不上非常时期的新闻要统一口径的训令，抢先在报纸上发一块豆腐干大小的文章，于是陷于被动中的有关部门，不得不为余克润举行隆重的葬礼。

雨媛在去参加葬礼之前，心里一度很悲伤。虽然他们的婚姻出现了严重的裂痕，虽然他们已经决定分手，毕竟还没有来得及在离婚协议上最后签字。雨媛想起自己刚和余克润认识时的情景，那时候，穿着飞行员皮夹克的余克润，是所有女孩子注意的目标，雨媛不得不承认自己在一开始，便被他的风度吸引住了。他们在对对方完全陌生的情况下，像一对金童玉女那样，随着音乐一起翩翩起舞，一支曲子接着一支曲子跳着，一直跳到舞会结束。所有的人都用羡慕的目光注视着他们，他们兴致勃勃出尽风头。他们的婚礼曾经是那么热闹，他们的婚事曾经让多少人眼红。当余克润阵亡的消息刚传到她耳朵里，她的脑子里一片空白，很长时间里，她就这么傻傻地站在那里，毫无表情，传递消息的人怕她受不了这噩耗，示意她坐在一旁的石凳子上，笨嘴笨舌地寻找合适的话安慰她。

雨媛喃喃地说："我知道这是真的。"

在战争时期，牺牲是难免的。作为军人，作为军人的配偶，雨媛似乎早就料到会有这样的结局。余克润上前线之前赶来告别时，雨媛就有一种不祥的预感。余克润显得很沮丧，当然这种沮丧和上战场的恐惧毫无关系。他显然被儿女之情纠缠得焦头烂额，雨媛相信那个和他同居的女人一定很难对付，那是个太有手腕的女人，一定是死死地逼着他，逼着他和雨媛分手，逼着他在正式的离婚协议上签字。一个能让余克润这样不负责任的男人与其同居的女人，一定是个很不简单的女人。雨媛几乎立刻原谅了余克润对自己所做的伤害，觉得这些都不能算是余克润的过错，作为男人，余克润过于自信，他太骄傲，完全像一个被宠坏的大男孩。但是，参加过余克润的葬礼以后，雨媛想到他时，却再也悲伤不起来，不仅不悲伤，一种莫名的怨恨油然而生。

余克润的葬礼近乎辉煌，来了许多军政大员，第一夫人宋美龄以航空委员会的秘书长身份，主持了大会，并在公祭大会上说了话。不少市民，尤其是那些年轻的女学生，纷纷自发地赶来吊唁。由于日机频繁空袭，公祭大会被压缩在空军大礼堂进行。军政大员们匆匆而来，匆匆而去。临时调集了许多宪兵维持秩序，因为根据防空法，在戒严期间，一切群众集会都应该予以取缔。自发而来的群众一批接着一批，等候在大操场上，静静地排队等候进灵堂瞻仰余克润的遗容。为了能使到场的军政大员迅速离开，缓缓进入灵堂的群众队伍不时地被中断，一直耽搁到要人们离去，自发而来的群众才可能按秩序重新流动起来。泪流满面的宋美龄女士给大家留下了很深的印象，会场的气氛始终都显得十分肃穆，人们低声地抽泣着，停留在余克润的照片前不肯离开。

余克润的座机，是在快返回机场时，在半空中爆炸的。很显然飞机已经受了重伤，对自己驾驶技术过于自信的余克润，没有跳伞放弃飞机，而是试图把飞机着陆在机场上。中国空军的飞机实在太宝贵了，余克润舍不得轻易就放弃它。他的飞机在机场的上空盘旋了大半圈，突然发生了意外，余克润已经明白大事不妙，他终于下决心弃机跳伞，可就在他刚弹出座舱的那一瞬间，飞机爆炸了，余克润在众目睽睽之下，被炸成了两截，然后像燃烧着的木炭一样，分别坠落在两个不同的地方。人们在灵堂里所见到的裹着白布的余克润尸体，其实只是一些烧焦肉体的残块，以及一小部分的飞机残骸。因此，当雨媛步入灵堂以后，要求最后见一眼余克润的时候，在一旁守灵的卫兵坚决不让她掀开紧裹着的白布。

作为家属，雨媛在公祭大会正式开始前的一个小时，进入灵堂。让雨媛感到万分惊奇的，是两个不合时宜的人，已经捷足先登来到灵堂。一个是穿着一身丧服的曲蔓丽，另一个是脸上挨了揍青痕尚未完全退去的丁问渔。这两个人都是一本正经的样子。曲蔓丽公然以未亡人的身份，十分造作地坐在余克润的尸体旁抹眼泪，看得出她是别有用心坐在那里的，因为在余克润的亲友中，很多人都已知道她和余克润的同居关系，她与其偷偷摸摸，不如大大方方。她流着眼泪往那里一坐，做出悲痛欲绝的样子，不仅改变了自己非法同居的身份，而且更显出了雨媛弃妇形象。所有的人都会想到，雨媛只是一个要和余克润离婚的女人，人们对她的同情将立刻消失。曲蔓丽果然是一个太厉害的角色，她把能喊的人，都喊来为自己助威，从身居高位老态龙钟的舅舅和半老徐娘的舅母，到一大堆挨得着挨不着的亲朋好友，应有尽有，而雨媛这边，除了自己父母，三姐雨姣，加上一起工作的两名女伴，和人多势众的曲蔓丽比起来，要多孤单有多孤单。

公祭大会正式开始以后，曲蔓丽更是得寸进尺，大出风头，由于身份毕竟还没有被确认，她不得不被当作挚友，安排在屈居于雨媛背后的次要位置上，但是她很快便改变了自己的不利地位。她明白与其让别人在背后对自己指指戳戳，还不如索性站在前台亮相。整个吊唁活动很长，每每伴随一位军政大员的到来，必出现一阵小小的高潮，大家都忍不住要踮起脚来欣赏这些大人物。当这些要人们向余克润的遗体鞠过躬后，过来向家属表示慰问的时候，曲蔓丽几乎没有她不认识的大人物。她很矫情地和这些大人物握着手，一边流眼泪，一边喊着这些大人物的官衔，代表已经死去的余克润，亲切地向他们表示感谢，感谢他们能够前来向余克润告别。曲蔓丽过分肉麻的表演，把雨媛的情绪弄得很坏，她恨自己不能像一个泼妇那样，冲上去狠狠地给她两记耳光。她的女伴都为她的忍耐感到震惊，她们不明白平时心高气傲的雨媛，怎么竟然能容忍一个不要脸的女人，在这样庄重的场合，如此放肆。

三姐雨姣恨得咬牙切齿，说："余克润真没眼光，怎么会看上这么一个不要脸的女人？”她实在不屑于看曲蔓丽的丑恶表演，很快就陪着年老的任伯晋夫妇提前离去，临走时，她挑战地走到曲蔓丽面前，故意装着不知道她是谁，十分刻薄地问她的姓名和来头，然后很吃惊地宣布说：“噢，原来是我妹夫的一个姘头！”曲蔓丽顿时脸红成一片，她装着没听见雨姣的话，紧咬嘴唇不吭声。在这样肃穆的场合里吵架不合适，好在她根本不是那种煞煞威风，就能老实安分的女人，过了没一刻，当新的要人出现时，她立刻恢复故态，就像不愉快的事从来没发生过一样。

最让雨媛和她的女伴们受不了的，是宋美龄女士要离去前，向家属亲友告别，走过来一一握手的时候，曲蔓丽竟然大胆老脸地哭倒在第一夫人怀里。大家都知道，空军之所以能成为天之骄子，和第一夫人的偏爱有关。空军方面所有的重大活动，宋美龄都乐意参加。空军方面若有什么困难，通过走宋美龄的门路，常常能够意想不到地得到解决。一九三四年航空委员会刚成立的时候，中国的空军根本还没有几架能作战的飞机，到一九三七年中日大战爆发，迅速崛起的中国空军不畏强虏的出色表现，在国内外都引起了巨大的震动，这里面不能不说有宋美龄的一份功劳。身为航空委员会秘书长的宋美龄，与余克润有过许多次接触，而且不止一次坐过他所驾驶的飞机，她一直对这位明星般的飞行员怀有好感。余克润的英勇牺牲，中国空军在开战短短的一个月里，所蒙受的重大损失，所有这些坏消息都让宋美龄心痛欲裂。曲蔓丽往她怀里一扑，正好给了她一个痛洒热泪的机会。

一时间很多人大受感动，灵堂里哭声一片。余克润的在天之灵如果有知，一定会赞叹曲蔓丽这一手干得漂亮。由于宋美龄是许多女学生的心中偶像，大家立刻对曲蔓丽羡慕不已，所有的眼睛刷的一下，都集中到了她的身上。就连陪雨媛一起来的女伴，也气不服地瞪着眼睛看她。人们窃窃私语，纷纷打听这位了不得的女人，究竟是什么来头，为什么会和第一夫人那么熟悉。同时，人们的眼光也顺带落在雨媛的身上，雨媛从别人躲闪的眼光里，看到了他们对自己的疑虑，看到了他们对自己的不满。这是雨媛一生中遇到的最尴尬的时候，众目睽睽之下，她不知道自己怎么表现才好。曲蔓丽所作所为，严重地干扰了她的正常思维。她只有努力克制自己，才能避免做出不理智的举动来。

丁问渔的存在也时时分散雨媛的注意力。雨媛不知道他是通过什么途径得到消息的。他自始至终都混在亲朋好友的人群中，像个无声无息的影子一样，偷偷地注视着雨媛的一举一动。雨媛尽量不去意识他的存在，但是越是有意识地想避开他，就会越情不自禁地要想到他。丁问渔最初总是和余克侠夫妇站在一起，他的用意很简单，因为这样就可以向别人表示，自己是以余克润哥哥挚友的身份，出席这次公祭大会。总算他还没有荒唐到在一开始，就跑来向雨媛打招呼献殷勤，事实上，雨媛在女伴的陪同下，一走进灵堂，一位女伴就非常惊奇地叫着：“这位小丑今天怎么也会来的。”另一位女伴却问雨媛，需要不需要帮她把丁问渔撵走。

公祭大会比原计划延长了很多时间，不断有闻讯赶来的吊唁者，在中途还遇上了两次空袭。有一次，人们甚至看见日本人的飞机从灵堂的上空飞过去。亲朋好友中有许多人提前退场了，最先是雨媛的父母和三姐雨姣，紧接着是余克侠夫妇。曲蔓丽的舅舅和舅母来得很迟，没有耽搁多少时间也走了。工作人员曾经也劝雨媛早些离开，然而雨媛显然是在和曲蔓丽憋气，她们谁也不愿意示弱地率先离开会场。渐渐，曲蔓丽那边有些抗不住了，她拉来的，全是些上流社会或者是羡慕上流社会的人士，这些人来灵堂吊唁的目的，不仅为了看死人，而且也是为了看活人，为了被活人看。招摇过市点到为止，他们可不愿意在这灵堂里没完没了地耗下去。

丁问渔悄悄地来到雨媛身边，他向遗体鞠了一个躬，然后像守护神那样站在雨媛身边一动不动。他的模样免不了有些滑稽，由于雨媛没有做出任何反应，结果感到困惑不解的，却是她的那些女伴。对于像丁问渔这样的书呆子，如果不阻止他，肯定会得寸进尺，做出什么出格的举动。丁问渔的行为也引起了曲蔓丽的注意，女人都有一种特殊的本能，她立刻从雨媛同伴的眼光里，看出这位在不久前，曾被余克润像揍贼一样痛殴的男人，是一位雨媛的追求者。曲蔓丽立刻明白，一个人只有在被嫉妒心折磨的时候，才会对自己的情敌痛下杀手。不过，雨媛的这位追求者竟然如此胆大，甚至曲蔓丽也感到有些吃惊。

丁问渔试探性地在雨媛身边站了一会儿，低下头来，一本正经地伏在雨媛的耳朵边，轻声说："我相信你能坚持住。"

雨媛若有所思地点了点头，她注意到很多人的目光都盯着自己。灵堂里已经没有多少熟悉人的面孔，但是在这些不多的熟悉他们的人中，人们对丁问渔死死追求雨媛也早有耳闻。丁问渔这时候已顾不上别人怎么想，又伏在雨媛的耳朵边，关心地说：

"人死了，是不能复活的，你要注意自己的身体。"

余克润的尸骨未寒，丁问渔虽然是小心翼翼，可是落在别人眼里，便显得大胆老脸，太不像话不成体统。雨媛显然是在纵容丁问渔的行为，她故意给他一个表演的机会。曲蔓丽发现她在灵堂里继续待下去，已经没什么实际意义，她犹豫着，做出要走的样子。一直密切注意她动静的雨媛，忽然想到自己在这最后一招上，绝不能让她再占了上风，曲蔓丽一走，雨媛在灵堂里继续待下去也同样失去意义。既然要走，干吗不走在她的前头。守灵的卫兵从拥挤的人群中，分开一条道来，曲蔓丽和她身边的人握手作别，雨媛突然很冲动地拉了拉丁问渔，示意他跟着自己一起离去。丁问渔脸上顿时露出受宠若惊的神情，他走上一步，屁颠颠地保护着雨媛，几乎是搂着她的腰，在众人的目光下，十分显眼地离开会场。雨媛知道自己的这一举动，将引起所有认识自己的人非议，但是她不在乎这样的非议，她一肚子的不痛快，似乎只有通过如此激烈出格的行为，才能淋漓尽致地发泄出来。她觉得自己所以会这么做，全是死去的余克润故意安排的。

3

雨媛很快就和丁问渔分手了，他们刚离开会场，刚离开人群，在丁问渔还没有明白过来是怎么一回事的时候，雨媛用力甩开了他搂在她腰间的手，十分厌恶地说，她希望他滚得远一点，希望自己再也不要见到他。她的情绪突然变得很激烈，许多伤人的话脱口而出。丁问渔不明白她为什么要勃然大怒，她近乎失去理智地对他吼了一声，警告他绝不要痴心妄想，以为余克润死了，他就会有侥幸的机会。雨媛的心情，突然变得比想象中更坏，比大家所能预料的更恶劣。她告诉丁问渔，虽然自己现在已经不再爱她那位死去的英雄一般的丈夫，但是她更讨厌像丁问渔这样厚颜无耻的家伙。眼泪刷刷地就流了下来，在灵堂上，雨媛几次想痛哭，都没哭出来，现在，她终于找到了痛痛快快发泄的机会。她像小孩子一样捂着脸，肆无忌惮地号啕大哭起来。

紧跟在他们后面的女伴们，知道雨媛不过是借题发挥，她们立刻想到换了自己也会这么做，可怜的丁问渔不过是个出气筒，她们觉得他活该，今天这场冤枉气是他自找的。有人远远地看着他们，因为站得远，并不知道他们在说什么。反正在今天这样的形势下，怎么哭怎么伤心都没关系。一辆吉普车开过来送她们走，雨媛在女伴的搀扶下登上车子，丁问渔像条丧家犬似的站在一边，不知所措地看着吉普车离去，一位女伴看着丁问渔的模样忍不住笑起来。对于雨媛的暴怒，丁问渔并不感到丝毫的委屈，他感到深深不安的，是雨媛不应该那么伤心。雨媛痛苦的样子，让丁问渔感到自己有种不容饶恕的罪过。

很长时间内，丁问渔就这么呆呆地站在那儿。曲蔓丽在离他不远的地方上了车，临上车前，她弄不明白怎么回事地扭过脑袋看着他。她不明白这个人为什么不跟着雨媛一起走。吊唁的人，陆陆续续还在赶来，学生已经不多了，相对增加的是那些刚下班的工人和职员。空军大礼堂前的空地上，已经不像公祭大会开始时那么拥挤。这时候能见到的，更多的是穿着制服的警察和宪兵。丁问渔一转身，又一次向灵堂走去，跟着自发排成的队伍走近灵位，对着灵位上供放的余克润照片发怔。他的脑子里一片混乱，几种不同的观点在打着架。一对青年男女紧挨着他站着，女的那位不停地用一块白手绢抹眼泪，丁问渔忽然想到余克润能这么死，也算是死得其所。

在回去的路上，丁问渔的脑子里一直在想着雨媛。想到她悲痛欲绝的痛苦模样，丁问渔的心头一阵阵地揪紧。大街上人不多，由于日本人的飞机时不时要来轰炸，许多商店都歇了生意，总算让丁问渔找到一家尚未打烊的小馆子，他走了进去，对老板招呼要一碗爆鳝面。老板很高兴到这时候还能遇上有闲情逸致的吃客，亲自动手活杀了黄鳝，小锅小炒，将面条做好，端了来，一本正经地看丁问渔吃。他希望能听到对方的夸奖，但是丁问渔满脑子都是雨媛，根本没有心思品尝那面条的美味。老板按捺不住，对丁问渔说："我这儿的爆鳝面，你在南京要是能找到第二家，那就是你的本事了。"

丁问渔不置可否地看了老板一眼，看得他有些不明不白，看得他有些垂头丧气。要是丁问渔应酬一声，老板可以没完没了地标榜自己，替自己大做特做广告。丁问渔不吭声，老板后面的话，想说似乎又有些说不下去，不说却又感到技痒难熬，于是瞪大眼睛看着丁问渔。丁问渔被他看得有些不好意思，完全出于敷衍地向对方点了点头，老板立刻抓住这机会，问丁问渔有没有注意到这面汤味道特殊，不等丁问渔来得及表态，老板已经为为什么自己的面汤特殊做出了解释。原来这面汤是用黄鳝的骨头熬出来的，丁问渔经老板这么一提醒，果然觉得那面汤的滋味非常鲜美。外面突然响起了空袭警报，丁问渔和老板同时往外面看，人却都懒得不肯动弹。有人匆匆从街面上跑过，一位妇女十分紧张地呼唤着自己小孩的名字。

老板满不在乎地说：“我就不去防空洞，看小日本的炸弹会不会掉到我的房顶上。”丁问渔没想到一家小馆子的小老板，在这种关键时刻，还能保持这样的镇静，真是太难能可贵，一边十分从容地把面条吃完，一边随口说几句好话夸奖老板。那老板总算等到自己想听的话，外面的警报声一阵盖过一阵，对他来说，就跟什么也没听见一样，咧着嘴笑个不停。

从馆子里出来，刚踏上大街，丁问渔便看见两架飞机飞过来。地面防空部队的高射炮不停地开着火，丁问渔只知道天上有飞机在飞，弄不清楚究竟是国军的作战飞机，还是敌方的轰炸机。一名警察站在简易的防空棚里，对丁问渔大声叫喊着，警报声不断，丁问渔只看见警察急得手舞足蹈，不知道他在对自己说什么。他猜想警察一定是让自己赶快找个地方躲避一下，可是他这时候根本就不想躲避。南京人对连续的空袭已经开始感到不耐烦，他们中间有些人在恐怖的警报声中，照常干着自己的事情。丁问渔沿着大街孤零零地往前走着，走到一片空广场的时候，他看见又有几架飞机迎面飞了过来，做俯冲轰炸的样子。到警报解除的时候，丁问渔已经打好了给雨媛去信的腹稿。他为自己今天惹得她如此愤怒，感到深深的惶恐。早知道会有这样的结局，他说什么也不会去冒这个险。在一大套对自己的谴责之后，丁问渔有些委屈地替自己辩护，他想自己无疑是错了，但是他又并不明白自己究竟错在什么地方。

丁问渔不知道雨媛其实很快就后悔了，他不知道当雨媛把一腔仇恨，像一盆脏水似的没头没脑地都泼在他头上的时候，其实心里并不是真的恨他。恰恰相反，雨媛的愤怒和失态，与想恨他恨不起来有关。不用说丁问渔不知道自己错在什么地方，就连雨媛也不知道。事实上雨媛对丁问渔和余克润谁也不恨，要恨只能恨日本人，要恨只能恨曲蔓丽。余克润已经为国捐躯，他纵然有一千条错一万条不是，雨媛也不想再怪罪他。对于丁问渔，她不能不承认自己已经越来越有好感，不能不承认因为有了丁问渔的存在，她开始逐渐感受到一种过去从未有过的情感。在从灵堂回去的路上，雨媛不仅原谅了丁问渔，原谅他今天冒昧地出现在公祭大会上，而且为自己对他的粗暴行为感到歉意。丁问渔并没有做错什么，他不应该得到这种不公平的待遇。

由于已经进入战争状态，雨媛在余克润的公祭大会结束以后，才收到丁问渔断断续续写的几封信。邮局的正常工作被耽误了，几封不同时间写的信，在同一个时候到达了雨媛的手中。打乱了时间的信在被拆开以后，雨媛没头没脑地读了好几遍，才将它们的次序重新整理好。在第一封信中，丁问渔还在轻描淡写地谈到从报纸上获得的消息，谈到余克润在战场上如何大出风头，而最后一封信，却是听说余克润已经英勇阵亡的慰问信。和以往的信一样，这几封信都很动情，尤其是最后一封，丁问渔写得文情并茂，结果原本是一封安慰性质的信，反而害得雨媛痛哭了一场。在这封长信中，丁问渔首先向雨媛检讨了自己幸灾乐祸的心情。这样的心情不道德，可是十分自然，因为战争似乎是给丁问渔提供了一个有空子可钻的机会。丁问渔在信中大骂自己，骂自己无耻，骂自己卑鄙，骂自己不该乘人之危。

丁问渔的笔锋忽然一转，对余克润能够为国捐躯大加赞赏。他承认自己所以不能得到雨媛的青睐，同不能像一个好男儿那样血染疆场有关。余克润的阵亡，让丁问渔重新有机会对自己进行观照。同时，他也明白了自己对雨媛的爱还不够彻底，还不够纯粹，因为在这样的非常时期，他首先应该想到的，是雨媛会有的痛苦。丁问渔觉得余克润为国牺牲固然很伟大，然而无意中却也犯了一个小小的错误，这个错误就是他让一个天下最好的女人，为了他感到痛苦。丁问渔绕来绕去，用心良苦地想为雨媛减弱掉一些痛苦。他小心翼翼，控制着语言的节奏，当雨媛读到最后这样的字眼时，眼泪再也忍不住了，信在这里达到了高潮，丁问渔几乎声嘶力竭喊出声来："想到你会因为痛苦而心碎时，我的心首先粉碎了。我谴责一切让你不痛快的事情！"

雨媛捧着这些姗姗来迟的信，读了又读，恨不得立刻给丁问渔去一封信，但是她的高傲之心绝不会允许自己这么做。在几个小时前，她已经严重地伤害过他。自从余克润牺牲的消息传来以后，所有的人都避免和她过多地谈这事。与雨媛亲近的人已经知道发生在他们之间的婚变，在这时候和她谈余克润多少有些尴尬。当然更尴尬的是雨媛自己，事实上，她也尽量避免着接受别人的安慰。余克润背叛她和为国捐躯是两码事，但是反映在雨媛身上，却同时纠缠在了一起。从灵堂回来以后，一想到曲蔓丽张扬的表演，雨媛对余克润的怨恨有增无减，丁问渔的安慰信正好说到了点子上。

战争正在向纵深发展，进入了胶着状态，形势一天天在发生变化。两天以后，雨媛收到了丁问渔一封措辞恳切的来信，信中充满了绝望的气氛，在谈到那天公祭大会分手雨媛说过的话时，丁问渔形容他犹如听到了对自己的死刑判决。他表示自己没有理由不服从雨媛的判决，并且用一种沮丧的口吻宣布，这将是他写给她的最后一封信。既然他让雨媛那么讨厌，就不应该继续再让她讨厌了。他声称自己将继续给她写信，但是这些信再也不会去玷污雨媛高贵的眼睛。雨媛永远是公正的，丁问渔说他应该满足了，因为仅仅是在心中能深深地爱着雨媛，这就足够了。时至今日，他觉得自己应该心满意足，已经有足够的幸福可以回忆。

雨媛想丁问渔一定是被自己伤害得太厉害了，要不然他不会写这封满纸绝望的信。信中全是肝肠欲断的自责，却没有一句对雨媛的怨言。雨媛立刻想到大姐雨婵谈到丁问渔时说过的一句话，那就是他在爱情方面，是一个十足的疯子，不由得有些于心不忍。凭心而论，丁问渔也没什么过错，他就是这么一个活宝。雨媛突然心血来潮，顾不上是否会闹笑话，给丁问渔去了一封短信，信中没说几句话，大意是为自己那天说的过头话道歉。信刚发出就后悔了，余克润尸骨未寒，她不应该写这样的信。她明知道这样的道歉信是不能写的，因为丁问渔一旦收到这样的信，会更发疯，会进一步做出让别人吃惊的事情。她早就领教过丁问渔的脾气，事实上他的脸皮厚得很，绝不会因为自己那天对他的训斥，就会真的偃旗息鼓，真的再也不给自己来信。她这么写信去道歉，完全是在又一次有意无意地玩火。

事实也是如此，在雨媛的信尚未到达之际，丁问渔就说话不算话，新的一封信已经又通过邮差送到雨媛的手上。过了没几天，雨媛再收到丁问渔的来信时，如蒙大赦的喜悦之情跃然纸上。一切就和雨媛预料的一样，他的言辞和过去相比，不仅没有丝毫收敛，反而变本加厉，索性往前大大地走一步。他振振有词地写道，按照一般的常规事理，此时也许不应该再对雨媛作痴心妄想，但是人之行事，并不总是以应该不应该为前提。既然余克润的存在，都不能妨碍丁问渔对雨媛的痴爱，余克润的消失却变成一种障碍，无疑有些荒唐可笑。得寸进尺可能是不对的，甚至是不道德的，然而丁问渔显然决心按自己的想法去行事。

丁问渔又一次加强了对雨媛的爱情攻势，由于邮局的信件已经不能按时到达，他开始自己扮演邮差的角色。当年在德国留学时，他曾学过骑自行车，现在拙劣的车技终于派上了用场，他买了一辆老式的捷克自行车，这种自行车的车刹是靠脚踏控制的，在骑的时候，只要脚往后踩一下，车就被刹住了。从丁问渔住的地方去雨媛那里，要跃过好几个斜坡，他摔了几个跟头以后，技巧顿时长进了不少。正在进行的中日大战，仿佛已经与他无关，他的脑子里就只有爱情，每次他都是把信直接送到陆军司令部的传达室，门口的卫兵已经认识他了，知道他是给大院里的一位女机要员送信，见了他忍不住就要笑。信被放在传达室一格一格的小信箱里，雨媛每天到时候就会来取。刚开始她不明白是怎么回事，信来得实在太快了，常常是昨天晚上写的信，第二天就到了，有时候甚至是当天的信，传达室的卫兵也故意不告诉她，雨媛心里有疑问，猜想丁问渔一定是像过去有过的一样，专门雇了一个人替他送信。

雨媛终于发现了丁问渔送信的秘密，因为是骑车，丁问渔扔掉了一向随身拎着的手杖，看上去比以往要年轻精干不少。那天她正好有事要出门，远远地看见丁问渔骑车过来，一本正经很是滑稽的样子，她连忙将自己藏起来，不让丁问渔看到。发现了这个秘密以后，雨媛有空闲的时候，经常去大门口等候丁问渔，她只是偷偷地躲着观察，丁问渔丝毫也没注意到她。这样的小游戏持续了约半个月，丁问渔收到了雨媛的一封信。这封信的内容，是丁问渔所在的大学将迁往内地，他因为雨媛还在南京，决定不和学校一起走，雨媛因此提出异议。淞沪战场的形势，已悲哀到了没有一点可以乐观的地步，上海眼看着就要守不住了，日本人的气势似乎打算沿着沪宁铁路线，一口气打到南京来。国民政府已做好了迁都的准备，各行政机关的文职人员开始纷纷向内地转移。雨媛坚决反对丁问渔为了她的缘故留在南京不走，她写信给丁问渔，对他为了自己要留下来的好意表示接受，但是希望他能跟着学校一起走。国难当头，保存自己性命，比什么都重要，雨媛希望他不要孩子气，且不要说她根本还没有想到过会嫁给他，就是答应了嫁给他，他也不应该留在危城里等死。这是自从丁问渔认识雨媛以来，第一次收到雨媛如此温柔的一封信，他受宠若惊，将这封信看了又看，发疯似的吻了又吻，高兴得不知道怎么办才好。

4

国民政府在十月三十日正式决定迁都重庆，第二天发表了迁都宣言，并电告前线将士，表明政府要抗战到底的决心。淞沪战场的军事失利已成为残酷的事实，国军不敌登陆之日军的强大攻势，开始节节后退，已呈现出溃退状。固守闸北的谢晋元团，在一万多人次日军的攻击下，顽强地坚守了四天四夜，奉命撤出四行仓库，上海市区至此实际上已完全落入日寇之手。双方的援军仍然在源源不断地赶往，战事的发展已失去控制，坏消息源源不断地传到首都，南京城里一片紊乱，空袭越来越厉害，日机狂轰滥炸，目标从袭击军事设施发展到是地方就扔炸弹，无数平民百姓被炸死，各大医院里挤满了伤员。开战初期的那种兴高采烈已经看不见了，一种失败的情绪笼罩在人们的心头。

丁问渔和雨媛的爱情，却在这个特定的时间里，不合时宜地得到了惊人的发展。作为留校的名教授，丁问渔的职责是协助留校委员会保护校产，这是一个挂名的闲差，无所事事的丁问渔干脆把全部精力，都花在了追逐爱情上。雨媛坚决反对丁问渔为了自己留在南京，偏偏他在这一点上顽固得无可救药，怎么劝说也没用。一个要撵着走，一个坚决赖着不走，一来一去，心灵上反而撞出了火花来。丁问渔是铁了心不走了，雨媛想，人家为了你留下来，将自己的生死置之度外，此情可待成追忆，总不能太冷淡了他。她往后稍稍让一点步，丁问渔立刻抓紧时机向前挺进。

得寸进尺的丁问渔，终于获得了大踏步向前迈进的机会，他天天骑着那辆捷克自行车去雨媛那里报到，风雨无阻雷打不动，很快就从仅仅是送送信，发展到能有机会在陆军司令部大门外，和雨媛一起去溜达。出陆军司令部大门，往东去不远，是著名的青溪，那水是从紫金山上淌下来的，水不大，细细地流淌着，溪边是高大的垂柳，稀稀落落地有几户人家，青砖黑瓦，门前种着无人观赏的菊花。丁问渔和雨媛在此散步，那美好的感觉，并不亚于庐山的风景名胜。对于雨媛来说，她所以带丁问渔到这儿来散步，是不想让别人在自己单位的大门口看见他们。毕竟余克润才死不久，她不想别人会有那种不怀好意的误会。

整个南京都沉浸在大祸临头的气氛中，雨媛很快就注意到，事实上并没有什么人，把她和丁问渔的来往放在心上。所有的顾虑都是多余的，国难当头，个人的那点小情感又能算什么。有机会离开南京的人，此时纷纷不辞而别，政府也号召人们尽可能去他乡避难。往日的繁华再也看不见了，随着达官贵人们一个接着一个离开，宽敞的大马路上，已经很少见到驾驶座边上端坐着卫兵的小汽车。店铺相继关门，到处可以见到被轰炸过的痕迹，一般平民无事也不愿意上街，因此在空荡荡的大街上，能见到的只有警察和宪兵，还有即将开往前线的新兵。作战部队从街面上开过的时候，伴随着轰隆的机器声，人们见到的是视死如归的平静。

国民政府正式宣布迁都之前，任伯晋老人已被当局作为军界元老，安排先行一步去汉口，在汉口稍作休整，然后去重庆。离开南京那天，丁问渔陪同雨媛一起赶去码头送行。与任伯晋夫妇同行的，还有拖儿带女的三姐雨姣一家，这一次可以说举家搬迁，老宅里的人几乎都走光了，能打发的佣人也都打发，不能打发的便带着走。

在南京实际上只留下雨媛孤零零的一个人，她是现役军人，当然一切都要听从命令。大家都有些舍不得，想到小女儿孤身留在危城，美京子夫人眼泪汪汪，对雨媛横关照竖关照，怎么也放心不下。最后还是任伯晋想得开，说大家又不是以后不见面了，用不着这么伤心。雨姣也说："妈，你急什么，小妹有问渔照顾她呢。"

雨姣本来只是想缓解气氛，说一句玩笑话，却没想到立刻弄得雨媛满脸通红，因为她这话，仿佛是代表任家的人，就她和丁问渔之间的关系表了态。两位老人的脸上也有些尴尬，他们虽说没有直截了当地表示反对，可也谈不上赞成。毕竟年龄相差太大，而且丁问渔那样的书呆子，怎么看也不像一个可以寄托终身的人。这一阵时局动荡，各人自顾不暇，雨媛和丁问渔之间究竟怎么一回事，任家的人根本没有底。

雨媛情急之中，也忘了替自己辩护。结果她的脸红，在雨姣和美京子夫人母女眼里，好像他们之间的关系，已经真的到了那一步了。丁问渔稀里糊涂，竟然没什么知觉，一本正经地陪任伯晋说着话，他的态度，也仿佛是说情况的确如此。好在任伯晋仍然儒将风度，临危不乱，丁问渔顺着他的话说，说了不到三句，任伯晋便情绪激昂地发表自己对时局的看法，这话他近日已经对许多人说过了："我还是那个观点，亡羊补牢，犹未为晚，中日之战，胜负并不在上海一役。国军此次在上海的兵力投入过大，须知此后之决战，仍然是在陇海一线——”

正说着，忽然响起了空袭警报，码头上顿时一片混乱。船上的雇员连声喊没上船的赶快上船，是送客的赶快离船，因为轮船与其停在码头边挨炸，还不如快一些开船为好。时间紧急，匆匆上船的和匆匆下船的乱成一片，丁问渔慌得没了主意，还是雨媛冷静，拉了他的手就跑，刚下船，甲板就被撤掉了，汽笛长鸣，那船离开码头仓皇离去。雨媛对着船上的亲人挥手，船上的亲人也对她频频挥手。美京子夫人示意雨媛和丁问渔赶快离开，赶快躲到防空洞里去。警报声还在刺耳地响着，大家都在替对方担心。雨媛站在码头上不肯离去，一直等到那轮船慢腾腾地在远处消失了，才和丁问渔一起离开。

这时候码头上已经没什么人，人们不是进了防空洞，便是找其他隐蔽的场所躲起来。越是在关键时刻，人的本能越是能够很好地凸显出来。日机在离码头不远的地方扔了几颗炸弹，轰隆隆的一阵爆炸声之后，远远地只看见一股烟雾冉冉升起。警报终于解除了，雨媛和丁问渔依然坐来时送任伯晋的那辆车返回，司机问他们去什么地方，雨媛因为请好了一天假，不想立刻返回陆军司令部，丁问渔提议找个馆子先把吃饭问题解决。雨媛的肚子也不饿，没有反对，笑着说，男人只会这一套，那就是用请客吃饭来讨女人的好，好像天下女人都是馋虫似的。丁问渔说：“馋有什么不好，馋说明胃口好，胃口好说明身体好，我就喜欢那种健康的女人。”

车子在大街上驶过，根本见不到开张的馆子，不用说往日那些车水马龙的著名酒家，就是次一点的没名气的小馆子，也一概不做生意。丁问渔不死心，指手画脚乱出主意。司机有些不耐烦，嘴上不说，脸上越来越难看。车子在往日最繁华的夫子庙绕了一圈，那里的情形也差不多，总算找到一家半开张半打烊的，却说菜已经卖完了。丁问渔不相信，店里的伙计说，这一阵日本人的飞机在天上飞来飞去，附近的菜农只顾自家性命，高兴时送些东西来，不高兴，连续几天不见人影。那伙计想丁问渔在这种日子里，还能惦记着自己店里的美味佳肴，不忍扫了他的兴，店里确实拿不出东西，便用嘴来敷衍他。送丁问渔的司机忍不住了，说：“你他妈既然不做生意，啰嗦什么！”

丁问渔不识时务，还要去找酒家。雨媛抱歉地对司机说：“这样吧，不管找到找不到，你把我们送到珠江路就行，谢谢了。”

司机板着脸，一边开车，一边悻悻地说：“我真是好说话，你们要去哪里就送哪里，说老实话，我又不是你们的私人司机。”

雨媛连连说好话，司机的脸色和缓了许多。车到珠江路，他主动提出要沿着珠江路兜一圈。雨媛感谢他的好意，知道这样兜下去也不会有什么结果，连声谢着，和丁问渔下了车。下车以后，丁问渔看着那车开走的背影，抱怨说吃饭的事，到现在仍然没有着落。

雨媛说，你就那么饿，怎么老是想到吃饭。丁问渔很认真地说，他是怕雨媛饿了。雨媛看着他的表情，知道他说的是真话，忍不住笑起来。丁问渔以为她是不相信，急得要发誓，雨媛笑得更厉害。

两人仿佛又回到了在庐山时的情景，这中间夹杂着许许多多不可思议的事情，丁问渔和雨媛都小心翼翼地避免去想它们。他们在珠江路上漫无目的地走着，又遇上了一次空袭警报，两人似乎都无动于衷，沿着浓密的法国梧桐树荫往前走。刺耳的警报声让人感到窒息，这时候，唯一的办法就是不说话。轰隆隆的声音响成一片，也分不清是日机在扔炸弹，还是防空部队在炮击。一辆救火车呼啸着从他们身边开过，紧接着又是一辆。丁问渔不时地侧过头来对雨媛微笑一下，他显然是想用微笑来安慰她，然而实际上，他要比雨媛紧张得多。雨媛注意到他的脸色苍白，两个拳头紧紧地握着，过街时，碰了碰他的手，把手塞过去让他握，发现他的手心里全是汗。

空袭结束的时候，那种突然的寂静，仿佛是夜里睡觉刚从噩梦中醒过来。警报声是没有了，可是人们的脑子里却依然在回响，这时候听别人说话，会觉得特别怪，因为那声音好像是从很远的地方传过来的。雨媛看丁问渔完全没有主意的样子，开玩笑地说："喂，我现在肚子真的饿了，总不能老这么呆呆地走下去。"

丁问渔也不知道怎么办才好，好在这里已经离他的住处不远，忽然想到干吗不邀请雨媛前去做客。雨媛有些犹豫，想自己和丁问渔之间的关系，越来越有些出格，但是按捺不住好奇心，半推半就地答应了。到了教授公寓，丁问渔让女佣用最快的速度，弄些好吃的送上来。雨媛想自己既然已经到了丁问渔住的地方，索性大大方方地参观参观。丁问渔的住处很宽敞，因为是一个人住，显得空荡荡的，虽然用了女佣，但是丁问渔显然是个马虎的人，女佣也就乐得偷懒，除了客厅收拾得像回事，其他的房间都有些凌乱。雨媛无意中走进了丁问渔的卧室，只见床头上放着一个小镜框，里面放着一张女子的照片，照片不是太清楚，她低头细看，发现竟然是自己的一张照片，不知道丁问渔是用什么手段弄到的，也不好意思问他，脸上禁不住先红了。丁问渔被雨媛发现了这秘密，他反正脸皮厚，也不在乎，等着雨媛问他，雨媛不曾提问，便故意说些别的事打岔，雨媛的脸却越来越红，心中后悔自己不该到这儿来做客。

女用人终于磨磨蹭蹭把饭菜做好，雨媛这次可是真的饿了，闻到扑鼻的香味，口水直在喉咙口打转。看得出丁问渔是个讲究吃的人，菜虽然不多，一荤一素一小炒，加上一汤，所谓三菜一汤，每一味菜都有些特色，荤菜是梅菜扣肉，素菜是碧绿的丝瓜，小炒是豌豆炒虾仁，汤是杂烩汤，都是家常菜。或许是饥饿的关系，雨媛尽可能斯文地吃着，一边吃一边笑，笑自己吃着吃着，便狼吞虎咽起来，再看丁问渔，也是只顾吃饭不说话，大口吃饭，大口吃菜，大口喝汤，穷凶极恶的样子，鼻子尖上的汗珠都吃出来了。看看时间，也难怪他们，已经快到下午三点钟。

饭后无事可干，丁问渔领着雨媛去大学校园里走了一圈。由于学校已迁往内地，空荡荡的校园十分宁静，有几株开过了的桂花树，隐隐地还有一些余香。路边各色的菊花正盛开，雨媛走到菊花丛中，摆了一个让人照相的姿势，一本正经屏住笑，结果自己忍不住了，先笑起来。丁问渔被她引得心旷神怡，想到在庐山时，遇到好风景，因为没带照相机，很可惜不能留影纪念，今天这机会又失去了，可以说是一错再错，因此立刻转念，就在近期内去买一台照相机，此外再买一本谈摄影的书，好好为雨媛照几张相片。

两人走进一间空荡荡的教室，雨媛走到前排端正地坐下来，颇有感触地看着黑板。没有进大学读书始终是雨媛的一个心病，她有些后悔当年全凭一时的冲动，冒冒失失当了兵。任伯晋老人当年对她的支持，现在看起来也显得十分可笑，她只是一个漂亮的普通女孩，根本就不是当花木兰和穆桂英的料。同样的道理，匆匆地嫁给余克润也是个幼稚的错误，出身于军人世家的雨媛，想自己当然应该嫁一个军人，况且在一九三七年，对于女孩子来说，没有什么比嫁给年轻有为的青年军官更时髦的选择。雨媛怎么也没想到余克润会在和自己结婚不久，就又会去和一个女大学生同居。余克润也许是对的，一个女大学生，当然要比一个女机要员更有魅力。正想着，丁问渔大步走到黑板前，捡了个粉笔头，在黑板上写下了这一天的日期，雨媛不知道他为什么要写这个，丁问渔严肃地说，这一天太重要，他不想把它忘了。

天黑之前，丁问渔送雨媛去陆军司令部，因为找不到车子，只好用自行车送她。丁问渔的车技马马虎虎，车到中途，雨媛看他笨得够呛，让他下车，由她来带他。果然雨媛的水平要比丁问渔高明许多，原来雨媛在司令部大院里没事做的时候，经常练习骑车，她们一起的女兵个个都是骑自行车的好手。丁问渔坐在后面有点害怕，手又不敢去搂住雨媛的腰，扶着后架不住地摇晃，等熬到了目的地，早吓出了一身冷汗。分手时，雨媛谢谢他送她，丁问渔已经缓过劲来，说光嘴上谢一句，太便宜了。

雨媛娇嗔地说："今天我们已经很过分了，你还想怎么样？"

天正在黑下来，丁问渔看看四周并没有什么人，贼胆包天，很冒昧地想亲亲她。雨媛心口咚咚直跳，出于本能地拒绝了，一步退出去好远，丁问渔怕她因此翻脸，正担心着，没想到她只是轻描淡写地说了一句：

"不，这绝对不行。"

5

形势开始急转直下，继上海失陷以后，淞沪战场国军全线撤退，日军上海派遣军和第十军，同时向吴福线和乍嘉线突进，苏州与嘉兴顿时告急。到了十一月十九日，国军吴福线既设阵地和乍嘉线先后失守，首都南京便进入了临战前紧张状态，大街小巷到处可以看见刚写不久的“保卫大南京”的标语，操着各种地方口音的军队被紧急调到了南京的周围，安排在不同的地方布防，市内路口和要道用沙袋堆起了临时工事，高楼顶上架着高射炮机关枪。当丁问渔在爱情方面取得决定性进展的时候，首都南京已经成为一座巨大的军事堡垒，在这座危城中，他能见到的几乎都是军人。不同番号的部队神色严峻地从街上走过，随处可见轰炸后的废墟瓦砾，为了应付没完没了的盘查，丁问渔专程去南京卫戍司令部，通过一位姓李的高级参谋，向新被任命的司令长官唐生智要了一张特别通行证。

丁问渔学军事的堂兄丁公治，曾是这位李参谋的恩师，丁问渔在德国留学时，李参谋正好也在那儿留学学军事，回国后，一直在唐生智手底下做事，是唐生智的重要助手。唐生智是北伐名将，党国元老，国民政府定都南京以后，因为反过蒋，他被夺去了兵权，一直赋闲在家称病，韬光养晦，这次南京危急，他借口首都为国际观瞻所系，又是孙总理陵寝所在，不固守对不起总理在天之灵，自告奋勇出来，愿意承担保卫南京的重任。他的调子太高，况且蒋介石也觉得南京不抵挡一阵，就拱手交给日本人，太丢中国人的面子，唐生智愿意在此时跳出来，正中蒋介石的下怀，乐得顺水推舟，给个司令长官的头衔让他收拾残局，其他高级军事将领明知首都是守不住的，也不敢反对。

作为职业军人，唐生智总算捞到了机会，重过掌握兵权的瘾，至于后果究竟会怎么样，走一步算一步，也顾不得多想了。他是个浪漫主义者，在家待惯了，当了卫戍司令长官，索性把新成立的卫戍司令部，移到了百子亭自己的公馆里，原来手下做事的人，都趁机升一级。雨媛所在的机要部门，被划归卫戍司令部调遣，奉命搬进唐生智公馆，处理相关的战时机要文件，直接的上司正好是这位李参谋。唐公馆周围的房屋也被征用了，临时挖了些防空洞，架起了几门高射炮，开始正式办公。丁问渔第一次去拜访李参谋时，正好在公馆门口遇到要出门视察的唐生智，唐生智也是见过丁问渔的，竟然还能记得他，李参谋替他说明了来意，唐生智一口答应，关照李参谋按丁问渔的吩咐，尽快替他办一张特别通行证。

几天以后，唐生智在中英文化协会召开中外记者招待会，需要一个出色的翻译，李参谋立刻想起了丁问渔。丁问渔的外语是有名的，替唐生智当翻译绰绰有余。唐生智那天特别潇洒，一身戎装，说话时把帽子拿了下来，扔给一边的侍卫，一本正经地对丁问渔招呼说："听说丁先生会好几国洋文，那好，会一种，你就给我翻译一种，你就对这些外国人说，就说我唐生智，这次是铁了心的，要与南京共存亡！"他的话音刚落，在场能听懂他话的人，都有些吃惊，因为当时大家还不知道国民政府对危城南京究竟是什么态度，但是似乎都明白南京按理是守不住的。丁问渔怔了怔，外国记者都在等他翻译，唐生智平静地说：“怎么，丁先生难道是不相信我唐某人说的话?”

丁问渔先用英语翻译了一遍，接着又用德语，然后记者们开始提问，唐生智不耐烦一一回答，趾高气扬地发表了一通演说，态度十分强硬，唾沫星到处乱飞，丁问渔把大意替他翻译出来，招待会便宣布结束。招待会以后，唐生智又打算视察市区的防务，丁问渔提出想跟着一起去看看，李参谋有些犹豫，没想到唐生智一口答应了，结果他和李参谋同坐一车，跟在唐生智的车后面，在南京城里非常威风地兜了一圈。毕竟是非常时期，乘车兜一兜南京城完全别有一番滋味。在前一天，日机大轰炸过后，蒋介石夫妇驱车视察了全城，抚慰南京市民，报纸为此做了特大号的报道，唐生智是卫戍司令，也难免有些出风头的俗念，他站在敞篷汽车上，神气十足，仿佛对固守南京有着绝对的把握。汽车在大街上开过，昔日繁华的南京城现在看上去真是悲壮凄凉。

李参谋似乎明白南京真要守，是不可能守住的。车上因为没有旁的人，他颇感慨地对丁问渔说：“时局如此，唐生智也算是鬼迷心窍，除了冠冕堂皇地说说‘临危不乱，临难不苟’，还能怎么样?”丁问渔只知道日本人就要兵临城下，至于进一步的前景如何，心里根本就没有底。李参谋对丁问渔分析了一下南京目前面临的严重问题，说来说去，毫无乐观之处。好在他毕竟是军人出身，身处危境，侃侃而谈，没有一点慌乱，说了一会儿国事，李参谋又把话题转移到了家事上。对于丁问渔和雨媛之间的纠葛，李参谋已有所闻，他既然是丁公洽的学生，对丁公洽的好友任伯晋同样执弟子礼甚恭，经常去看望军中前辈任伯晋，如今，任的小女儿在他的手下做事，他自然得有所关照。不过他的所谓关照，也就是为丁问渔追求雨媛提供方便。唯大英雄能本色，是真名士自风流，李参谋对丁问渔为了一个女人，把性命都置之度外的态度煞是欣赏。

“爱国犹如爱你喜欢的女人，非要有一股痴劲才行。”李参谋将丁问渔带回自己的办公地点吃饭，一时冲动，竟然派人去把雨媛喊过来。丁问渔有些出乎意外，没想到这里的事会这么不正规，作为卫戍司令部的唐公馆看上去，并不显得戒备森严。雨媛不知道喊她有什么事，她已经在食堂里吃了饭，匆匆地过来，见了丁问渔，又惊又喜。李参谋喊她一起吃饭，知道她吃过了，便和丁问渔一起吃，一边吃，一边拿他们的事取笑。雨媛被说得脸通红，到最后，有些忍不住了，说如果没什么事，她就要走了。李参谋笑着说：“有没有事，你可以问问他，反正我是帮你把人给带来了。”雨媛又羞又恼，掉头走了，李参谋哈哈大笑。

这以后的几天里，丁问渔堂而皇之地就泡在李参谋那里，这地方离丁问渔的教授公寓不太远，步行穿过两条小巷，一会儿就走到了。雨媛恨他尽出洋相，又觉得他到了这时候，为了自己还能这样，也实在不容易。她有机会便劝丁问渔不要发呆，不要留在这危城里等死。一起工作的人，刚开始都拿他当笑柄，很快也为他的精神所感动，都不忍心再笑话他。并不是什么人都会为爱情发痴的，雨媛的女伴竟然有些羡慕起她来，她们不仅不反对丁问渔，而且有意识地为他们在一起，提供各式各样的机会。他们的恋爱关系似乎已经被大家确认。雨媛她们办公的地点在唐生智公馆的东头，这地方原来是给下人住的，有一扇小门直接通往大街，从前线传来的情报在这儿集中，工作人员进行归类整理，绘出各种各样的图表，然后送到唐生智那里去。丁问渔天天去李参谋那里报到，见是能见到雨媛，但是真正能在一起的时间并不多。

随着形势一天天吃紧，南京周边的城市和据点相继失守，前途已变得越来越渺茫，作为卫戍司令长官的唐生智，取义成仁的高调越唱越高。日本人的飞机随时随地会来轰炸，连续的轰炸，市内的防空体系已经名存实亡，架在唐公馆周围的几门高射炮，不停地往天上打着。大家已经疲倦了警报，飞机归飞机轰炸，高射炮对天上开火归开火，工作人员的耳朵都快震聋了，一个个甚至连防空洞都懒得进。一种悲壮的气氛洋溢在司令部里，时到如今，既然他们被安排死守首都，被安排要和唐生智一起取义成仁，也就把死都看淡了。李参谋见丁问渔到这时候，心目中仍然只有一个雨媛，便苦中作乐，极力促成他和雨媛的好事。一天，日本人的飞机好像是故意开恩，竟然整整一天没有光顾，李参谋抓住这机会，一本正经地对丁问渔说：“你们干脆也抓紧时间，把婚结了，这多好。我做主，给任小姐放一天假。”

丁问渔听了不由心动，紧接着便摇头，傻乎乎地说他和雨媛恐怕还没有到这一步。李参谋既是热心肠，又是个急性子，叹气说：“这都什么时候了，你还在等什么呢，难道真等到日本人进了城，大家都没命了，才结婚。”说完，自告奋勇地又去说服雨媛，一个人说服不够有力，便发动整个机要部门的人，都站出来起哄做说服工作。连续多少天，大家都在轰隆轰隆的爆炸声中度过，难得有一天让人清静一刻，忙里偷闲，找到这么一个可以取乐的机会，于是都想变作红娘玉成其事。丁问渔只觉得这事来得太突然，知道雨媛一定不会同意，心里急，怕她会为这事不高兴。雨媛当然不肯同意，红着脸，不开口，后来总算说话了，却是希望大家帮她劝丁问渔，让他赶快离开危城南京。

李参谋说：“这好办，只要你答应嫁给他，我们自有办法让他离开。”

雨媛不接茬，脸更红了。

李参谋说：“你不说话，这就算是答应了。”众人在一旁纷纷起哄，都说战乱时期，一切俗套统统从免，新郎新娘当众握握手，亲个嘴，这就算是婚礼了。李参谋说：“也不能太省事，登个报还是应该的。”说着，自说自话地立刻拟了一条结婚启事，要派人去找一家报纸登出来，并关照一定要登在头版上面。李参谋平时喜欢书法，在启事抬头上，用楷书端端正正地写着丁问渔和任雨媛的名字，具体的内容文字是用流畅的行书写的：“我俩已于民国二十六年十二月七日在南京百子亭唐公馆举行结婚时值国难时期一切从简所有亲朋诸希谅宥。”写完了，大家抢过去传阅，一边传阅，一边拍手大笑。那启事从丁问渔手上，传到雨媛手上。雨媛的脸色刚有些恢复正常，立刻又红了，将那启事看了两遍，随手握成一团，扔进了废纸篓里，一本正经地说：“干吗要登报，我就是打算嫁给他，也用不到这么招摇。”

大家笑着说：“不招摇也行，我们就在这卫戍司令部里把婚事给办了。”

雨媛说：“别胡闹，我又没有最后答应。”

大家继续起哄，七嘴八舌地说：“什么叫胡闹，什么叫最后，日本人说来就来了，你们现在不抓紧，什么时候抓紧？”

丁问渔傻乎乎地要大家不要难为雨媛。大家都笑，说他真是个呆子，既然是死皮赖脸地追求别人，怎么到这时候反倒胆小退缩起来。丁问渔说，他当然是做梦都盼着能有这一天，可是也不能硬逼人家。大家笑得更厉害，说你怎么老是说做梦，就是真的做一回梦也不要紧。雨媛拿他哭笑不得，狠狠地瞪了他一眼，让他别继续出洋相。大家看在眼里，更不肯放过他们。正闹着，警报声又响起来。就只这么一会儿，形势似乎突然发生了重大变化，无疑是变得更严重了，据最新得到的情报，日军对南京的合围态势已经完成，日本大本营正式下达了“攻占敌国首都南京”的命令。

一场大战恶战即将开始，唐生智为了让守城将士能够死守，也破釜沉舟地立刻做出相应的部署，下令停泊在长江南岸的船只，统统开到江北去，并且通知江北守军，如有违令擅自渡江者，杀无赦。卫戍司令部里乱成一片，大家都重新开始忙碌起来，所有的人都明白唐生智的命令意味着什么，天堑长江是国军唯一的退路，唐生智显然是不想让大家再有后退的念头。李参谋气急败坏地在接电话，接完了又往外打，一边打电话，一边骂娘，好不容易打完了，转过身来对丁问渔说：“你们也不必等警报解除了再走，反正就这么回事，吉人自有天相，趁现在天还亮着，我给任小姐放一天假，你们想结婚也好，不想结婚也好，我把话跟你说清楚了，只有二十四小时，到时候你得把人给我送回来。我这儿乱成这样，你都看见的。”

丁问渔和雨媛对李参谋做出的决定都感到有些意外。在这最后关头，李参谋好像存心想要成全他们。雨媛立刻想到，不是军人的丁问渔，不应该一直在卫戍司令部待下去，如果来不及出城，他必须找一个安全的地方藏身才行。既然他们可以有一天时间，雨媛也顾不上自己接受了这一天意味着什么，顾不上在乎别人可能会怎么想他们，她决定要好好地利用这个时间，说服固执的丁问渔考虑一下自身的安全。南京保卫战一旦真正地打响，后果将不堪设想。在过去，总是丁问渔替她设想，现在是雨媛为他考虑一下的时候了。

一辆摩托车送他们去丁问渔的教授公寓。警报声响成一片，日本人的飞机俯冲着在扔炸弹，丁问渔和雨媛坐在摩托车上，都忍不住抬头去看敌机，因为飞得太低了，飞机上的日本国徽清晰可见。有一阵子，那飞机仿佛是在追逐他们，他们躲进树荫，飞机在低空绕着圈子，他们刚往前开，那飞机便猖狂地追了上来。开摩托车的勤务员是个愣头小伙子，不信邪，牙一咬，将摩托车的油门加大，在大街上开得飞快，早就开过了丁问渔的公寓，还一个劲地往前开，好像存心要赌气比一比，摩托车和飞机究竟谁更快一些。丁问渔和雨媛的注意力都在天上的飞机上面，待发现他们走得太远的时候，他们已经开出去很远很远。

丁问渔的女用人已不知去向，公寓的大门上着锁。勤务兵把他们送到了目的地，等他们刚下车，人还没站稳，便拧了拧油门，将摩托车开走了。丁问渔和雨媛站在公寓的台阶上，有一种说不出的感觉，不是紧张，也不是放松，就好像被人孤立无援地放逐在一个孤岛上。敌机离去了，不一会儿，警报也跟着解除了，刚脱离那个充满了噪音的恐怖世界，他们恍恍惚惚，好像置身在虚无的境界中。周围见不到一个人影，丁问渔不敢相信眼前的一切都是真实的，他转过身体，一边摸口袋里的钥匙，一边看着雨媛，痴痴地说：

“我不是在做梦吧？”

雨媛也有差不多的感觉，但是丁问渔憨态可掬，似相信又不敢相信的滑稽神情，反而让她从不知所措的羞涩中解脱出来。她索性大大方方的，事情的发展实在不可思议，虽然说有水到渠成的一面，可是怎么便发展到了这一步，她和丁问渔毕竟没有一点心理准备。丁问渔摸了半天，也没把钥匙摸出来，他自言自语地又问了一句，因为他确确实实地觉得自己是在做梦。雨媛还有些不甘心，红着脸说：“你当然是在做梦！”她这句话，正话反说，等于明白无误地告诉丁问渔他不是在做梦。丁问渔也缓过劲来，终于找到了钥匙，将锁打开，拉着雨媛往公寓里走，走进客厅，请雨媛坐，自己又变得有些手足无措，不知道干什么好。雨媛看他那样子，忍不住笑了，大模大样地坐在了沙发上。

丁问渔不知道这笑是什么意思，眼睛直直地看着她，结结巴巴地说不出话来。眼前的一切都显得有些不真实。雨媛看他心里甜滋滋的模样，血直往脸上涌，忍住了笑说：“问渔，你知道你这个人占了什么大便宜？”丁问渔不知道她是什么意思，眼睛瞪得大大的。雨媛又说：“你的便宜，全都占在一个‘傻’字上面，你一点也不傻。

要说傻，其实我才傻呢！”

丁问渔说：“你怎么会傻。”

雨媛说：“我就是傻。”

丁问渔不理解。

雨媛说：“我还不傻，我都自投罗网了。”

两个人不知不觉地都改了称呼，一个不再叫对方是任小姐，一个也不再称呼丁先生。巨大的幸福感压得丁问渔透不过气来，他小心翼翼地坐在雨媛身边的沙发上，试探性地抓住她的手，用一种听上去都不像是他的声音，细声细气近乎矫情地对她说着什么。雨媛在想，现在他们之间或许还需要一种必要的过渡，但是，此时此刻此情此景，说什么已无所谓，说什么话也无关紧要。没必要提问，也没必要再作回答。现在说什么话都是多余的，说什么话都是废话，语言的力量已经消失殆尽，时间不再是时间，空间也不再是空间。近在眼前的战争，离他们一下子变得是那么遥远。天近黄昏，夕阳西下，一缕斜阳从玻璃窗里射进来，将窗棂的图案投影在他们面前的地板上，有一部分就投在他们的脚背和膝盖上。雨媛觉得现在最好的办法，就是闭上眼睛，她胸口咚咚直跳，感觉到丁问渔正在拉她的手，顽强地拉着，越拉越有劲，她僵持了一会儿，拒绝着，然后不再抵抗。

6

当丁问渔和雨媛重新意识到时间的时候，天已经快亮了。他们突然明白他们的时间，事实上只有宝贵的二十四小时。床头的油灯早就没油了，由于连续不断地毁灭性轰炸，瘫痪的发电厂不再提供光明。几支备用蜡烛也用完了，这幸福的第一夜，稀里糊涂地就算过去了，他们除了在半夜里饿了，爬起来找东西吃之外，一直就孩子气地缠绵在床上。在这个没有月光的夜晚，丁问渔对雨媛的身体，像着了魔似的入迷，他一遍又一遍地抚摸着她，抚摸着她身上的每一部分，就好像是一个玩物丧志的收藏家，把玩着自己心爱的古董，又好像是教徒在进行某种神圣的仪式，他没完没了地重复着极其单调的动作，抚摸着，亲吻着，永远也不感到疲倦，仿佛要把自己对雨媛的柔情爱意，统统揉进到她身上的每一个汗毛孔里去。这样的场面，平时若想到都难为情，然而一旦赤裸裸的相对，雨媛的羞涩渐渐地不复存在，起先她还觉得丁问渔这种奇特的爱抚方式，有些古怪有些过分，很快便发现其实这种爱抚，也许正是自己所需要的。丁问渔对雨媛身体倾注的热情，犹如对她的爱情一样不可理喻。雨媛情不自禁地想起了余克润，想起了和余克润的新婚之夜，她知道自己这时候不应该想这些，但是她就是忍不住。她想起余克润提到的关于白虎星的说法，心里立刻涌起一种说不出的滋味。

日机在拂晓的时候又开始轰炸，这种干扰对他们已经不起作用。外面传来连绵不断的警报声，然后就是炸弹接二连三爆炸以后产生的巨响。他们继续做着该做的事，说着前言不搭后语的话。雨媛要丁问渔答应她立刻想办法离开危城南京。丁问渔怔了怔，沉默不语，雨媛便说这危城不能再待下去了，她是现役军人，不能当逃兵，而丁问渔也没有必要留下来送死，南京城迟早会被攻破的，这局势是明摆的，不过是时间问题。如果他不接受雨媛的建议，他便枉费了她不顾一切来他这儿的苦心。

丁问渔固执地说："你在这城里待一天，我就待一天，我绝不会丢下你一个人走的。"

雨媛说："你真傻，我是军人，你又不是军人。"

丁问渔无话可说，他的神情表明他根本不打算接受雨媛的建议。雨媛继续徒劳地劝他，丁问渔像不听话的孩子一样连连摇头。雨媛说："我已经是你的人了，你为什么还这么不听话。"丁问渔说："你的话我都听，但是要我和你分开，这不行。"丁问渔坚持认为自己是雨媛的守护神，如果她有什么意外，他也不想再活下去了。没有了雨媛，他活着也失去了意义。雨媛心里好一阵感动，喉咙口有些哽咽，动情地说："我有什么好的，你要这么喜欢我。"丁问渔说："我就是喜欢你。我现在是天下最幸福的男人，你已经是我的女人了，我还想得到什么？你知道人家怎么形容男女恩爱的，说只羡鸳鸯不羡仙，我现在正是这样。”

雨媛心里一阵难过，眼泪在眼眶里打转转，同时又感到一种从未有过的甜蜜感觉，爱是那么实在，爱是那么具体。丁问渔问她怎么了，雨媛说，早知他是这么爱她，就不应该让他苦苦等待那么多日子。丁问渔说，只有苦苦等待到的幸福，才是真正的幸福。两人情意绵绵，颠来倒去地说着，说的全是心坎上的话，说着说着，肚子都饿了，爬起来弄早饭。在夜里，两人曾点着蜡烛起来找过吃的东西，除了找到几颗糖果，没什么现成的能吃的。现在两人的肚子早饿得咕咕直叫，雨媛找到一筒挂面，自告奋勇地要下面条，丁问渔学着女佣的样子生炉子，熏得眼泪汪汪也没把炉子生着，于是雨媛也放下手上的事，帮他生炉子。两个人都没做过家务事，从小都是别人伺候着长大的，反反复复像哄不听话的小孩一样，忙了近一个小时，才把那淘气的炉子生好，煮了一锅烂面条，胡乱地把肚子填饱了。雨媛歉意地说：“看我多糟糕，你真娶了我，以后后悔都来不及的。”

丁问渔说：“你真傻，我娶了你，才舍不得让你做事呢。”

吃饱了，两人又进了卧室，仍然是在床上缠绵着说话。外面忽然叽叽喳喳地有了人声，原来是留校委员会一位姓顾的委员，领着几位手臂上匝着红袖章的外国人，蛮不讲理地在敲门。丁问渔套上衣服去把门打开，姓顾的委员十分抱歉地告诉他，这一带已被划为难民区，有许多难民将借住在他的公寓里。那几位带红匝的外国人都是南京安全区国际委员会的委员，其中有两位和丁问渔很熟悉，立刻就攀谈起来。不一会儿，一大群难民被带来了，男男女女老老少少，先前空荡荡过于安静的公寓，顿时变得嘈杂无比。除了卧室还属于丁问渔和雨媛所有之外，其他的地方都是公用的，难民知道他们是此地的主人，对他们很是恭敬，而丁问渔和雨媛到了此时，想不躲在卧室里也不行了。

从卧室的窗户里看出去，几个难民的小孩在空地上玩着。有一个小孩注意到丁问渔和雨媛在观察自己，也歪着脑袋瞪眼睛看他们。丁问渔对那小孩做了一个鬼脸，小孩也反过来对丁问渔做鬼脸。雨媛在一旁看着，忍不住笑起来。这时候，所有的小孩目光，都集中到了站在窗前的丁问渔和雨媛身上，双方互相看着，终于是两位大人先失去了耐心，丁问渔把窗户关上了，担心他们会跑过来偷看，又把窗帘拉上。雨媛说："这样也好，你就留在这儿做难民吧。"丁问渔从雨媛的话里，听出她要走的意思，看了看放在床头柜上的手表，时间已经是下午，雨媛的假期就要满了，一时不知说什么好。看了手表没有一刻，眼睛又盯着那手表看。

雨媛说："我怎么去司令部呢？"

丁问渔毫不犹豫地说："当然是我送你。"

雨媛不抱希望地说："可能会派车来接我。"

又过了一小时，已到了不得不走的时候。两人最后亲热了一番，从卧室里走了出来，看见公寓里已乱得不像话，是地方就打着地铺，到处都放着大大小小的包袱，难民们已不像刚来时那么客气，看都不看他们。丁问渔拉着雨媛的手，从难民堆里挤了出去，往卫戍司令部走。街上的人忽然多了起来，他们先没有明白过来是怎么一回事，很快就知道这些都是难民。局势分分秒秒都在发生着变化，丁问渔和雨媛的心情有些沉重，都想找些轻松的话题来说，可随便说什么话，说着说着，就轻松不起来。走过一个高射炮阵地，炮兵正在将高射炮拖走，原来根据国际安全委员会的意思，所有难民区内的军事设施，统统都要撤除，难民区将是一个地地道道的不设防的区域。

到了唐公馆，也是一派乱哄哄的景象，李参谋在指挥搬家，许多当兵的正在往军用大卡车上搬东西，雨媛怕大家拿她起哄，扔下丁问渔，独自一人去自己工作的地方。李参谋看见雨媛从自己身边跑过，不由地一怔，转过身来，又看见了丁问渔，摇头说他以为他会把雨媛留下来。丁问渔只当他是和自己开玩笑，说自己当然想这么办，可是雨媛不是临阵当逃兵的料子，他也只能舍命陪君子。李参谋突然很严肃地说："你真是个书呆子，我告诉你，这地方你以后也不用再来了，日本人可能已经发现这里是司令部的所在地，我们马上就要搬走。"丁问渔听了，一时反应不过来，傻乎乎地问雨媛是不是也要走，李参谋见他整个是缺心眼，叹气说：“你这人怎么这么糊涂？”

如果他们迟一些来，雨媛就不会跟着自己的部门立刻出发。人既然来了，车子要开，就不能不跟着走，她依依不舍地跑到丁问渔面前，红着脸说：“你好好地保重，我们会见面的。”说着眼圈便红了，丁问渔不顾闹笑话地抓着她的手，不想让她走，雨媛挣脱不开，只好用力甩开了他的手，在同伴的招呼声中，毅然地上了车，在车上，她对丁问渔挥着手，眼泪哗啦啦地直落下来。丁问渔木头人似的站在那儿，手举在半空中，似挥手又不像是挥手。如此匆忙的分手，他事先一点也没有想到，而且他也并不觉得这次仓促的分手就是永别。他只是舍不得和雨媛分开，恨自己不能和雨媛一起去。

这次搬家，仅仅是司令部中的部分工作人员。唐生智是倔脾气，坚决不肯因为日机频频来扔炸弹，就贪生怕死地换地方。他不走，又要求其他的工作人员走，结果卫戍司令部便分成了两个摊子。唐公馆这里除了正副司令长官，几个参谋副官和卫兵，绝大多数工作人员都撤到了位于城北的铁道部。已经兵临城下的日军，开始向南京的外围阵地发起了猛烈进攻，隆隆作响的炮声仿佛打雷一样，到了十二月九日，日本飞机对南京城进行了一次最猛烈的轰炸，然后掷下日军总司令松井石根的最后通牒。丁问渔心里惦记着雨媛，特别是当他捡到了在空中飘着的最后通牒的传单时，再也没办法躲在自己的公寓里，和那些乱哄哄的难民一起待下去。惊惶失措的难民纷纷逃进难民区，所有的房子里都人员爆满，先来一步的难民，和后来的难民为一些小事吵个没完。有关日本人已经进城的谣言在难民中广泛流传。丁问渔一次次地往铁道部跑，希望有机会能见到雨媛，但是每次都被不耐烦的卫兵撵了出来。铁道部和唐公馆不一样，那里戒备森严，守卫人员个个都是铁面无情，不像唐公馆那边，既有李参谋的照应，还有一个供下人进出的小门，可以让丁问渔溜进去和雨媛见面。

丁问渔再也没能有机会见到雨媛。街上到处都在准备巷战，一队队的士兵在街口加筑工事。由于丁问渔身上揣着卫戍司令部的特别通行证，每次都是被拦下来盘查一番，然后又被放行。他可以在街头乱窜，但是无论怎么也进不了卫戍司令部。局势时时刻刻都在变化，操着不同乡音的士兵，对即将到来的战斗，似乎有些漠然，他们根据那些变来变去的命令，一次又一次地调防。战斗显然进行得十分激烈，一队一队的士兵被派往最需要他们的地方去，最初的混乱已经开始露出端倪，丁问渔骑着自行车在街上走过的时候，不止一次被迷路的士兵拦下来问路。部分日军冲进南京城，冲进来了，又被赶出去，赶出去了，再冲进来，最后又被赶出去。南京保卫战进入了空前残酷的状态。

日本兵终于突破城池防线，开始大批地从城南的缺口里冲入南京城，外围的阵地战，演变成为短兵相接的激烈巷战。围城南京此时已变成一座破城，到处火光冲天，枪声爆炸声像鞭炮似的响着。到了十二日下午，丁问渔知道情况不太妙了，不顾一切后果地赶到百子亭的唐公馆，发现几个卫兵拿着汽油桶，往四处浇着，正准备放火把唐公馆付之一炬。丁问渔从一位熟悉的卫兵那里得知，卫戍司令长官部已经下令突围，此时正在下关江边码头集结。他立刻发疯一般地赶往码头，一路上，到处都是不同番号的部队，有的是从第一线溃退下来的，有的则是准备赶往第一线增援的，来来往往乱成一片，所有通往码头的大路都因为混乱堵了起来。丁问渔骑的自行车在混乱中，也被一个当兵的抢走了，他没办法，只好跟着溃兵步行去江边码头。到了挹江门，只见城楼上和城门前面都架着机枪，到处布着铁丝网，中间留着一道细缝，守卫士兵说是奉长官命令，不许从前线溃退下来的部队去江边。所有前线部队，根据突围计划，一律要从正面冲出去，狭小的江边码头只允许卫戍司令长官部的人员从这里过江。溃退下来的士兵此时已经失去控制，坚持说根本不知道有什么突围计划，一边坚决要通过，一边不让通过，说着说着，便互相开起枪来。

溃退的士兵有几个立刻被打死了，活着的，愤愤不平地骂起娘来，可还是不能上前一步。军令如山，江边码头已是唯一的一条退路，守卫城门的部队知道不挡住溃兵，所有目前正在江边渡江的长官部人员，弄不好一个也走不了。由于唐生智采取的破釜沉舟行动，在江边目前找不到几条船，如果几十万防守南京的部队，一起涌到狭小的江边，后果将不堪设想。两边对峙的气氛越来越紧张，溃退下来的人越来越多，有的人见这里不让通行，便重新找路突围，也有人认死理非要去江边的，对着架在那不让通行的机关枪，扯着嗓子叫骂。丁问渔挤在溃兵的队伍中，白白地耽误了好几个小时。到了后来，突然听见有人招呼他，一个当兵的人跑到他面前，丁问渔只觉得这人脸熟，却一时想不起来是谁。

“都到这时候了，丁先生还在外面乱跑什么？”那人扯下自己的帽子，露出剃光的脑袋。

丁问渔终于想起了站在眼前的是谁。这人竟然是战前因为杀人奸尸，轰动了整个南京城，被判了死刑还没来得及执行的和尚。丁问渔不知道他是怎么又当了兵，和尚也觉得这事一时说不清，只简单地说监狱里身强力壮的年轻人，在城池危难之际，获得了一个戴罪立功的机会，被组织成一支敢死队，参加保卫南京的战斗。一开始他们干得很不错，哪里情况恶劣便派往哪里，现在整个战线崩溃了，队伍也被冲散了，他不知道干什么好。丁问渔说：“我现在想去江边，你去哪里？”

和尚自言自语地说：“谁不想去江边，可是又不让过去。”

这时候，一位穿着黄呢制服的军官过来了，他后面还跟着当兵的，看上去像勤务兵，只见军官走到城门下面，掏出证件，亮了亮，守城的士兵便放他们过去了。丁问渔猛然想到自己身上也揣着一张通行证，奋不顾身地向卫兵跑过去，和尚见他跑，也茫然地跟着跑过去。卫兵用枪指着他们，丁问渔将通行证递了上去，卫兵看了看，竟然开恩放他过去了，却拦住了和尚不让走，和尚大叫他们是一起的，卫兵似信非信，丁问渔回过身子，对卫兵点了点头，和尚也通过了戒严线，面带惊喜之色地追上丁问渔。“丁先生，你真是了不起！”和尚讨好地奉承着，丁问渔急于想找到雨媛，没心思和他敷衍。

到了江边，乱哄哄的场面让丁问渔感到不知所措。大家各自为政，徒劳地站在江边等候着船只，有一条船在江面上划着，犹豫着不敢过来，候船的人太多了，怕靠岸以后，大家一哄而上，非把船挤沉了不可。日本人的飞机时不时地过来扔几颗炸弹，机枪扫射一阵，惊惶失措的溃兵像没头苍蝇似的在江边乱窜，终于有人忍不住了，扑腾一声跳下水，向那条船游过去，于是接二连三地有人往江里跳，游到船边往上爬，不一会儿船就装满了，摇摇晃晃向江边驶去。没下水的和下了水没来得及爬上船的，只好大骂。丁问渔到处询问有没有见到卫戍司令部的人，人们根本就懒得回答他的问题。和尚不知道他要找谁，跟在他后面跑着。丁问渔沿着江边来回跑，一位被炸断了一条腿的老兵，坐在江边的沙滩上，毫无表情地说：

“还找什么卫戍司令部不司令部的，这些当官的早他娘的跑了。”

在江边，丁问渔见到好几位急得直哭的女兵，这些掉了队被遗弃的女兵走投无路，真让人觉得可怜。现在连最后的一条船也见不到了，人们抱着抢来的木料和刚卸下来的门板，坐在木盆里，不顾一切后果地往汹涌的长江里跳。有一位很瘦小的女兵被安排趴在临时扎起的小木筏上，几个当兵的在后面推着，划出去没多远，小木筏被江水的波涛掀翻了，那女兵立刻消失在江水里。丁问渔此时的心情十分矛盾，既想在慌乱的人群中，能发现雨媛，又希望她早已和卫戍司令部一起，平安地过了江。

到太阳快落山的时候，丁问渔相信自己是不可能见到雨媛了。江边上的人都和他一样绝望，想过江，过不了江。等下去，江面上终于有船了，而且是一条巨大的船。那船渐渐驶近，大家终于看清楚那是日本人的兵舰。夕阳下，日本人的膏药旗在江风中飘扬，机枪子弹噼里啪啦地朝岸边扫射过来，江边沙滩上的人，一排排地中弹倒了下去。丁问渔的胸口被狠狠地捶了一下，他跌倒在江边，再也没有能够爬起来。在他身边的和尚，想将他扶起来，一颗子弹把他的脑袋也打开了花。

写在后面

一九三七年的南京不堪回首。对于南京人来说，这一年最残酷的历史，莫过于震惊中外的南京大屠杀。历史材料记载，在这场噩梦一般的浩劫中，遇难同胞超过三十五万人，发生了二万左右的强奸事件。这篇小说结束的时候，正是大屠杀开始之际，正是许多妇女遭难之时。

小说最后写成这样，始料未及，我本来想写一部纪实体小说，写一部故都南京的一九三七年的编年史，结果大大出乎意外。当我在写这篇小说的时候，耳边常常回响着蔡琴女士演唱的那首委婉动听的《秦淮河畔》：

今夜有酒今夜醉，
今夜醉在秦淮河畔，

月映波底，

灯照堤岸，

如花美眷依栏杆。

歌女歌舞女舞，

声声相思为谁诉，

步步爱怜为谁踱，

蜜意柔情为谁流露，

为谁流露。

歌的歌舞的舞，

朵朵樱唇为谁涂，

层层脂粉为谁敷，

眉语眼波为谁倾吐。

这分明是一首亡国之音。商女不知亡国恨，隔江犹唱后庭花，我不知《玉树后庭花》是什么样的曲调，能把国家都唱亡了，想来也是首难得的好曲子。写小说的人，难免本末倒置，计划写一部关于战争的小说，写到临了，却说了一个非驴非马的爱情故事。说起来真让人感到惭愧，我的案头堆放着一大堆史料，我写作时坐的椅子周围都是书，除了当研究生写论文，我从来没有为写一篇小说，下过这样深的资料功夫。我一次次地去图书馆看旧书，翻阅当年的旧报纸旧杂志，那些陈旧的东西，让人有一种走进历史的错觉。对于写小说的人来说，这种错觉是十分必要的。当我把日本人堀场一雄所著的《日本对华战争指导史》，与蒋纬国总编的《国民革命战史》对照着读的时候，这两本厚厚的纸上谈兵的书，让我想象自己如果能够成为一名职业军人，也许比当小说家更有意思。优秀的职业军人也是艺术家，只不过战争是一门太肮脏的艺术，是一门必须被诅咒的艺术。

战争时期的爱情将是十分荒唐可笑的，在战争的背景下，爱情往往显得非常滑稽。但是人人心目中，如果真存在着爱情的话，战争也许就不会发生。一九三七年的故都南京，注定还有许多其他的爱情故事，我也许只是写了其中最糟糕的一个。同样的道理，在一九三七年，可歌可泣的事情也太多，多得足以让人眼花缭乱，而我的注意力，却徘徊在不应该停留的地方。我仿佛只是从资料的海洋中突围出来。事实让我感到尴尬，原来应该写的，我没写，原来没想写的，却写多了。好在有一个念头可以骗自己，可以遮脸，对于一九三七年的故都南京，我没写的东西，别人仍然会写，而我却写了别人暂时还没写的东西。

孔尚任三百年前写的《桃花扇》，在第一折“听稗”上劈头就说：“孙楚楼边，莫愁湖上，又添了几树垂杨。”而另一位近代著名词人吴梅，在朝拜了《桃花扇》中的女主角李香君故居以后，填了一首好词，末了的两句是：“武定桥边，立尽斜阳。”这些足以传唱的名句，如今读起来，味道有些走样。时过境迁，南京现在能添几树垂杨的地方，已经不多，武定桥边，又都是高楼，那条臭烘烘的秦淮河，实在难让人发思古之幽情。现代化的城市里，发展谁也阻挡不住，感伤从来就是奢侈品。难忘的一九三七年早就过去，当年在战火中出生的小孩，现在也已是六十岁的老头和老太。这篇小说不计后果写出来了，有没有人看，真是天知道。

1996 年 5 月 20 日　高云岭

这也许是我反响比较大的一本书，韩文本正在翻译，已出版的有英文法文意大利文和荷兰文，但是并不意味着外国人就了解，就有什么国际影响。很多电影导演想拍电影，据说好莱坞也有过兴趣，到目前为止，这书的电影版权还在本人手里。去年我在德国待了一个月，房东太太知道我是作家，执意要把这小说读完。每天早晨用餐，她都会不停比画，兴致勃勃表示自己的阅读感想，刚开始她很不喜欢故事中的男主角，说这男人可不是她中意的类型。后来想法有所改变，说丁问渔有点意思，再后来她告诉我，开始喜欢这个男人了，说她终于明白我为什么要写这个故事。由于语言交流障碍，房东太太的很多意思只能连蒙带猜，有一天她专门请翻译吃饭，很认真地让翻译向我倾诉，一口气说了很多。这样的读者真让我感动，同时也感慨，因为小说只有让人读过，才会开始产生意义，否则都是空洞都是虚幻。阅读从来都是一种缘分，好书实在太多，为什么读者就应该读你的书呢，而不管是什么人，只要他们能读你的作品，就必须心存一份感激。

2009 年 12 月　河西